我的诗和远方

王正宇 著

江苏凤凰文艺出版社

图书在版编目（CIP）数据

我的诗和远方 / 王正宇著. —— 南京：江苏凤凰文艺出版社，2023.1
ISBN 978-7-5594-7123-9

Ⅰ.①我… Ⅱ.①王… Ⅲ.①散文集 – 中国 – 当代 Ⅳ.①I267

中国版本图书馆 CIP 数据核字 (2022) 第 158785 号

我的诗和远方

王正宇 著

出 版 人	张在健
统　　筹	于奎潮　张　黎
责任编辑	张　婷
装帧设计	张景春
责任印制	刘　巍
出版发行	江苏凤凰文艺出版社
	南京市中央路165号，邮编：210009
网　　址	http://www.jswenyi.com
印　　刷	苏州市越洋印刷有限公司
开　　本	890 毫米 × 1240 毫米　1/32
印　　张	13.375
字　　数	250 千字
版　　次	2023 年 1 月第 1 版
印　　次	2023 年 1 月第 1 次印刷
书　　号	ISBN 978 - 7 - 5594 - 7123 - 9
定　　价	68.00 元

江苏凤凰文艺版图书凡印刷、装订错误，可向出版社调换，联系电话 025-83280257

目 录

序

在"王府井"发呆

——王正宇散文集《我的诗和远方》

读后札记 …………………………… 002

风物素描

茶乡品茗 ……………………………… 002

漫说东方邮都 ………………………… 006

二月兰 ………………………………… 013

高邮双黄蛋 …………………………… 018

黑天鹅 ………………………………… 025

白果树抒怀 …………………………… 031

老龟 …………………………………… 035

毛豆 …………………………………… 041

世界美食之都随想 …………………… 046

溱潼鱼饼 ……………………………… 053

深秋絮语 ……………………………… 059

竹林遐思 ……………………………… 063

坝口风情

　　坝口 …………………………………… 070
　　坝口的照相馆 ……………………… 076
　　唱响《乐学歌》 …………………… 082
　　故乡的那条河 ……………………… 088
　　九小 …………………………………… 095
　　区老儿 ……………………………… 101
　　王家大门巷 ………………………… 107
　　王氏宗祠 …………………………… 113
　　吴大姐 ……………………………… 121
　　殷师傅 ……………………………… 126
　　余阿根 ……………………………… 132

素日往事

　　八卦广场 …………………………… 140
　　参加高考的那些日子 ……………… 144
　　归乡杂忆 …………………………… 150
　　怀念母亲 …………………………… 155
　　年味 …………………………………… 163
　　桃园往事 …………………………… 168
　　我的扬师院情结 …………………… 175
　　又到丹桂飘香时 …………………… 179

正月里吃汤圆 …………………………… 184
竹节斑 …………………………………… 189

生活浪花

感悟红旗渠 …………………………… 198
隔壁老王 ……………………………… 205
关于抢红包 …………………………… 211
老朱的手机生活 ……………………… 218
牛人刘立仁 …………………………… 224
清洁工刘姆 …………………………… 230
退休的万局长 ………………………… 234
网上拉票记 …………………………… 240
喜鹊湖船娘 …………………………… 245
小夏和小钟 …………………………… 251
证婚雅谈 ……………………………… 256

大地印痕

冲绳印象 ……………………………… 264
冬季来到北海道 ……………………… 273
木棉之城——攀枝花 ………………… 282
南澳南澳 ……………………………… 290
珀斯纪行 ……………………………… 298

塞上江南行 …………………………… 311
塔斯马尼亚掠影 ……………………… 319
玩在沙坡头 …………………………… 330
走进腾冲 ……………………………… 337

絮语发微

关于"三"的联想 …………………… 348
论"吃" ……………………………… 351
论"闲暇" …………………………… 357
人瑞 …………………………………… 362
人设 …………………………………… 368
扫地琐谈 ……………………………… 374
童言无忌 ……………………………… 379
推己及人辨析 ………………………… 383
闲话"凡尔赛" ……………………… 387
闲话"内卷" ………………………… 391
闲话"躺平" ………………………… 395

后记 ………………………………… 399

附录

乡音乡情乡愁
——简评王正宇的散文《坝口》 ………… 407

序

在"王府井"发呆
——王正宇散文集《我的诗和远方》读后札记

周桐淦

1

这里的"王府井"不是北京长安街一侧的王府井商圈,正宇《我的诗和远方》中的《坝口》一文说,"坝口,等于北京的王府井,等于南京的新街口。"苏中县城姜堰的坝口,东西南北四条大街在这儿交会,形成了一座不小不大的城市广场,县城的主要党政机关、事业单位、商场饭店、剧院影城,沿广场周边次第排开,于是,坝口在地理位置上成了小城政治、经济、文化的中心,也就自然成了大到社会舆情、小到家长里短的信息交流的"农贸市场"。

"发呆"不仅是方言,也是规范语词,百度和各类词典均可检索。文言文中有《红楼梦》第八十九回紫鹃与雪雁的对话为证,白话文中有邹韬奋《萍踪寄语》的生动引用。如要词解,"发呆"则指:人的大脑对于外界事物观望、观察,进行调节的一种应激反应,也可引申为思考或随想。

本文标题中的"发呆",取"思考或随想"的释义,

《在"王府井"发呆》,也可以改成文雅一点的题目——《〈坝口〉随想》。

2

为什么要先拿《坝口》说事?

《坝口》最初发表于《泰州晚报》的副刊《坡子街》,《坡子街》开办两周年的时候,让读者在2000多篇已发表的作品中,投票选出100篇"读者最喜爱的文章",结果,王正宇有5篇作品入选"百强",《坝口》得票第一,而且票数遥遥领先。据我了解,这是一次没有功利、也拒绝后台操作的"海选","5"和"1",两个不凡的数字,足以说明读者对正宇散文的特别喜爱。

喜爱什么呢?大众投票的获得高票数的文章当然是对了大众口味,接了大众地气。坝口本就是当地政治文化的高地、商贾云集的中心,活跃在这个城镇中央舞台上的售货员、挑水工、理发匠、小老板,以及一应引车卖浆者流,都是小城大众生活、大众政治的主角。林立在坝口东南西北的宗祠、县衙、饭店、药房,以及形形色色的商铺门面,每一副招牌后面都记录着各自的大众叙事和大众历史。如同梁晓声来自生活底层的《人世间》和一下子火了大街小巷的《人间世》一样,叙写大众生活的作品,大众理所当然喜欢。

散文来自生活，好散文来自对生活的提炼和陶冶。道理浅显，但要真正做到，有时不一定那么容易。

3

"发呆"，在泰州方言中还有个同义词："卖呆"。如果说"发呆"是个中性词语，或者尚有几分"随想"的诗意；那么，"卖呆"则略带贬意，意指痴痴地盯着一个方向或一件物事。

恕我不敬，《我的诗和远方》中的不少篇什，留有作者少年时的"卖呆"印记。譬如《九小》中以挑水为生的九小，譬如《区老儿》中卖古董玩意儿的区老儿；再如特殊年代里的居委会主任吴大姐，以及伴随了家人一段难忘岁月的"竹节斑"（猫），那些细致入微的观察和栩栩如生的文字背后，都让我们看到了一位执着少年面对生活的"卖呆"。 而且，按时间倒推，《我的诗和远方》中"坝口风情"一辑，主要记述的是50年前，甚至60年前的"卖呆"生活。60年心心念念，50年记忆犹新，作者"朝花夕拾杯中酒"的动因是什么呢？

古人作文旨要有言："登山则情满于山，观海则意溢于海。"情满于心，意溢于胸，乡情、亲情、友情，点燃了作者少年时就萌动的创作激情，作者写作激情的流淌，赢得了千万读者阅读激情的共鸣。更为难能可贵的是，这样一段特殊年代的生活，50年、60年后经由童年视角叙述出来，就如经年老酒一样，有着不一样的芬芳了。这样的文字，是醉人的生活，是纯正的文学，更是耐人欣赏的艺术。

4

冯骥才曾打趣几种文学样式：什么是小说？一个人走在路上，把另一个人推倒在水中……什么是诗歌？一个人走在路上，忽然被弹射上了月亮……什么是散文？一个人走在路上，走着、走着，从早走到晚都是散文……

冯骥才的比喻没错，生活就是散文，生活中到处都是散文。生活之于散文，如同"捡到篮子里的都是菜"。但是，捡什么、怎么捡？选择就各有不同了。不同的选择，当然会带来不同的阅读效果和审美感受。譬如，每个人都有一首父亲的诗和母亲的歌，为什么朱自清的《背影》和朱德的《母亲》代代相传，诵读不衰呢？《我的诗和远方》中也有两篇写母亲和父亲的散文，《怀念母亲》和《网上拉票记》，都受到广泛的好评。如果要问一个为什么？我想，和《背影》《母亲》一样，正宇文中的母子情和父子情已经被升华、被抽象，作者个人的情感已经得到了读者社会化的认可和共鸣。

同样的读后感还来自"坝口风情"中的一组乡土散

文。按照时下对"乡土散文"的定义,这组文章本可以写得很放松、很放肆,写原始、写落后、写丑陋、写病态,想怎么写就可以怎么写。像有些"乡土散文"一样,写寡妇门前、写癞痢头、写麻风村……但王正宇没有这样处理,写20世纪五六十年代中国城乡的贫穷,痛心疾首,叹其不幸;写社会下层的小人物,则充满人性、人道和对人格的尊重。

读这组散文的时候,我忍不住击节,想起鲁迅先生作文"作画"的一种审美取向:"譬如画家,可以画蛇、画鳄鱼、画龟、画果子壳、画字纸篓、画垃圾堆,但没有谁画毛毛虫、画鼻涕、画大便……"

读这组散文的时候,我感到新鲜,一种题材取舍、剪裁别致、格调儒雅的新鲜。我想起"学者散文"的理性和内涵,想起"乡土散文"的朴质和灵动,想起"在场散文"的参与和穿透。正宇这组散文的"新鲜",是学者的"在场""乡土散文"呢?还是乡土题材的"在场""学者化"处理?抑或是学者"在场"写作的"乡土散文"?或者,就是什么都似、又什么都不似的"鸡尾酒式"散文。

5

由此,我想到中国文学史上的一部散文集成《古文观止》。

《古文观止》蒐集了东周至明代的散文名作，清康熙年间成书以后，一直是后世散文写作和散文研究的经典。但有一个视角似乎并没有引起太多人的注意，选本中的官员散文，占了全书的多半篇幅，特别是参加了治国理政之后的"退休干部"的心得、随笔，乃至上书和进谏。无论是《左传》《战国策》《史记》的选辑，还是韩愈、柳宗元、欧阳修、苏东坡、王安石、范仲淹的代表性作品。

无独有偶，《我的诗和远方》虽是正宇的第一本散文集，但全部篇什都是退休后的"心血来潮"之作。我这么比喻，绝没有拔高正宇散文的企图，只是想由此说明，这是一种中华文化古已有之、生生不息的传承现象。契诃夫曾经这样鼓励文学创作方面的"新枝老叶"：大狗叫，小狗也叫，只要叫出的是自己的声音。王正宇叫出的声音有自己的独特音韵和频率，除了与中国传统散文的文脉相承以外，还明晰地镌刻着明代泰州学派后裔的家学印记。王正宇的"王"，是泰州学派代表人物王栋的"王"，正因为如此，在读《人设》《推己及人辨析》《闲话"内卷"》《闲话"凡尔赛"》《闲话"躺平"》等一组作品时，我们分明看到文章的背景板上写着："为天地立心，为生民立命，为往圣继绝学，为万世开太平。"

所以，这篇读后感的标题，原本是乡土化、方言化的《坝口发呆》,因为正宇散文内涵和外延的深远和阔大,只好从姜堰的坝口,跳过泰州的坡子街、扬州的文昌阁,也越过南京的新街口,"洋乎"一下,改为《在"王府井"发呆》。

所以,我和正宇多次谈及《古文观止》的范本意义,222篇古代贤文,仅仅35万字的篇幅。倘若对此多加研读,汲取精华,《我的诗和远方》可以更加"自我"一些,更加"诗化"几分,当然,也会走得更"远"。我们还谈到对当代"官员散文"的学习和借鉴,譬如吴官正立意的凛然正气和铁骨柔情;譬如孙家正情感的光风霁月和百转千回;譬如梁衡构思的大开大合和八面来风……

6

网络上曾有句热语:愿你出走半生,归来仍是少年!这句美好的祝愿,送给作为作家的正宇,相当贴切。

大学时代,正宇就意气风发,在文学评论方面崭露才华;毕业后,"一不小心"走上仕途,在多个重要岗位写下"为人民服务"的大块文章。朋友们没有想到,恐怕正宇自己也未必想到,离开行政领导岗位后,他居然带着《我的诗和远方》重返文坛了。我如此"大惊小怪",绝不是倡导退休的朋友们都来写文章、都来当作家,而是祝贺和点赞正宇终于又找回了自己的"旧爱"。俗话说,

"麻油拌荠菜，各有心上爱"。已经退休的朋友（包括我自己），在夕阳尚红的时候，干一点自己喜爱的事情，干成一两件有意义的事情，于自己、于家庭、于社会，都大有裨益，理应提倡和褒扬。选择干什么，没有高下之分、优劣之分，喜欢掼蛋，一样可以编出部《掼蛋宝典》；长于钓鱼，可以成立一个"钓鱼沙龙"。像王正宇这样也很好：半生历尽千帆，归来仍是文人。

我查了一下，这句网红"祝语"源自苏东坡的一首《定风坡》词，特录此词下半阕，取其意，赠予正宇"归来"：

万里归来颜愈少。微笑，笑时犹带岭梅香。
试问岭南应不好？却道，此心安处是吾乡。

（周桐淦，著名评论家，原江苏省作家协会副主席。）

第一辑 风物素描

茶乡品茗

春回大地的时节，应友人之邀，我们一行来到了著名茶乡——位于长三角腹地的浙江安吉。

安吉以翠竹和白茶闻名于世。走进安吉，环顾四周，漫山遍野完全被绿色的植被覆盖了，俨然翠绿翠绿的世界。阳光下的竹林和茶园，层层叠叠、郁郁葱葱、绿意盎然。

茶、可可、咖啡被称为世界三大无酒精饮料，不同文化背景的民族对于饮品的选用有着各自的偏爱。茶叶是植物的绿叶，是茶树的精灵。茶是中华民族的传统饮品。中国人的饮茶习惯历史悠久，可与外国人爱喝咖啡的习惯相媲美，甚至有过之而无不及。国人对茶的研究和喜爱，可以追溯到唐代，陆羽的《茶经》是世界上第一部关于茶的专著。古人有许多对茶的赞美诗句，白居易的"无由持一碗，寄予爱茶人"，杜耒的"寒夜客来茶当酒，竹炉汤沸火初红"等，都是流传千古的咏茶佳句。

茶是中国人传统的首选饮品。以色泽区别，可分成白、黄、红、绿、青、黑等六类。安吉白茶不仅在江浙一带赫赫有名，在全国也颇有盛名。安吉群山起伏，云雾缭绕，土壤肥沃。安吉白茶生长在原始植被丰厚，森林覆盖面达70%的地方，面积有20多万亩。它因"叶白、脉翠、香郁、味醇"而独树一帜。其特点有二：一曰条直显芽、壮实匀整；一曰扁平光滑，挺直尖削。安吉白茶的汤色最是让人难忘，可谓色泽嫩绿而明亮，香气鲜嫩而持久。

茶乡自然是少不了茶馆的。我们跑了几家企业，发觉那里大都置有专门的茶室，供友人、生意伙伴喝茶聊天。我们见到的茶桌，材质有木头、石材之区别，形状迥异，造型各有特点，对应了主人的审美趣味和追求。如今，用粗大碗喝茶已经是远去的历史了，茶乡的人们更多地讲究器皿的选择，杯、盏、壶、碗，玻璃的、陶瓷的、紫砂的、金属的一应俱全。在几家茶馆里，主人让我们见识了茶道的专用工具，茶桶、茶则、茶斗、茶夹、茶针、茶刮、茶匙、茶瓶，等等。茶室的主人似乎都精于茶艺：净手、烫杯、洗茶、冲泡、封杯、分壶、奉茶、闻香、品茗、续水……其技艺之娴熟，动作之优雅，恰似一道美丽的风景，很是让人大开眼界、赏心悦目。

在茶乡品茗自然是别有风味，与志同道合的好友品茶更是一件快事。一路上，当地的朋友如数家珍地介绍，品茶，须好水、好茶、好茶具、好环境。品茶，讲究茶的色泽、状态、香气、味道、氛围。隔日下午，他安排一宁静优雅的地方，邀上我们一行品赏安吉白茶。这里是安吉的一个高点，视野十分开阔，远处山色如黛，群峰竞秀，绿荫成片。春风拂面，微风夹带着茶树的清新气息扑面而来。谈笑间，冒着腾腾热气的白茶已经摆放在大家面前。只见玻璃杯中的茶叶形如兰蕙，叶芽朵朵可辨，淡绿的汤色散发着阵阵清香，掬上一口，唇齿留香，滋味醇厚。友人告诉我们，安吉白茶养身功效显著，富含人体所需18种氨基酸，其氨基酸含量是普通绿茶的3~4倍，且多酚类少于其他绿茶。同行的朱君惊呼，难怪安吉白茶全然没有涩味，特别甘甜鲜爽。

又一日，友人安排我们去观赏"斗茶"。所谓"斗茶"有点PK的意味，是茶友们约定时间，各带一份自认的好茶，到茶楼交给茶艺师，或泡、或煮，品鉴色香味形，判定高下优劣。这里，当然少不了安吉本地的凤形白茶和龙形白茶，也有龙井、碧螺春、普洱，等等。茶艺师对各类茶的泡、煮时间，水温的把握大有考究，颇见功力。斗茶，是轻松愉悦、开心惬意的，半天时光不知不觉便悄然而过了。同行的小李说道："现在，人们的娱乐方式很多，像掼蛋就很流行，作为放松身心的娱乐形式，斗茶这类活动也是很有意思的。生活的本真就应该丰富多样、多姿多彩的呀。"

烟茶酒其实都会醉人的。闲谈中得知，一行人行走江湖多年，都曾经有过醉酒的经历，我甚至还有过醉烟的经历，那种肠胃翻江倒海的滋味至今不能忘记。友人诉说了他醉茶的往事。说是一次傍晚时分,他空腹喝了一杯浓茶,结果晕乎乎,头重脚轻,恶心呕吐,搞得晚饭都没能吃下。他说,醉茶以后终于明白,即使是好的东西,也应当适可而止,也应该把握好一个度。

喝茶抑或是品茗,原本是人们日常生活之所需。说品茗品味人生,得人生三昧;说品茗可以修身养性,可觅得禅意;说品茗拿得起放得下,茶叶上下沉浮,可感悟人生真谛等,这些大约都是文人雅士的说辞罢了。不过,作为一种优雅闲适的生活方式,如今城乡随处可见的茶楼,足以说明社会的进步和生活的安逸。人类一日三餐之外的享用,都是建立在生活富足的基础之上的。同行的杨君说了句意味深长的话,"在那个食不果腹的年代,普通百姓又怎会有品茗的闲情雅致?又怎会知道什么茶艺、茶道呢"?

安吉大地的绿,绿得耀眼,绿得醉人。置身天然氧吧,面对茶乡的绿水青山,茶叶在杯中缓缓浮动,香气在空中袅袅腾挪,真让人有一种心旷神怡之感。我忽然觉得,春日里喝春茶,哪里只是一杯茶呢,分明是拥抱着美妙的春天啊。我忽然发现,茶乡安吉的名字真好,饱含了平安吉祥之意。祝福茶乡,祝福祖国,年年岁岁平安吉祥。

漫说东方邮都

　　坐落在高邮南门大街的中国集邮家博物馆，前不久刚刚落成。它的内墙上，"东方邮都"四个大字十分抢眼和醒目。我知道，这是高邮人的瑰丽而伟大的梦想。作为区域经济社会发展的一个重要推手，这是很有远见且值得称道的。

　　万国邮政联盟、国际奥林匹克集邮联合会都在欧洲。世界上被称为邮票王国的也都在欧洲，分别是圣马力诺、列支敦士登等。这些国家疆域面积虽小，但世界知名度却很高，邮票业是它们的重要产业，那里的邮票设计精美、图案新颖、印刷精致、市场活跃，GDP 的 10% 来自于与"邮"相关的产业和产品。这足以说明，邮政是完全能够助力经济、社会发展的。

　　关于"都"，我理解的是政治、经济、文化的首善之地，含有核心、中心之意。历史上的许多都城都是逐步形成的，亦有不少是后天打造的。近年来值得注意的一个现象是，在区域经济高歌猛进、竞相发展的时候，有不少地方依据自然资源禀赋的优势特点，纷纷提出了建"都"的构想，做出了建"都"的规划并且付诸行动。一时间，钢都、煤都、酒都、药都、花都、影都等不一而足。仔细考察便会发觉，这其中有的名副其实，有的有名无实。有的带有急功近利色彩，有哗众取宠之意，无实事求是之心；有的压根虚无缥缈，根本经不起推敲。高邮提出打造"东方邮都"，并非空穴来风，亦非无中生有，它是建立在历史和现实基础之上的合乎情理的战略构想。

我国两千多个县市中，以"邮"命名的城市只有高邮。早在秦始皇时期，"筑高台、置邮亭"，就有了高邮的名字，这也注定了高邮与"邮"的不解之缘。千百年来，从邮驿文化到邮政文化，高邮人誉邮、护邮、传邮、用邮，邮文化的积淀极其深厚。一支"邮"字歌，从古唱到今。这里有全国保存的最为完好的驿站盂城驿，有"邮驿之路"的大型城雕，有邮都文化广场，有中国集邮文献馆，中国集邮家博物馆，有活跃的邮品、邮市交易。这里还是全国第一个以县为单位的"中国集邮之乡"，集邮人口比例，群众性集邮组织都是全国之最；这里有以倪文才会士为代表的一大批热心邮文化研究的干部群众，并且形成了在海内外有较大影响的研究成果；这里已经连续举办了八届中国邮文化节。正如有识之士所说，千年邮缘，高邮的邮文化源远流长，最有资格，最有可能成为中国邮文化活动的首选之地。

有人质疑打造东方邮都的意义和价值，在他们看来，邮作为传统的东西，在今天看来已经老套了、过时了，已经没有多少可利用的价值了。这种认识是非常肤浅的。邮与现代社会的信息传播、快捷通达的本质内涵是息息相通的，讲究的是开放、信息、合作，追求的是时间、速度、效率，而这些恰恰正是今天的时代需要不断发扬光大的。可以说，高邮打造东方邮都，既是对我国悠久历史的延续，又是对伟大民族精神的弘扬；既是引领地区发展跃升的创新之举，又是立足实际、完全可行的战略之举。对于打造"东方邮都"的现实意义和历史意义，需要在实践中不断统一思想，深化认识，形成共识。

时下的区域经济，都在招商引资，都在修建道路桥梁、大厦广场、绿地草坪。但君不见不少城市发展少了个性、缺了灵魂。事实说明，只有走差别化竞争、错位化发展的路子，才能避免千人一面、千城一面的同质化模式。各地只有从自身实际出发，深入挖掘最具个性特征的区域发展道路，才能在未来的经济大格局中占有一席之地，在未来的市场细分中占据自己的份额。高邮依托独一无二的邮文化资源禀赋，通过打造东方邮都，凸显邮文明、邮精神、邮文化、邮经济、邮产业、邮形象，完全能够占据新的发展制高点，取得区域经济社会发展的后发优势。

从经济发展的规律来看，当人均 GDP 达到一定规模时，地区的经济承载力会呈几何级放大，发展的潜力会极大释放。随之而来就会遇到发展的瓶颈，这种瓶颈打不破，经济发展就会原地踏步甚至倒退；打破了发展的瓶颈，经济社会发展就能持续高歌猛进。显然，怎样不断增强城市的个性、特色、魅力和竞争力，就是区域经济组织者必须思考回答的问题。高邮尝试以打造东方邮都为突破口，定位在人们向往的现代旅游目的地，各类生产要素聚集的洼地，经济社会活力迸发的高地，具有新的爆发力的增长极，此举既具有文化底蕴的历史基础，也是新一轮跨越追赶的现实需要，又有凝心聚力再出发的导向作用。

打造"东方邮都"无疑是区域经济和城市发展的新引擎。我们国家的体制决定了区域经济离不开强有力的行政主导和推动。领导人经济的理论提示人们，行政推动力的大小、强弱，决定了区域经济发展的速度和质量。提出打造"东方邮都"是具有前瞻性的，而实施到位更加需要付出艰辛努力。在目标明确之后，既要善于借助外力，又要善于举全市之力；既要有中长期规划，又要有分步实施的具体安排。作为一个宏大的系统工程，需要强势推进、务实推进、快速推进。各级领导同志都要有功成不必在我，推进不能无我的胸襟和格局，围绕既定目标持续发力、不懈努力。

从旅游经济的角度观察，打造独特鲜亮的邮都形象更易异军突起、彰显特色。高邮是一个旅游资源丰富的地方，各种旅游资源有待在东方邮都的旗帜下统一整合利用。未来高邮城市的景观、市容市貌、整体风格，都要有意识地显示东方邮都的特色和个性。可以在面向全球征集东方邮都标识的基础上，在高邮的城市规划、建设、管理过程中，更多地揉进邮都的文化元素，更多地掺入邮博、邮业、邮展、邮景点、邮市场等的内容。建立健全与邮都名城相符合的舆论宣传平台和窗口十分紧迫，城市的主要街道包括大街小巷，都可以设计、兴建一批与邮相关的街头小品小景，使得邮都形象更加丰满充实。"十四五"期间，可以考虑与万国邮政联盟、国际奥林匹克集邮联合会、国家邮政主管部门联手，在高邮举办一批与邮相关的全国性、国际性会议、展览、赛事，积极争取授牌命名，适时叫响东方邮都。知名的邮都要有一批与邮相关的永久性基地和会馆，可以考虑优先兴建（扩建）三大展馆，即中国邮驿文化展馆、中国邮政文化展馆、中国集邮文化展馆，强化布展效果，增添互动内容，面向公众免费开放。此外，还应抓住机遇，择机冠名一批带东方邮都名称的标志性建筑物和有规模的三产服务企业，如邮都公园、邮都大道、邮都商场、邮都酒店、邮都广场、邮都学校等，以此来进一步凝聚人心、集聚人气、扩大影响。

文化与经济的融合互补才能具有强大持续的生命力。弘扬邮文化，做大邮产业是东方邮都的魂魄。必须强化对邮文化产业和相关产业的深入研究，找准邮与地方经济的集合点，选准邮与地方经济的切入点，加快邮文化资源优势向邮产业优势的转化。可以利用世界邮政日（每年的10月9日），精心组织好中国邮文化节，常办常新，进一步办出特色，办出影响。可以经常性地组织与邮相关的高层次论坛、讲座、展览、评选，充分发挥东方邮都的影响力。抓紧构建邮文化旅游、邮品交易市场、邮产品研发制造、邮物流服务等产业集群，包括邮产业、邮票设计、邮票印刷、邮票交易、拍卖、展会、邮讲座、邮表演，开辟一批永久性的专业大厅、场所，充分展示东方邮都的活力。要善于发现和捕捉邮文化带来的各种商业机会，演绎好招商引资的大戏，放大滚雪球似的连带效应，推动更多大项目落地。还可以与国家（省）邮政部门、各大通信运营公司、快递集团等联手，筹建相关培训基地、疗养中心，开展关联性的活动。

　　运河古驿，通达天下。东方邮都的定位，是开放性的、全球性的，是与国家的大开放同步的。东方邮都的定位本身已经超出了普通城市，理当有国际化的视野和手笔，城市的开放度、外向度就是题中应有之义。一些配套的设施和举措要同步谋划实施，譬如，人才的吸纳引进、快捷的物流、便利的结算；城市的功能区分、路网、路牌、绿化、亮化、美化；涉外的宾馆、商场、学校、医院建设；城乡道路、河流的卫生、整洁；又如文明城市的提档升级、全体市民的文明、礼仪、精神风貌、服务意识、社会主义核心价值观的落地，等等，都要坚持不懈、常抓常新。

  未来的高邮紧紧抓住打造东方邮都的牛鼻子，一定能在激烈的区域经济竞争中抢占先机，赢得主动，从而为千年古城注入新动能，给高邮人民带来新福祉。我们完全有理由相信，一座独具特色且让人印象深刻的东方邮都，一座具有厚重历史感且现代气息浓郁的东方邮都，将会在不长的时间里屹立在世界的东方。

二月兰

　　二月兰是早春时节最早映入人们眼帘的那些色彩明丽的花卉，在平原、在山地、在河边、在路旁、在树下，到处都可以看到它的身影。初春的大地上，二月兰格外的鲜亮、耀眼，总能给人以欢喜的感觉和赏心的快意。

　　二月兰开花并非大红大紫，也非大喧大闹。二月兰的花朵有点类似蚕豆花，又有点类似薰衣草的颜色，是紫兰色和淡白色相间的那种，是特别柔和、温馨的那种。远远望去，密密的二月兰，似乎笼罩着一层薄薄的紫蓝的雾霭，一片浅浅的淡白的轻烟。

　　几株二月兰开在那里，似乎并不起眼，甚至容易被人们忽略。然而，当二月兰花开成海的时候，人们一定会惊异于它的壮观和美丽。面对盛开的二月兰，人们欣喜的心情是可以理解的，因为，这是刚刚经历了严冬的肃杀，大地上出现的第一抹丽景。几日前还是如此荒芜、冷寂、单调的田野上，忽然露出了如此勃勃的景象，怎能不让人惊喜万分呢。

　　都说漫天飞舞的白雪是春天的使者，我要说，春天真正的使者应该非二月兰莫属。经过了冬天的蛰伏，经受了大雪、寒潮、冰霜和孤独、冷清、寂寞，二月兰在地下经受了怎样的苦痛，经历了怎样的磨难？想来，二月兰一定有坚定的信念和乐观的精神。在艰难困苦面前，不是选择躲避而是选择直面，不是选择放弃而是选择坚守。你看，在明媚的春光刚刚投射到大地的日子里，二月兰便探出身子，抖落尘土，冲出地面，及时向世人报告着春天的消息。随着二月兰的到来，姹紫嫣红、花团锦簇的满园春色就会纷至沓来了。

"谁牵紫袂娉婷舞，料是春声入耳来。"二月兰是在乍暖还寒最难将息的初春向世人报到的。它报告着春天的信息，传递着春天的气息——紫气东来、万物苏醒的春讯。仔细想来，二月兰牢牢记住自己守护大自然的初心，恪守自己作为春天使者的使命。它当然知道征程上或许还会有冰霜，还会有寒风。但是，它傲然以对、无所畏惧，它以自己全部的坚韧和倔强，报道着春天的消息，展示着生命的价值。

二月兰其实是最平凡质朴、最素净悦目的观赏性花卉。它总是悄悄地来，悄悄地去。它的株型细小纤弱，花朵不大；它耐严寒、耐阴湿，不苛求生存的环境；它静静地开着清新淡雅的花朵，装点着人世间的美丽；它默默地奉献自己：种子富含胡萝卜素、维生素和亚油酸，可以榨成很好的保健油品，它的叶片和根茎还可以作为人们日常的食材家菜。

　　超然洒脱而不张扬，绽放美丽而奉献毕生，是二月兰的花语。多么谦卑纯洁的秉性，多么朴实敦厚的品格。透过花丛，我仿佛看见，二月兰的心灵，是洁白无暇的；二月兰的信念，是痴心不改的；二月兰的精神，是达观永恒的。都说生命是无常的、短暂的，二月兰绽放的恰恰是生命的辉煌和精彩。

　　在二月兰的花丛间流连忘返，我的眼前浮现出一大批巾帼英雄。我想到了杨开慧、刘胡兰、江姐、张志新。在国家危亡的紧要时刻，在腥风血雨的恐怖时候，在阴霾笼罩的阴暗时分，她们秉持信仰、心存信念，将自己的生死置之度外，建立起高耸入云的巍巍丰碑。她们无比刚强、无比美丽，不正是二月兰形象的生动写照吗？

　　屋子里的电视机正在播放抗击新冠病毒疫情的表彰大会实况。2020年的这场突如其来的新冠疫情，给全人类带来了巨大灾难，许多人陷入慌乱之中。党领导全国人民展开气壮山河的抗疫斗争。李兰娟、陈薇、张继先以及成千上万的白衣天使们不顾自身安危，毅然投入与病魔的殊死搏斗。每每看到那些风雨兼程的逆行身影，每每看到那些救死扶伤的动人场面，都会让人泪流满面。

　　邻家小妹26岁，在医院ICU做护士。她是二月里出生的，小名兰儿，左邻右舍都习惯叫她二月兰。兰儿自幼喜欢花花草草，特别喜爱二月兰。参加工作后，她了解到二月兰的花语，暗地里下决心要学习二月兰的品格。她工作态度认真，刻苦钻研业务。她视病人为亲人，在护理岗位一干就是6年，多次被评为先进工作者。元旦刚刚与单位的骨科医生结婚的她，得到要调派医护人员去武汉驰援的消息，第一时间就报了名。那天出发时正是大年初一。妈妈拉着兰儿的手，泪眼婆娑："在外千万多保重。"正在加班的新婚丈夫发来微信"等你平安归来"，外加一个心心相印的图案。兰儿含着泪笑了。

那会儿前往武汉参加抗击疫情是冒着生命危险的。兰儿她们临危不惧，义无反顾地投入到抗疫最前线。在与病魔抢时间的日子里，兰儿她们先是在方舱医院，后又转战到传染病医院，先后救治成功60多位病人。她们采用的中西医结合和人文关怀治疗方法效果显著，被上级指导组总结推广。

约好每天晚间9点视频报平安的。看到兰儿穿着厚重的防护服，脸上口罩深陷的印痕，那疲惫的倦容，妈妈泪光点点。这一头，妈妈说："兰儿，千万要保护好自己。"那一头兰儿说："妈妈多保重，我会照顾好自己的。"半月后的一天，每天的视频没有如约而至，妈妈慌了神，累了？病了？发烧了？感染了？急忙召来女婿一直折腾到凌晨1点多才联系上。原来兰儿她们在抢救一个危重病人，硬是将病人从死神手里抢了回来。妈妈心头的石头落了地，她喜极而泣。

　　兰儿的防护服后面写有"二月兰"三个字。兰儿记得自己的使命，她细心照料接管的每一位病人。为加快康复，她带领病情较轻的病人做八段锦，她还为情绪低落的病人做心理疏导。病人不知道她叫什么名字，只知道她是二月兰。病人说，二月兰到了哪里，哪里就特别的暖心。兰儿她们的医德和专业水平，赢得了病人的一致赞扬，得到了当地医政部门的充分肯定。完成任务凯旋的时候，兰儿被评为抗疫英雄并荣立三等功。在接受采访时兰儿只说了这么一句，"我是白衣战士，这是我应该做的"。多么朴实的话语，多么高尚的品格，这不正是二月兰的崇高精神吗？

　　又到了二月兰开花的时节。一大片一大片的二月兰盛开在大地上，蝶儿飞来飞去，在二月兰的花田中翩翩起舞。爱美的人们，有的以花丛为背景，有的直接来到花丛之中，留下美丽的倩影。我知道，人们热爱二月兰，是因为她默默地装扮着大自然，是因为她静静地装点着人类的美好生活，是因为她无声无息地奉献自己的一切。

　　二月兰是平凡的又是崇高的，是普通的又是伟大的。在二月兰花开烂漫的时候，我要说一声，愿二月兰花开不败、芳华常在。

高邮双黄蛋

"未识高邮人,先知高邮蛋"。

处于江苏中部的高邮,是一个有着上千年历史,文化底蕴很深厚的县级市。许多人并没有去过高邮,却都知道有个叫高邮的地方。问及缘由,几乎众口一词,皆说由于高邮双黄蛋。正如汪曾祺先生所言,高邮人在外求学、就业,不少人都被戏称为"高邮双黄蛋"。我以为,这里既有插科打诨的因素,也有谐谑和绰号的意味。儿时又有几个男孩子没有绰号和诨名呢?但是,高邮双黄蛋的知名度却是不容置疑的,高邮的名声也因此不胫而走。

农耕社会的中国,幅员辽阔,河湖众多。养鸭子,产鸭蛋的地方很多,人们公认的唯有三大鸭系:一是北京鸭:以健硕肥大著称,多烤吃,为北京烤鸭的主要原料。二是绍兴鸭:体态娇小,生蛋的频率高,业内称之为蛋鸭。三是高邮鸭:因羽毛类似于麻雀,俗称小麻鸭,它兼有北京鸭和绍兴鸭的优点,潜水深、耐粗饲、觅食力强,更以常生双黄蛋而闻名于世。

高邮双黄蛋久负盛名。史料记载,北宋大词人秦少游作为高邮人,曾以家乡的咸鸭蛋馈赠其诗友——时任徐州太守的苏东坡。清代著名文学家、美食家袁枚品尝高邮鸭蛋后,赞不绝口,他的《随园食单·小菜单》有以下记载:腌蛋以高邮为佳,颜色细而油多。高邮双黄蛋自古就是进贡朝廷的名特产品,是皇宫里的御用膳食。在民间,高邮双黄蛋既是酒席上的珍品,也是当地人馈赠亲友的首选礼物。

现代大作家汪曾祺对家乡物产的喜爱之情溢于言表:"高邮咸蛋的特点是质细而油多""蛋白柔嫩""黄是通红的""筷子头一扎下去,吱——红油就冒出来了""切开之后,里面圆圆的两个黄,使人惊奇不已"。他更直言,"曾经沧海难为水,他乡咸鸭蛋,我实在瞧不上"。汪先生的《端午的鸭蛋》被选入语文课本,更是让高邮双黄蛋声名远播、广为人知。

近百年来,高邮双黄蛋获得许多殊荣:早在1909年,高邮双黄蛋参加南洋劝业会,获得国际名产声誉后,继而在巴拿马博览会上获得银奖。21世纪初的2002年,高邮鸭蛋被列为受国家原产地域保护产品,这在全国农水产品中属于首例。2005年被认定为国家地理标志产品。2012年高邮双黄蛋更名列第二,入选全世界最值得品尝的100种味道。

在高邮,几乎家家户户都会腌制咸鸭蛋。备好料酒、花椒、八角，将鸭蛋洗净后，用盐开水冷却后泡、用草木灰泥裹、用盐黄泥裹等都是常用办法，一般30天左右就可以食用了。如同明前的茶叶珍贵一样，这里的人们腌制咸鸭蛋习惯选清明前的鸭蛋，此时鸭子吃到的蚯蚓少，咸鸭蛋的腥味少。现在几家大型鸭蛋加工单位早已经实行了工厂化生产，从腌制、清洗、光检、分级、真空包装、控温蒸煮，都已经实现自动化、流水线作业。开袋即食，大大方便了食客，适应了当今快节奏的生活方式。

一蛋双黄的高邮蛋，是美食的精品、宴席的珍品。它不仅美味可口，营养丰富，富含多种维生素和微量元素，还具滋阴补肾、清热的功效，鸭蛋清也具有药用价值。食品讲究时令，在特定的时令品尝食用，才能享用最佳、最美的感觉和味道。春夏时节的咸鸭蛋略带咸味时最是爽口，蛋白似碧玉，具有鲜、细、嫩的特点；蛋黄如玛瑙，具有红、沙、油的特质。秋冬季节的松花蛋，色如蜜蜡，纹似松针，形似琥珀，呈现晶莹剔透、鲜滑爽口的另一番风味。

经常有人发问，是不是高邮鸭产的全都是双黄蛋呢？专业人士说，高邮麻鸭孵出后4个月左右开始产蛋，到2年后作为老鸭卖出，年产蛋约300只，产双黄蛋的概率也就是3%-5%左右。出现双黄蛋的原因，首先是强大的遗传基因，使得高邮麻鸭种族产双黄蛋的概率偏高。其次是高邮地区这一方水土的生态环境，江苏省第三大淡水湖高邮湖周边众多的河沟港汊、湖泊荡滩，芦苇丛生、植被繁茂，水域宽阔、水体纯净、水质优良。水边的蚯蚓、水草，水下的螺蛳、蚬子、小鱼虾，都是鸭子的天然饵料。用当地人的话来说，我们的鸭子都是吃的活食。有趣的是，即使是正宗的高邮鸭，在离开了高邮这样的生存环境时，生双黄蛋的几率也会大大降低。这不由得使我想起，茅台酒的生产离开了茅台镇的小环境便会变味许多。这其中是否有某种相似之处呢，我不得而知。

并非所有的鸭蛋都是双黄蛋。鸭蛋大固然是前提，人们以往是靠经验，凭感觉。在高邮鸭业园区，那里的工人区别鸭蛋是否双黄很有办法。除了观外形、掂重量外，他们将那些稍大的鸭蛋放在特制的、内有灯光的洞口一过，就能够清晰地看出蛋黄的单双。至于双黄蛋能否孵出两只鸭？专家说，鸭蛋出现双黄，其实是生理、病理、遗传因素综合作用，加上食涌量大，胚胎出现变异。此时，连一只小鸭也孵不出来了。

高邮鸭和双黄蛋是祖先和大自然的恩惠。高邮人有担当、懂感恩，他们深知，高邮鸭属于家禽稀缺优良品种资源。为保证优良品质不退化，这些年，高邮的人们做了大量工作，种鸭场、研究所、鸭集团，不懈地提纯、复壮、保种，使得高邮鸭种始终保持着健、纯、优的态势。那一年的禽流感肆虐，鸡鸭鹅等家禽普遍遭殃。一旦出现疫情，就得立即全部扑杀，老祖宗留下的高邮鸭面临灭种的危险。集中饲养的风险实在太大，高邮人便采取化整为零的办法，他们将种鸭群分成若干组，分散到几十户人家中精心照料，小心伺候，终于度过了危机，保证了高邮鸭这一优良品种的可持续发展。

　　大凡优秀的工业、轻工业制品，总免不了被人觊觎，甚至模仿。那时，刚进入高邮的地界，仿佛来到了双黄蛋的世界，道路两旁高邮双黄蛋的招牌、广告铺天盖地，接踵而至，堪称盛景。双黄蛋的市价比单黄蛋要高出几倍甚至十几倍。双黄蛋数量就那么多，这就有人动歪心思了。早些年就曾发生过几起假冒事件，不良商贩用鹅蛋大小的土豆粘上黄泥和皮糠，冒充双黄蛋卖出欺骗顾客。一系列严厉的打假整治组合拳出台后，情况才有明显好转。

　　高邮双黄蛋自然是高邮的形象和名片。可是这些年它也经历了许许多多的风波：除了禽流感流行的有惊无险、假冒伪劣蛋品的闹腾之外，还有外地发生的苏丹红事件，高邮鸭蛋躺着中枪。双黄蛋是人工合成的网传沸沸扬扬，令高邮蛋蒙受冤屈。但是，高邮双黄蛋毕竟以过硬的品质，在消费者心中建立起了良好的信誉和口碑。

正像一位业内权威人士所说，正宗的高邮双黄蛋经得起时间和历史的检验，作为原生态食品，它在老百姓心中的地位是难以撼动的。

"一只鸭子一张嘴""呱""呱""伊嘁嘁来……"著名民歌《数鸭蛋》在高邮家喻户晓、妇孺皆知，最能代表高邮人的鸭蛋情。1957年3月，高邮民歌手王兰英等三人就曾以这首《数鸭蛋》在北京人民大会堂参加全国青年文艺汇演，欢快的旋律，诙谐的歌词，朴素无华的演唱，浓郁的乡土气息，受到了党和国家领导人的赞扬。2009年，《数鸭蛋》作为汉民族歌曲代表作品，在"歌唱中国——五十六个民族庆祝新中国成立六十周年文艺晚会"上再次获得赞誉。央视也曾多次播出高邮孩子们表演的《数鸭蛋》歌舞。

高邮双黄蛋最经典的广告词，是那句人们耳熟能详的"天上月亮太阳，地上鸭蛋双黄"，寓意好事成双、如意吉祥。确实，高邮的人们儿女婚嫁，都喜欢选用双黄蛋，取的正是双喜临门、吉祥圆满之意。据说，高邮北边一个乡镇的街上，年轻夫妇经常生出龙凤胎。一传十、十传百，好事者相传是喜爱吃双黄蛋的缘故。此事当然缺乏科学依据，但人们宁愿信其有。于是，双黄蛋更加大受欢迎，更为抢手，以至于"常吃双黄蛋，早生龙凤胎"，成为高邮人新婚祝福最常见的用语了。

我有幸在高邮工作了 8 年。如今每尝到口感鲜美的高邮双黄蛋，我总是情不自禁地想起那座美丽的古城，想起那烟波浩淼的高邮湖，想起那里勤劳善良的人们。

黑天鹅

半年前，G生态农庄来了两只黑天鹅，这是他们花几千元买来的。黑天鹅到来，农庄的员工们像过节一样欢天喜地，工前工后他们都要到黑天鹅栖息的地方望上几眼。旁边村子里的老百姓也三五成群前来观看，短短几日，来农庄的游客竟翻了一倍。

看着黑天鹅在水中嬉戏，游人中一个小孩不无担心地问："黑天鹅会飞走吗？"一旁的大人说："黑天鹅的飞羽已经被剪去五六根，飞不起来了，是专门给游人观赏的。"小孩点点头若有所思。

黑天鹅源自澳洲，现今作为吸引游客的观赏性珍禽动物，不少地方都有引进和饲养。黑天鹅的体型与人们常见的家鹅相差不多，只是个头稍大一些。细小圆圆的眼睛扑闪扑闪的，颈项柔软细长，经常呈S形拱起或直立，羽毛卷曲，是深黑色的，间有少许白色的小点。阳光下，毛色乌黑光亮，扁长的鸟喙呈艳红色，衬托着黑色的身躯，显得分外醒目耀眼，声音高亢，回荡悠远。

G农庄的这两只黑天鹅一雌一雄，美丽俊俏。才几天它们就认可了这里的环境，每天玩得挺欢。头脑机灵的小钟很快就给两只黑天鹅起了名字，雄的叫牛牛，雌的叫花花。饲养黑天鹅的任务交给谁呢，大家说，交给老刘吧，他做事可细致、用心呢。

G农庄的生态环境好，有大片的树林、蒿草、芦苇。这儿池塘、湿地多，有两处较大的水面。一处是40多亩的沙潭，一处是近200亩的水库。牛牛和花花这几天在沙潭，过几天到水库，一会儿在岸边散步，一会儿在水里游泳，一会儿捉小鱼小虾，一会儿吃水中小草，一会儿引吭高歌。"水中优雅舞婆娑，脚蹼轻舒漾碧波"。它们游动时的姿态很优雅，挺脖昂首，伸展着宽阔的双翼，好似缓缓前行的游艇一般，身后的水面上漾起一圈圈粼粼的波纹。牛牛和花花恩爱有加、形影不离，自由自在地享受着生活。人们经常看到，两只黑天鹅很配合游人的拍照，一旦发现有人举起相机，它们游动的速度会放慢，有时相向的长颈项还有意识地摆成心的造型，游人和摄影者直呼神奇有趣。

饲养黑天鹅的任务交给老刘后，老刘上了心思。黑天鹅吃的水生植物等，他认真精选，没有一点马虎。黑天鹅睡觉的地方，他铺上软草，打理得干干净净。日子过得真快，一晃几个月过去了，正月里的一天，老刘兴奋地告诉大家，黑天鹅在新换的住处下了5枚蛋。憨厚的小郑不放心，蹑手蹑脚前去侦察了一回，并且用手机拍了照片确认了此事。小郑说，那黑天鹅下的蛋灰灰的、大大的、圆圆的，黑天鹅正在准备孵蛋呢。

老刘给大伙儿分析，怪不得这几天，牛牛和花花离开沙潭边的窝巢，住到了水库里的一块高地上。那里距岸边有20多米，朝南向，阳光充足，上边有一片蒲草和芦苇丛，原来它们寻到那里是准备孵蛋的啊。动物的天性让大家啧啧称奇。大家还发现，牛牛作为雄性天鹅，天生就有一种保护欲。此时，它更是义不容辞地肩负起守护的责任，它俨然严守岗位的哨兵，在高地四周来回巡弋，一刻也不离开。它的灵性表现在似乎漫不经心，却用余光警惕地监视着周边。一旦发现有人从附近走过，牛牛便脖子直立，昂昂鸣叫，似在警告路人，又似在提醒花花严加防范。

这两只黑天鹅与老刘比较熟悉。在黑天鹅孵蛋的这些日子里，老刘变着花样给它们改善伙食，新鲜水草呀、稻谷呀，甚至还搞了些鱼粉，老刘成了唯一可以与它们近距离接触的人。黑天鹅孵蛋是一个漫长的过程。孵蛋当然以花花为主，偶尔牛牛也会帮忙，前后大约孵了40天。"小天鹅出来没有？""还有多少天？"在那段时间里，黑天鹅孵化成了农庄人们的热门话题。老刘显得更加焦心，可是他爱莫能助，他能做的就是反复提醒大家，黑天鹅在护巢期特别敏感、好斗，需要安静，千万不能靠近，不可打扰。

那天，一个来农庄游玩的年轻人听说黑天鹅正在培育下一代，猎奇心驱使他抵近观察，试图一探究竟。正在附近巡逻的牛牛迅速赶到那人前面，眼睛滚圆，怒目相对。见年轻人还没有走开的意思，牛牛摆出了一副拼命的架势。但见它伸长颈项，拍打着翅膀，脖子里发出阵阵骇人声响，尔后直接用尖长的扁嘴驱赶好奇者，吓得那年轻人慌不择路，狼狈而逃。

40天在时间的长河中只是短暂的一瞬，而牛牛和花花却经受了许多辛苦。刮风、下雨、寒流、雾霾，还要防止黄鼠狼之类的不速之客。它们始终坚守在那里。它们的恒心、耐心终于得到了回报。这天，毛绒绒的小天鹅出壳了，是老刘率先给大家报告了这一喜讯。5枚蛋共孵出了3只小天鹅，应该说，这比例是很高的。那小郑说，旁边农庄的黑天鹅6枚蛋才孵出了1只小天鹅呢。

新生命的诞生给农庄的员工们带来了许多欢喜，只因他们知道其中的艰辛和不易。当晚员工专门聚餐，平时不大喝酒的老刘，破例喝了二两五。老刘更加密切关注天鹅的举动了，他找人请教孵化期的黑天鹅的饮食起居，买了一个红外望远镜，过一会儿就举起来观察一番，他甚至在距离黑天鹅不远处搭起一个小棚，连续在里面住了好几天。

刚刚出壳的小天鹅虽然步履蹒跚，但下到水中，就能浮在水面轻轻划动脚蹼，跟着爸爸妈妈缓缓前行。此时，牛牛、花花的动作也很慢、很轻，分明在照顾着小孩呢。这应是动物界的天性使然，护犊的天性使得刚刚当上父母的黑天鹅，更加警觉，它俩是决不容忍外人伤害到自己的小孩的。

舐犊情深乃是动物的天性。在爱子、亲子方面，雌性自然比雄性细致、周到许多。有些粗心的男人带小孩睡觉，小孩半夜里滚到床下，他还浑然不知呢。这样的事情发生在黑天鹅身上可就是一场悲剧了。大概是小天鹅出生的第三天，牛牛听到岸边有一群人路过，它本能地将几只小天鹅扑住，本意肯定是想护着小天鹅的，却不料一掌将一只小天鹅当场给压死了。老刘举着望远镜观察到此情此景，生怕再出意外，立即赶过去将另外两只小天鹅抱到他的宿舍，途中发现另一只也已经奄奄一息。老刘抱着它一脸沮丧，毕竟没有回天之力。

小天鹅没了，牛牛和花花那自责、哀怨、无奈、苦痛都写在脸上。一日里它俩不吃不喝，悲鸣着，凄厉的声音划破宁静的水面，真的让人揪心。农庄的几个女工说，老刘呀，你是好心办坏事呀，快将小天鹅送回去吧。老刘这才发觉自己做错了事，赶紧把仅存的一只小天鹅送回牛牛、花花的身边。

小天鹅回到了身边，牛牛和花花那个开心、激动啊，又是舔，又是吻，又是啼。下得水面，牛牛和花花一前一后，一左一右，小天鹅始终在它俩的中间，牛牛、花花充当着护航的角色，眼神里满满的怜爱和关切。看到这感人温馨的一幕，知情的人们都感叹不已，几个女工早已泪光闪闪。又过几天，小天鹅能吃水草了，会吃水中的生物了，脖子也伸长展开了，这些都预示着小天鹅度过了生长的危险期。老刘和农庄的员工们暗暗庆幸着，大大地松了一口气。

近日里，我打开手机端详黑天鹅一家三口相亲相爱的画面，内心涌起阵阵感动。同处一个星球，人类作为高级动物与其他动物在许多方面其实是相通的，这提醒人们，应该倍加友好相处、珍惜感情、呵护成长、敬畏生命。

白果树抒怀

　　白果树是老百姓比较喜欢的树种，它树干笔直、巍峨伟岸，它生长慢、生命长。白果也叫银杏，白果树又叫银杏树。郭沫若先生曾说"银杏，我思念你""一般人叫你是白果"。我就是把银杏叫作白果儿长大的"一般人"中的一个，一直以来总是习惯性地叫白果树。

　　白果树体魄苍劲、风骨清高、外形优美、生命力强盛。儿时就常听老人们说，白果树是好东西，浑身上下都是宝贝。确实，它的叶片、果实、种子均具较高的药用价值，尤其白果，是营养丰富的高级滋补品。白果树的木质细密，多用于建筑、家具、雕刻及工艺装饰。白果树做的砧板，结实耐操且不伤刀。白果树的叶子不仅是一味中药，它那扇形的一柄两叶，更象征着和谐与爱情，为许多人所珍爱，我就经常将白果叶当作书签夹在书中呢。

　　在我的家乡白果树是摇钱树。那些年，白果树的经济价值甚至超过了家里的壮劳力，当年"发家致富，多栽白果树"的说法曾经广为流传。如果家里有几株果实累累的白果树，基本上就已经跨进了小康行列了。我们那里还有不少农户把栽白果树作为传家的产业看待呢，他们称之为公孙树，含有爷爷栽树孙辈收获的意思。

　　我家的院子里就有一株白果树。我们家搬到这个小区的时候，它就矗立在那儿了。这些年除了浇点水，几乎没有给它做过什么，可是它一直在默默地生长。也才十多年的时间，它的树围明显增大，个头也已经超过了房屋的高度。

　　白果树总是顽强地坚守自己的生活逻辑，一年四季展现出不同的模样。还在春寒料峭的时候，白果树的枝条上冒出嫩绿的细细的朵芽，随着天气转暖，它蓬蓬勃勃地生长起来、舒展开来。夏日里，白果树枝叶繁茂，张开的绿色树叶如同一把硕大的遮阳伞，给人们带来一片荫凉。深秋寒风刮起，白果树的叶子变得金黄，然后陆续掉落，待到最后一片叶子落地，冬天就到来了。冬季里寒风凛冽，枝条随着大风摇摆晃动，白果树兀自在抵御寒流。飘雪的日子它周身银装素裹，成为寂静大地上一道美妙动人的景致。

　　虽说白果叶由绿变黄，再由黄落地是生命的转换，虽说这是属于自然的新陈代谢，但这一幕多少还是让人有些唏嘘感怀。几阵秋风吹过，白果树的叶子纷纷落下。随着寒秋的到来，树枝的黄叶愈来愈少。原来树枝上仅剩的几片树叶也落下来了，白果树浑身变得光秃秃的，成了一个完全裸露的躯体。然而，即使在告别的时候，即使脱离树干了，白果叶仍保持着它优雅的姿态，它在风中舞动着、翻飞着，如同蝶儿在飞舞旋转，然后轻轻地落在地面，很快树干四周铺满了金灿灿的落叶，成为又一赏心悦目的景观。

如今人们把白果树作为景观打造的重点树木，不少地方的道路两侧，都栽有一排排的白果树，成为著名的景观大道。行人或车辆行走其间，遮风遮阳，四季不同的景色会给人们带来别样的审美享受。而那成片成片的白果树林，因其面积大、树木多，更是蔚为壮观。

白果树是生命力最强的树种之一。少则几百年、多则上千年的白果树，在山川大地上比比皆是。白果树的坚韧和坚强是世人公认的，在城乡许多地方，印入人们眼帘的首先就是巍然屹立的白果树。但凡有点底蕴的寺庙几乎都栽有白果树，寺院庙宇终年佛号声声、梵音袅袅，方丈主持交替了一代又一代、一茬又一茬，唯有白果树见证永恒的守候，见证沧海桑田的变迁。

白果树久远的历史、顽强的生命力、对人类的贡献无与伦比。那年我在出差途中见过一棵白果王，树龄在1300年以上，树高30多米，树围7米多，年产白果500公斤，那悠久的历史和遮天蔽日的阵势让我惊叹不已。以后但凡见到成百上千年的白果树，我都要拉着友人张开臂膀丈量树围。我还会痴痴地想，它们是谁栽植的，又是什么时候栽植的呢？我知道不会有确切的答案的。古人只管栽树，让后人乘凉受益，似乎并没有考虑那么许多。

几百年、上千年是怎样的概念啊。那是明清的时候，那是唐代乃至更远古的时候啊，在这成百上千年的时光里，自然界发生了多少嬗变，人世间演绎了多少故事。物是人非、沧桑巨变，唯有白果树巍然耸立。当你看见白果树高大的身躯、斑驳的枝干、茂密的树叶和饱满的果实时，一定会油然而生敬慕之意，更会重新认识生命的价值和意义。

老龟

乌龟在东方民族是具有镇宅、招财、祥瑞、长寿等象征意味的。这里说的老龟,并非是传统意义上的百年龟、千年龟之类,而是我们家曾经养了30年的宠物,那只名叫老龟的绿毛龟。

30年,对于寿命很长的乌龟来说,年岁尚不足以算老,为什么叫它老龟呢?

那时我刚刚从县城被抽调到大市工作。一天,领导在走廊里喊道,老王,老王过来一下。其时,我28岁,听见有人喊老王,疑惑是喊我,内心有点诧异,不敢贸然应答。走出办公室左顾右盼后,指指自己,是喊我吗?那边,领导点点头。我这才恍然大悟。原来称他人老某,既是一种自谦,亦是对他人的尊重呀。

没几天,我们几个领命到基层做个专题调研,我们跑的兴高宝一线,最后一站是宝应。在一个特种水产养殖场参观,临离开时热情的主人给我们一行每人送了一只小绿毛龟,说:"龟是吉祥之物,回去好好养。"

这只绿毛龟才出壳不久,只有大拇指甲大小。回到家,我小心翼翼地将它放在一个玻璃缸内,加上水和水草,再放些龟食。只见它在水面轻轻地划动着，一点不认生，看样子，适应环境还蛮快的。我注意到，只要看见有人来了，它就会游到玻璃缸边，似乎要与人对话，要同人玩耍似的。妻说，这只绿毛龟倒是挺有灵气的。

女儿说，不能就叫绿毛龟呀，总得给它起个名字吧。我想起了领导喊我的情景，随口说道，就叫老龟吧。女儿笑道，才多大的一个龟，就叫它老龟呀？

就叫老龟，全家都认可了这个名儿。观赏它、喂它食、陪它玩，都是老龟长、老龟短的，一家人闲来都喜欢与它逗逗、玩玩。老龟在我们家快乐地生活、慢慢地长大。

不长时间里，老龟浑身长满了绿毛，在水中蔓蔓地铺开，游动时好似一团绿茸茸漂浮的水草。岳母以前见到的乌龟身上都是纹路清晰，清清爽爽的。她觉得这只龟身上的细绿毛乱乱的、脏兮兮的，有碍观瞻。于是，她找来一把硬刷，抓起老龟，把它身上的绿毛给刷了个干干净净。女儿放学回来，发现老龟的背壳光秃秃的，一身的绿毛不见了，惊呼不已。了解到是婆婆的一番好意，大家哭笑不得。

老龟的生活习性很奇特。每年真正活动的时间也就大半年多一点，大约就是3月到11月。这段时间里，它的食欲很强，主要吃精肉、虾仁、蛋黄、鱼渣之类。老龟性情温顺，但肚子饿了，也会摆出一副咬人的架势，假如此时你将手指放到水里，它会游过来轻轻咬一下，让人有一种麻麻酥酥的感觉。岳母说，被乌龟咬了要发财的。我倒是被老龟咬了几回的，却一直没有发财之类的事情发生过。

老龟肚子饿了，你走近它的旁边，它会扑打着水朝你示意。此时，我们就将它抓到有食物的小盆子里，让住处的水质保持干净卫生。它在小盆子里吃饱后，会头拱脚踢地自行爬出盆子，在地面溜达一会儿，然后我们再将它放回去。11月老龟就快冬眠了，它的摄入量明显减少，入冬后它更是不吃不喝。我们便将老龟移到水盆里，几天工夫盆子里的水就会逐渐变绿。隔几天我们会将水盆的水换成清水，连同老龟放在太阳底下晒一会儿。暖暖的阳光下，老龟会懒洋洋地探出头来，眯着眼张望一会儿，接着又闭眼睡去。

老龟的住处从玻璃缸到陶瓷盆，再到水池里，几次搬家，居住条件也在改善。特别是后10年，我们搬新家特意在楼上的北阳台做了一个小水池，水池的角落安排一小块高出水面的沙地，让老龟上去栖息；水池北侧堆有一座假山，中间有个洞口，老龟正好可以穿过。就在这有山有水的地方老龟生活了10年。平时只要听见老龟、老龟的叫唤，老龟就会从水池角落里的沙地上滑到水面，迅速游到水池边，眼睛盯着人并扑打着水面。看得出，它有时是想要吃的，有时是想要出来玩耍，有时明显是在与人互动。

大约是老龟在我们家 20 年的时候，家里来了只叫毛豆的猫，才一岁多，正是青春年少，成天上蹿下跳。它有时跳到水池边，有时在爬行的老龟旁边跟前跟后，还不时用前爪戏弄老龟，老龟只得不停地缩头避让。母亲每每见此情形，总是嗔怪毛豆："可不准欺负老龟哟，你别以为你个子大，你的资历比老龟差得远呢。"听到这些，我们总是忍俊不禁。

夏日里纳凉我躺在藤椅上，有时将老龟抓出来放到我的肚子上，那凉飕飕的滋味很是受用；有时将老龟放到我的膀臂上，它的爪子在皮肤上划动，痒痒的感觉妙不可言。我还时常把老龟放出来散散步。说是散步，其实是将它放在客厅的地面上，任它自由走动。有的时候是我们将它抓出来，有的时候是它自己从食盆里面爬出来。这个时候的老龟往往伸着脖子，头一点一点地爬着，它在地面上反复打量、四处张望。一旦发现有人走近，它就会紧随人后，扑打扑打地向前，一直爬到通天井的纱门前才止步。这个功能被发现后，就成了老龟的保留节目。熟悉的几个亲友来我家串门，老龟随人走动是必定上演的节目，它那缓缓爬行的姿态、节奏感强的步伐、紧紧盯人的韧性，总是逗得大家哄堂大笑、开心不已。

女儿喜欢逗老龟玩，她常将老龟抓出来摆个四脚朝天。老龟则伸出脖子，头顶地面，迅速翻扭身来。那日，老龟跟在女儿后面在客厅里面走了几个来回，正走得欢。不料女儿突然立定，一个转身双脚齐跳，跃过老龟，站到了老龟的身后。老龟发觉刚才还在前面的人忽然不见了，它在原地呆立了好一阵方才缓过神，转过身来扑打扑打地继续追着女儿的脚步。以后这一幕反复上演了多次，大家直呼有趣、搞笑得很。

外面的世界当然很精彩。离开狭小的缸盆或是小水池，老龟似乎不太想回到它的天地里，经常候在门口迎接我们下班回来。还有好多次直接就与我们捉起了迷藏。傍晚我们回到家，发现老龟不在盆子里，连连呼喊老龟、老龟。听到喊声的老龟会从角落里面弄出一点动静，发出窸窸窣窣的声响，循着声音我们便将它放回住处。还有几次，喊了几声不见回应，我们便满屋寻找，发现它竟然躲在一只拖鞋里头呼呼大睡呢。妻抓起老龟，轻轻拍打，嘴里说道，老龟可不准瞎跑，不能走丢。

老龟最终在一次散步后走失了。那是2019年夏季的一日，老龟吃食后，我们照例将它放在客厅里自由行走。傍晚我们回家不见了老龟。老龟、老龟，连喊了许多声，都没有一点点回应。瞬间我们慌了，打开所有灯光，赶忙将它经常藏身的地方找了个遍，水池、客厅、天井都一无所获，仅发现通天井的纱门下面有个洞口。直觉告诉我，老龟可能是从这爬出去的。我安慰妻说，兴许明天它会从哪个角落跑出来。可是第二天、第三天，直到今天都没有见到它的踪迹。

老龟在我们家整整30年，它的身体从一个蚕豆瓣大小变成一个拳头大小，它的表皮从浅浅的绿变成幽幽的绿。30年，我们这个人世发生了多么巨大的变化呀，我和妻也逐步走向老年了。作为家庭的一个成员，老龟给我们的生活带来了多少欢喜、多少乐趣、多少温情呀。养了30年的老龟不见了，我们一家人心里都很难过，多日里都是聊的老龟的话题。

老龟呀老龟，你去了哪儿呢？是不是不小心爬到天井里又爬向了陌生的远方，找不到回家的路途？是不是你被路过的好心人收留了，无法回来了？是不是你发生了什么意外，遭到了不幸？老龟、老龟，你究竟到了哪儿呢？

毛豆

十年前，女儿在上海的一个朋友听说我们想养一只猫，立马挂电话，让我们派人速速来沪，说："快来带回去，邻居家猫刚生了一只小猫，可是高贵血统呢。"我们很是好奇，什么叫高贵？电话那头说，这只猫的曾祖母来自英国皇家呢。原来是这等高贵啊。正巧有人回来，于是，这只猫就成了我们家庭的一员。

我们给这只猫取名毛豆。才出生不到半月的毛豆，身材很小，小得只有巴掌大。浑身毛茸茸的，眼睛很细，总是偷偷地打量周边的人。它的胆子似乎特小，一有点响动，就想着躲起来。听见外面炸响鞭炮，它马上浑身痉挛、哆哆嗦嗦，条件反射地找地方躲藏，电视机后面、床底下，都是它的藏身之处，它以为那里很安全。

毛豆的毛色为黑色、黄色、白色三色相间，这种三色猫一般是雌性。毛豆的眼睛炯炯有神，眼睛以下是白色，两眼旁边是黑色，有点类似熊猫的眼圈。鼻子以上是黄色，四条腿有三条是白色，一条是黑、黄、白三色。见过毛豆的人都说，这只猫可精神、漂亮呢。

逐渐长大的毛豆有着好动、好奇的天性，最喜欢与人捉迷藏。它可爱欢快的模样，让一家人很是欢喜。你上班，它会到门口目送你；你下班，它总在门口等候。有时它会爬到门前的白果树上，有时又会溜到小区的池塘抓个小青蛙，捉个知了、麻雀之类。一天下班回来，妻发现家中地上有一摊羽毛。再一看，一只麻雀躺在一旁奄奄一息，毛豆坐在一边，正看着它的胜利果实呢。

一转眼，毛豆来家9个月了。这几天毛豆出现了极其反常的举动。先是叫的声音，从频次到音量都发生了变化，然后就是小便乱排。经验告诉我们，这家伙已经到了发情期。想想有些残忍，我们断然对它采取了绝育措施。小耿师傅捉住它，硬装进提篮里，到医院施行了绝育手术。回到家，毛豆一溜烟钻到床底下，半天不肯出来。为了防止它舔伤口，医生给它脖子上套了一个套套，跑起路来一晃一晃的，呆萌得很。

难道真的与贵族血统有关系？这毛豆确实有点清高、孤傲，属于冷美人一个。其实，小区周围有许多猫，有家猫，也有流浪猫，有的经常在我们家门口溜达。几年来未见毛豆有一个朋友来往，它从来不去搭理人家。过去家里烧个鱼呀、海鲜呀、猪内脏呀，猫闻到香味一定叫个不停，甚至会猫儿搭抓地偷吃。毛豆却只吃猫粮，除此之外，一律不沾。家里来了客人，它发现是陌生人，立马奔走，见它一面都很难。当年将它抓去结扎的耿师傅，每次来，只要它瞧见，马上躲得远远的，怎样喊也不出来照面。

一次，毛豆的下巴处患了毛囊炎，伤口一直淌血水，食欲也明显下降，几天下来不见好转。我与妻商量，得将它送医。我们才拿起那个曾经装它去结扎的提篮，它就千方百计地躲。反抗当然是徒劳的，但一路上它一直拼命挣扎，叫声凄惨。到了动物医院，几个人按着它，方才被动接受检查、清洗、上药、挂水，好一阵才安静下来。到了挂水时，它也老实驯服了，乖乖地伸出前腿，一动不动，大约它也想着早些恢复身体呢。

毛豆实在是一个色厉内荏的家伙，典型的看家狼。它大部分时间在家里活动，偶尔也会到门外转转。有一群猫，经常在我家附近转悠，到底是想拉毛豆入伙呢，还是想打群架欺负毛豆呢，实在不得而知。毛豆的性格当然不屑与它们为伍，但它也格外警惕，害怕遭到群殴。有一天，毛豆被这群猫追得直窜，慌不迭往家里直奔。一见我在，它马上停下脚步，并且回过头朝那群猫示威，估计是说，试试，你们还敢来吗？

不像我们小的时候，家中的大门旁、屋内的墙壁或墙板总会开个猫洞，让猫进出方便。现在的钢筋水泥建筑，压根就没有考虑猫洞。毛豆要求开门时总是先用爪子抓门，发出声响，见家人没有反应，就会反复地叫，一声比一声大，直到来给它开门为止。

猫的智商有多高，真说不准。但猫也会患抑郁症，还会生气。收藏家马未都先生说过一个故事，称他家养的一只猫，因家中新来一只猫而生气，便装成瘸腿模样，直到多天后被马未都在镜子里看见它装瘸的真实状况，才羞赧地还回原状。我们家的毛豆也发生过类似的事情。

那一次，我们急着外出旅游（每天请亲戚来喂一次食），没有给它打个招呼。回来时，发现家中被它搞得有点乱，见到我们爱理不理，喂它吃食，也不肯。连续三天不吃不喝，眼看皮包骨头，我们只得把它送动物医院住院就医。医生又是抽血化验，又是B超，一阵全面体检，结论"营养不良，血糖有点高"。后又追加一句，明天再化验一下尿糖。折腾了几天，花去了千把块，没能查出个毛病。带它回到家后，我们便说，再不吃饭，明天再送你去医院住。没一会，它就开始乖乖地吃饭了。才过几天，毛豆就又胖嘟嘟的了。你说，奇怪不？

夏天里，家里少不了会进几只蚊子，使用电蚊拍效果最好。一次，我打开开关，握住电蚊拍电击了几只蚊子，却不料毛豆耳朵竖起，眼珠滚圆，盯着电蚊拍，连连后退，先是躲到床底，后是逃得老远。以后，每次电蚊，毛豆都是这样的惊恐状。我很怀疑电蚊拍的电波与毛豆的频率相向，产生共振使它严重不适。我想起《西游记》里的唐僧给孙悟空念紧箍咒，或许还真有那么一回事呢。

可是我又疑惑了,为什么其他带有频谱的家电,对毛豆并无影响呢?看来,人与猫狗之类宠物的关系,绝非那么简单,还得深入研究才对。

世界美食之都随想

由联合国教科文组织授予的世界美食之都，有着严格的国际标准。获得如此崇高荣誉的城市基本具有许多共同的特点：拥有高度发达的美食行业，专业的美食餐饮机构，精通烹饪的高水平厨师，传统的烹饪技艺，标志性的传统食品。迄今为止，中国只有四座城市入选世界美食之都。它们是成都、澳门、顺德、扬州。

"饮食者，天理也；要求美味，人欲也"。美食，可以说是全世界人民的共同语言，是现代生活的重要组成部分。"美味珍馐、秀色可餐"，从古到今几乎没有人对美食持排斥的态度。人间烟火气，最抚凡人心。许多时候，人们外出旅行，最能留下印象的，最刺激味蕾的，或许就是那里的各式各样的美食。尽管人们对幸福生活的注解很多，但称得起幸福的生活，必然少不了美食。在消灭了绝对贫困，温饱问题基本解决以后，可以说，美食事关千家万户。

什么是美食？专家学者对此有许多定义，但至少有几条：健康环保、美味可口、营养丰富。曾经有人说，美食应该在色、香、味、形、器诸方面皆为上乘。在我看来，在视觉、嗅觉、味觉和谐统一的前提下，获得的美感和快感方能称得起美食。

东方美食大国的中国历史久远、流派众多、品种丰富、风格独特，呈现多姿多彩的美食文化。扬州获得世界美食之都的美誉，实在是实至名归。自古以来，淮扬菜系就是享誉全国的美味佳肴，被列为中国八大菜系之一。淮扬菜系最显著的特点是精致而清淡，醇厚而平和，它曾被选为共和国开国第一宴，就是因了它具有甜咸适中，色香味齐全，兼顾南北东西之特点。古城扬州自然环境优越，美食文化底蕴深厚，美食产业资源丰沛。这里的人们热爱并享受生活，做事精致，做工考究，换着法儿做美食。"美食是这座城市文化特征的关键组成部分"，扬州包子有包打天下之说，扬州炒饭享誉全球，扬州的三头宴、红楼宴、全鹅宴、全鸭席、全鱼席……著名的诗人、美食大家苏东坡、秦少游、袁枚、郑板桥、汪曾祺等对于来自扬州的美食都有详尽且生动的记述，让人垂涎欲滴、无限向往。史料记载的隋炀帝下扬州，清代的康乾二帝对淮扬菜系亦有极高评价，甚至称之为"人间至味"。

这些年区域经济竞相发展，呈现千舟竞发、百舸争流的发展态势。许多城市确实拿到了不少牌子，大大地提升了那里的城市知名度。但众多人的看法是，与其他的名号相比，世界美食之都似乎更接地气，更容易为普罗大众所接受。据我所知，许多中外游客对扬州获得世界美食之都的殊荣，欣羡不已，前来旅游者络绎不绝、与日俱增。而扬州广大的市井百姓似乎也更加在意，更为关心美食之都这个名位。毕竟，民以食为天。吃是天下第一号的，乃是头等大事。

从词性上分析，世界美食之都至少包含几层意思。其一，它是世界级的，表明了它的最高层次和无可比拟性；其二，具有闻名遐迩的美食及相关产业；其三，属于特定的盛产美食的城市。扬州荣膺世界美食之都的称号，得之不易，值得庆贺，这是毋庸置疑的。然而头脑清醒的人都深知，这才是万里长征的第一步。今后的道路漫长修远，要做的事情很多很多。

既然是世界美食之都，其定位就应该是世界的，其格局就应该是全球的，就自当在美食产业链的各个方面与世界无缝对接，且独领风骚。在这些方面，扬州有优势可发挥，有资源可利用，有潜力可挖掘。扬州应立志做成"人间烟火最蓬勃处"，应有建成世人无限向往的美食之地的宏大目标。来扬州，食材健康环保、制作精致完美，食品美味可口；来扬州，可以品尝四季有味的四方食事；来扬州，能感受名副其实、多姿多彩的美食文化。

荣膺世界美食之都，实在是扬州地方经济社会发展进程中具有里程碑意义的大事件。金灿灿的世界美食之都的招牌，全体市民都将是直接和间接的受益者。它不仅是餐饮服务行业的事，而且是全体市民和全社会的事。坦率说，对于它的全新的国际化城市形象，它对地方经济尤其是招商引资、三产服务业发展带来的深远影响，它对扩大就业和相关产业的拉动等，我们不少人在认识及其准备方面还不是很充分、很到位。

对于扬州来说，获得如此殊荣、肩负如此盛名未尝不是一种挑战？我以为，此时需要不失时机进行深入的宣传教育，需要乘势而上进行深度的挖掘利用，需要以世界美食之都的崭新定位，推动新一轮城市经济、社会发展。更加需要严肃回答的是，我们的城市形象、我们的单位形象、我们的所言所行，等等，是否与世界美食之都相适应、相匹配？我们在对标找差、保持荣誉、放大效应、促进发展诸方面，应该做些什么？

市级层面要保持与联合国教科文组织以及国家相关部门的联络，设立有职有权的权威性机构，对美食之都的发展战略做出统一规划和协调推进。应当围绕美食文化、美食产业发展，常年策划高潮迭起的活动，譬如，举办规模盛大的美食节，美食文化宣传月、周（日）；举办高层次的烹饪大赛及专项邀请赛；美食之都门店集中授牌；传统美食传承创新论坛、展示会、研讨会；对为美食之都发展做出突出贡献的人才和单位奖励表彰；对有影响的基础设施、自然景观、社团单位给以世界美食之都冠名，等等。

报纸、电视、电台包括新媒体要围绕世界美食之都，开辟专栏，设立专门频道，持续搞好舆论传播和科普教育。一方面深化获得世界美食之都历史和现实意义的认识。另一方面，引导大众对美食之都的关注，譬如，最新动态、最新成果、烹饪制作技巧的发布；再如，名店、名厨、名菜、名点的推介，等等。与此同时，还可考虑面向全球，筹办专业的报纸、刊物，开通相关平台。总之，要不断增强广大市民对区域饮食文化的认同感和自豪感；不断提高美食之都品牌对外的传播力和影响力；不断提升世界美食之都的知名度和美誉度。

依托现有高校烹饪研究实践的雄厚基础和实力，筹建更高层次、更具权威性的美食之都研究院所和培训基地，朝着世界美食研究中心的方向迈进。这方面要增强紧迫感，要抓紧整合资源，充实力量，引进人才，加大资金投入，从理论和实践结合的高度进行科学概况和总结提炼。譬如，同拟定扬州炒饭的标准一样，对美食包括食材及其生产基地，美食的粗加工、精加工，美食的工艺流程、生产制作，美食的营养保健，美食的鉴定和宣传，美食产业链的人才培养，美食的承载器皿，美食的大小就餐环境，美食文化等，做出科学系统的阐释和指引，拟定标准，提供示范，不断推出美食研究的新成果。

抓紧兴建或开辟一批具有一定规模的美食展馆、美食广场、美食中心，容各方美食于一体。要用大旅游的思维，通过各种现代化手段，尽快形成以星级宾馆为龙头、专一餐饮为支撑、中小特色餐饮门店为基础的美食富集区，让游客有难忘的美食体验。要整合县区资源，打造多条美食街：既有本地的，也有外地的，既有大餐，亦有小吃。此外，还要下决心整治、优化美食环境，实施现有几条美食街提档升级改造工程，包括就餐环境、餐具、操作间、洗手间、污水处理，在硬件和软件方面出台硬性标准，并整改到位。

设立专项发展资金、奖励资金和若干专门奖项，制定美食之都行业标准，包括行业从业人员的持证上岗、餐饮服务人员的执业资格等系列的制度规范。要采用星级旅游景区的考核标准和考核办法，进行系统的精品引导和精致教育。对规模较大的宾馆饭店，采取考核合格统一授予世界美食之都指定饭店铭牌的办法，并建立明察暗访机制，一旦被投诉或检查不合格者，给予警告直至摘牌处罚。对小型餐饮门店，也要提出相应的严格要求，严禁粗制滥造，不得以次充好。通过不间断的授牌、摘牌、考评，确保美食之都品牌的光洁度。

　　与世界美食之都相匹配的城市大环境亟待改善与提升。城市新一轮的规划、建设、管理要尽可能地与世界美食之都接轨融合，塑造国际化城市的靓丽形象。市容市貌要尽可能注入世界美食之都的文化元素，城市的城雕、街景、广场、楼宇、路桥等要凸显统一的美食之都的标识，城市的亮化、美化、绿化等要彰显世界美食之都的城市品牌。

　　追求世界美食之都内容与形式、内在与外在的和谐完美，意义重大、影响深远，功在当代、利在千秋。按照世界美食之都的地位和目标持续发力、不懈努力，一个名副其实的世界美食之都一定能以崭新的城市形象矗立在世人面前。对此，大家要共同努力。

溱潼鱼饼

　　美食的国度拥有各式各样的美味佳肴。能够代表一个地方的具有标志性的美食，一定是积淀深厚，经过历史淬炼的。美味可口当是首要，能够为大多数人的味蕾所接受，一定能不胫而走。溱潼鱼饼就是这样的美食，它具有肉质鲜嫩、鲜而不腥、味道醇香、隽永绵长的特点。

　　美食，既有自然资源的禀赋因素，更有工艺的精雕细凿和精耕细作。但许多美食一旦离开了那个特定的区域环境，一样的产品生产出来，尽管形似，味道仍会变异许多，有如木偶人缺少了灵魂一般。就像溱潼人说的那样，现时做鱼饼的地方有不少，但离开了溱潼，吃到的那些鱼饼总感觉不是那么对味。

　　溱潼鱼饼具体始于何年，并无考证。据当地老人们回忆，他们儿时，曾祖父就会做鱼饼了。如此说来，溱潼鱼饼的兴起大约有200年是可以肯定的。1949年前，这里最有名的是天兴、陆公井、共和楼等几家饭店；1949年后，这里最有名的是西饭店、东饭店和公社食堂。那里的大师傅做的鱼饼远近闻名。

　　鱼饼实质是鱼产品的深加工。在物资短缺的年代，鱼饼算得上高档奢侈品了，大部分人家平时是舍不得做鱼饼的。这些年随着生活水平的提高，小小的溱潼，成年人几乎都会做鱼饼。进入腊月，特别是小年过后，不夸张地说，溱潼的家家户户都会传出砧板錾鱼的声响，溱潼的街头巷尾，会飘散着鱼饼的诱人香味。

如此景况，当然与这里的历史传统、饮食文化有关。溱潼四面环水，水质清澈，水体洁净，鱼大而肥，味道醇美。这里的水产品异常丰富，鱼、虾、蟹、螺蛳等号称"溱湖八鲜"。取这里的鱼做鱼饼的原材料，自然有得天独厚的优势。但有经验的人说，不是所有的鱼都可以做鱼饼的。当地人一般取青鱼、草鲲，重要活动，须取铜头鱼，因它的肉质最是嫩美、结实。

我的妻是从溱潼走出来的。我知道，溱潼人的鱼饼情结执着而浓烈、缱绻而深沉。溱潼人视鱼饼为美食中的精品，佳肴中的珍品。大事喜事、逢年过节、招待贵宾，他们必然要奉上鱼饼大菜。溱潼人做鱼饼，从选料到制作，从烧煮到装盘，都特别的讲究，特别的隆重，特别的有仪式感。

溱潼人做鱼饼算得上真正的独门绝技。一是刀工。砧板要选用白果树的，横纹圈的砧板容易将鱼肉的细腻沉淀。操作时，须先将鱼头、鱼尾、鱼皮、鱼骨、划水等逐一剔除，再将白嫩的鱼肉一块一块錾成鱼末（泥）。

溱潼人不主张用机器绞，他们说，转动的速度快、温度高，黏稠度和口感都受到损害，影响到鱼饼的纯净。在錾鱼时，也常常是两把刀一起发力，挨着刀錾，才尽可能将细小的鱼刺除尽。二是擂工。将料酒、生姜、葱的汁水和蛋清等投入錾好的鱼泥中搅拌，按顺时针方向，反反复复地擂。直到鱼泥黏稠起厚，感觉难以搅动时，再用适量的盐来收膏。能否顺利收膏，是做鱼饼的关键。在这过程中，须视情况用少许的芡粉、肥肉等进行调节，以保证收膏成功。三是验工。将收膏的鱼泥捏成拇指大小的圆球，放到一大碗温水里。若沉下水底，说明太厚，做出的鱼饼会显得太老杂；若浮在水面，说明太稀松，这样做出的鱼饼会发渣，缺乏劲道。只有半浮半沉状才是最佳合格品，这样做出的鱼饼才酥嫩适中。四是做工。将检验合格的鱼泥停放十分钟发酵、增温，然后做成拳头大小的扁平饼状，放到抹上猪油的平底锅里。按大火、中火、文火的顺序，盖上蒸烤（途中翻一次身）。待闻到鱼香时，淡黄色的鱼饼算是成功了。此时，围在锅边的小孩早已垂涎欲滴，大人们忙将香喷喷的鱼饼撕成几块塞入小孩的口中，而后则将鱼饼晾凉冷藏，备日后烧煮之用。

以往我们家过年做鱼饼，都是请亲戚代做一点，记忆里不多的几次，都是请邻人帮忙的。那年春节前，刚完婚的我与妻自告奋勇承担起做鱼饼的重任。一大家人过年的鱼饼是有点分量的。为此，我俩又是看书，又是找老人讨教，积极备料，准备大显身手，展示一番。晚饭后开始平生第一次做鱼饼。一切按部就班，一板一眼地稳步推进。怎知，在最关键的收膏环节出了问题，只见得放到水碗里的鱼泥稀稀拉拉成不了型，一大盆的鱼肉泥竟收不了膏，我俩急得浑身冒汗。要知道，老百姓有一种风俗，说是假如腊月里做鱼饼收不了膏，这一年里都不会顺遂。我们不敢告诉老人，妻连夜去找隔壁巷子里大厨求救。他闻讯立即赶来，先是询问，再是观察，接着动手，加肥肉、加芡粉、加盐，一阵忙碌终于收膏成功。

　　鱼饼自然是溱潼的最知名特产。那些年我们回溱潼过年，带走送人的礼物都是鱼饼，感觉只有它才能代表溱潼，才拿得出手，也才最受欢迎。古镇溱潼如今已是旅游热点，街面上最多见的就是鱼饼店铺，现做的、包装好的鱼饼应有尽有。不少游客就是冲着鱼饼而来的，鱼饼店铺的门前常常排起长龙。来到溱潼的游客们似乎不带回一点鱼饼，就不算到过溱潼一样，游客大包小包买了许多，店主也赚得个盆满钵满。在溱潼街头，经常可以看到不少外地游客买到鱼饼后，经不起鱼饼香味的诱惑，当场就大快朵颐，吃得津津有味。当地人看到此情此景常常笑说，将大餐当成零食实在有点可惜了，鱼饼是在烧煮之后才能见其真正的美味呢。

到溱潼没有吃上鱼饼，等于没到溱潼。溱潼人请客，不上"鱼饼"，算不得上等宴席。烧鱼饼是很见功夫的。作为当地宴席的经典大菜，鱼饼往往担当的是头菜的角色。程序是，把冷藏的鱼饼斜切成五片，用高汤亦即老母鸡汤与鱼饼一起下锅烧煮，待鱼饼膨大鼓起后，将大青虾、木耳、竹笋、黄芽菜（青菜头）、青蒜等配料投入煮开，最后，放适量盐和螃蟹油。锅盖一掀，阵阵鲜香扑鼻，满屋飘散。

溱潼人的鱼饼装盘简直就像在打造一件工艺品。大部分人家都是把家中最好的器皿用来装鱼饼。先是将淡黄色的鱼饼摆放整齐，然后将红的虾、绿的菜、白的笋、黑的木耳等，分层装好。上桌前，再浇上点芝麻油，一道色香味齐全、造型优美的大菜才宣告完成。筷子夹上鱼饼，软软晃晃，色泽可人，入得口中，酥嫩绵滑，滋味醇厚。每当这道营养丰富、制作精美的大菜登场，总是会激起食客们的一阵欢呼，接着就是"干杯、干杯"的酒席高潮。

一方水土养一方人，一方水土育一方文化。一个哲人说过，美食从来就不仅仅是吃本身，而是一种文化、一种风俗、一种欲望，甚至是一种人生哲学。诚哉斯言，溱潼鱼饼作为当地美食文化的一张名片、一个品牌，可以看出这里的人们享受着居家烹调的乐趣，同样可以看出这里的人们对生活的认真、自信和热情。或许还可以说，鱼饼，正是溱潼人生活格调和品位的象征。

深秋絮语

　　一年四季，深秋总会不约而至。在我的眼里，深秋的风、深秋的雨、深秋的水、深秋的景，都蕴含一种静美，呈现一种壮美。深秋的模样是具体可感的，深秋的容貌是可见可闻的。深秋的韵味值得咀嚼、深秋的深邃值得回味。深秋的气息让我销魂，令我陶醉。

　　说秋高气爽，天高云淡，非深秋莫属。深秋的日子里，登高望远，天空是湛蓝湛蓝的，白云在悠悠飘荡；大地是宁静的，一派五谷丰登、昌盛繁荣的景象；空气是澄澈的，透彻的能见度、开阔的视野，秋景如画尽收眼底。

　　深秋是南飞的大雁。每年的这个时候，雁群会列队成行地飞向南方越冬。它们在提示人们深秋已经到来。为什么不偏不倚都一定发生在这个时辰呢？我想大约是习性和本能使然吧。如果说，白雪是春天的使者，我要说远飞的大雁正是深秋的使者，是它们默默地捎来了深秋的信息。

　　深秋是挂满枝头的果实。那种圆润、甜蜜、彤红，让人赏心悦目、心情舒畅。深秋是桂花树的芬芳，空气里飘散着阵阵甜香。深秋是银杏树的叶黄，满眼皆是美不胜收的景色。深秋是收获的季节，丰收的时节。春华秋实，春种秋收。田野上，瓜果遍地、稻谷飘香。沉甸甸的稻穗等待收割，香甜的瓜果等待采摘。成熟了、开镰了、采摘了，人们的脸上洋溢着丰收的喜悦和欢乐。深秋这个季节，既有视觉的观感，又有味觉的享受，这是大自然的馈赠，是上苍的恩赐。

深秋的底色，是葱茏后的红与黄，这是深秋才有的标配色调。苹果、高粱、枫叶、稻穗、菊花、金桂、银杏叶，等等，与其他季节的五彩斑斓比较，此时的红与黄自有特色。红是殷殷的深红色，这是饱经沧桑的红色，越发显得厚重端庄；黄是灿灿的金黄色，这是触目可见的，越发显得富丽堂皇。我懂得了金秋的涵义，我想到了五星红旗，我甚至嗅到了西红柿炒鸡蛋的味道，无怪乎红与黄组成的色调，中国人最入眼、最喜欢。

在我的家乡，深秋是美食的时节。各式各样的瓜果，水产品，还有菱角、花生等竞相登场。而那里簖蟹的名气似乎更加敞亮些。老人们说，几遍秋风吹过，秋水涣涣，螃蟹的脚痒起来，它要爬簖练脚，爬过去的自然体魄健壮，这样的蟹，个头大、斤两重、壳硬肉肥油多。因而簖蟹的声名远播，行销海内外。秋黄蟹肥，四面八方的食客们，专在深秋时候赶来吃簖蟹，蟹农们也赚得盆满钵满。

其实，一年四季各有各的好处，各有各的美景。人们的心情、意趣、境况不同，对四季的喜爱就各不相同。有人喜欢春天的山花烂漫，有人喜欢夏天的热浪翻滚，有人喜欢秋天的蓝天白云，有人喜欢冬天的白雪飞舞，呈现出各种个性化的喜好和偏爱，但它们都可以自由地表达和释放，我常常惊喜于当今社会的开放与包容。

从情感上说我是最喜欢深秋的。我一直认为深秋是一年四季中最美的时光。深秋，没有早春的严寒，没有夏日的炎热，没有冬季的寒冷。在我看来，深秋如同成熟女性一般，知性、娴静、美丽、优雅。当然，我喜欢深秋还因了自己特殊的情感：是在深秋时节，我来到这个世界；是在皓月当空的秋夜，我收获了属于自己的爱情；是在秋风扬起的时候，我加入了党组织，我发表了自己的处女作……

如今的季节转换实在太快。有时气温迅速升降，几日里竟有十几、二十几摄氏度的落差，有时快得连衣服都来不及更换。而深秋呢，它总是不疾不徐地从容而至。深秋的日子里，空气是清新的，穿着是轻便的，冷热是适宜的，景致是壮美的，各方面都是舒舒坦坦的，连那些令人生厌的蚊虫都少了许多。因而，这些年我都是选择深秋的季节出外旅行。

生活中有的人多愁善感，他们落花掉泪，落月伤心。季节进入深秋，很快就到了肃杀的严冬，他们更易悲从中来。我以为，悲秋是大可不必的。春夏秋冬原本是大自然的变换，人类完全不必徒添悲喜。你若喜欢哪个季节，你就抖擞精神，以好的姿态和业绩做好来年迎接它的准备吧。

深秋也是晚秋。当人生进入深秋的时候，回望往事，回首走过的岁月，每个人都会有太多的感动和感悟。归结起来就是，需要坚信阳光总在风雨后，幸福总是奋斗得来的；需要更多地存好心、说好话、做好事。我想，无论春夏秋冬，追逐幸福生活和美好未来，大抵应当如此。

竹林遐思

打小的时候,我就非常喜欢竹子。长大后离开了家乡,只要遇上竹林,我都要驻足观赏一番。耳旁只要响起小小竹排江中游的歌声,我的眼前就会浮现起家乡通扬河畔的竹排,那里有许多青春年少的欢快日子。

儿时,老家天井的花坛上栽有几十根竹子,根深叶茂,竹影扶疏,是很好看的一景。我知道竹竿是经常用到的物件。洗晒的衣服,会串在长长的竹竿上,搭在天井两边的屋檐上。到河边去钓鱼,鱼竿是用细竹竿做的,弹性足、柔性好。邻居大李擅长吹竹笛,《步步高》《扬鞭跃马运粮忙》等,皆是动听异常的曲调。夏天纳凉时,竹椅、竹席是必不可少的。后来下乡插队,撑船用竹篙子,总爱挑不粗不细,正好满手的。那年出差去四川熊猫基地,看那熊猫抱着竹子又啃又咬,萌样可爱,内心有一种萌化了的感觉。

竹子的品种很多,资料上说全世界竹子的品种有1000多种。竹子枝干挺拔、四季青翠,作为中国的文物标志,深受国人的钟爱。竹子除了装点生活,具有观赏价值外,经济价值也不可小觑。日常生活中,竹器家具、竹器日用品、竹器工艺品等随处可见。它的枝梢可做扫帚，还可做造纸原料。它的茎叶可以煮茶，具有清热、解毒、利尿等功效。至于竹笋，清香、鲜嫩、可口，更是为不少人所喜爱。

我见过众多的竹子，对毛竹更偏爱一些。这是因了毛竹兼具观赏性和实用性，它栽培历史久、种植面积广、经济价值高。毛竹的篾性优异，用途特别广泛。一次偶然的机缘，我从收购毛竹的师傅那里知道了毛竹的生长过程，对毛竹的敬意油然而生。毛竹的种子撒到地里后的几年间都是没有一点动静的，地表上不见丝毫的变化。然而，土壤里毛竹的根系却在不停顿地掘进和蔓延，到五六年后的某个雨日里，它会猛地一下子冲出地面，接着还会以每天1米多的速度向上急蹿，最后可以长到20米左右。原来，这些年，毛竹一直都是在默默无闻地积蓄能量呀。

竹子栽在什么地方或许有主人的随性，但它的价值以及给人的感觉是不一样的。庭院、花台栽的竹子，一般也就几十根，大都比较纤秀细弱，主要是观赏之用，自然也会寄托主人的某种情思，譬如竹报平安，又譬如彰显个人的气节操守等。农村老百姓家前屋后的竹园，往往也都是成片成片的，是家庭的聚宝盆和摇钱树。

读大学的暑假里，我总是喜欢去姑奶奶家小住一些日子。吸引我的是，姑奶奶屋子后面的那一大片毛竹园。夏日的竹林，叶绿杆青、环境宁静、绿荫婆娑、凉爽清新。林中的飞鸟在欢快地啁啾啼鸣。那只名叫阿黄的狗，喜欢在竹林间窜来窜去，一见到陌生人，便汪汪大叫。每每见我来到，总是欢快地摇头摆尾、跳跃不停。两只猫咪，在竹林间嬉闹，飞快地爬上一旁的大树上捉迷藏，与小孩子玩耍的动作姿态相差无几，让人忍俊不禁。一只大公鸡身后经常跟着五六只母鸡，在竹林里欢快地追逐、觅食。没了城里的喧嚣繁杂，踽踽漫步在幽静的茂林修竹之中，我非常享受这绿色宁静、神清气爽的时光。见我踯躅缓行、若有所思的样子，表姐打趣地说，书读多了，想法多了，心里就容易闷得慌。你须常来这里，竹园里的生活无忧无虑、无拘无束，真是很舒坦呢。

　　我国有"竹子王国"之称，是世界上竹资源最丰富、竹林面积最大、竹产量最高的国家。在浙江、江西、湖南、贵州、福建、安徽等，分布有中国十大竹乡，还有十大竹海之说。我到过几个有竹海的地方，感觉在华东的江浙一带，当数安吉的中国大竹海和溧阳的南山竹海最是令人印象深刻。竹海是形容竹子的规模大而多。这样的说法，虽然有点夸张，但身临其境，直面坐拥万亩竹林的壮观，一定能让人叹为观止。

　　今年仲春时节，我们几个好友又一次来到了安吉的中国大竹海。正值春光明媚,眼前山峦起伏,漫山遍野的翠竹,层层叠叠、满目苍翠、生机勃发、挺拔秀丽。走进竹林深处,只见高高的枝头上,悬挂着一组组个字形、人字形、长剑形的叶片。暖暖的阳光洒下,那些竹叶的绿色格外明快和透亮。光影透晒在柔柔的草丛上面,形成了一块一块、斑斑驳驳、大小不等的图案。阳光下,根根竹竿挺拔直立着,有的碧绿,有的深绿,有的淡绿,有的绿中带白,有的绿里带黄,竹节一箍一箍的,至下而上,间隔均匀。竹节呈现白色,在绿色的色调里面显得特别的清晰。风来了,满山的竹叶轻轻晃动,细细簌簌地响成一片。竹叶细瘦些,不同于树叶,风动时的声响自然也温和许多。风停了,绿色的竹海顿时一片寂静,成千上万的竹竿一根根兀自挺立着,一种安宁、静穆之美让人无法言说。此时,你能听到远近之间不时传来阵阵鸟鸣,莺声呖呖,清脆悦耳。友人告诉我,夜深人静的时候来到竹林里,还能听到竹子拔节的声音呢。

在竹海的幽径上漫步,我的思绪不断翻飞。我国古代的许多文人士大夫都非常喜欢与竹为伴,爱竹、画竹、吟竹、咏竹者甚多。史书记载了众多竹林欢乐的情景:那竹林宴、竹林会、竹林欢、竹林游、竹林兴、竹林狂、竹林笑,仅仅从这些字面上,你就能想见彼时醉舞放歌的狂欢场面。史书对记录竹林轶事也是从来不惜笔墨的,魏晋时期的竹林七贤、唐代开元年间的竹溪六逸等，都是人们所熟知的。历代名家几乎都写有咏竹的优美诗篇。白居易写过《养竹记》，苏东坡更说"可使食无肉，不可使居无竹"。清代扬州八怪的代表人物郑板桥的著名诗篇《竹石》《竹》名闻遐迩，更以画竹著称于世，古城扬州甚至有以"竹"字的一半命名的园林——个园，现今不少地方还建起了竹文化生态旅游景区……如同翠竹的根系盘根错节、根深蒂固一样，这种独特的竹园文化和爱竹情结，在浩瀚的中华文化中始终得以传承和弘扬，绝非偶然。

走出竹海的那一刻，陪同我们的小周说道，松、竹、梅是人们熟知的岁寒三友，它赞颂的是寒冬时节傲雪凌霜的顽强生命力，更是契合了中国传统文化中的高尚人格和君子风骨。我突然领悟到了翠竹为常人所喜欢的缘由：是因它总是抱团生存，有一种不离不弃的团队精神；是因它一节一节生长，含有节节高升之意；是因它四季常青，预示青春永驻；是因它弯而不折，象征着铮铮傲骨。是啊，奋发向上的精神，无私奉献的品格，刚正不阿的气节，虚怀若谷的胸怀，永不变色的本色，正是翠竹展示给世人的坚韧挺拔、伟岸高大的形象。

我终于悟透了，原来，世人所有的爱竹、咏竹都是借物言志、以竹抒怀呀，世人所有的翠竹情怀都是源于对竹子的景仰和赞颂呀。哦,翠竹,我真的不知道用怎样的言词来赞美你、讴歌你才好了。

第二辑 坝口风情

坝口

　　长江中下游地区是著名的鱼米之乡。地处苏中平原的姜堰，是泰县县城所在地，周边是广袤的农村。20世纪80年代之前，姜堰的主要街道，也就是东南西北四条大街。四条大街的交会点，人们习惯称之为坝口。从地理位置来看，坝口理所当然就是姜堰的市中心了。

　　历史上的里下河地区常有水灾水患，为防洪、排涝、保安，人们筑堰修坝，建有许多堰坝。姜堰的古名叫三水镇，是因为海水、江水、淮水在此相汇，故有三水之名。北宋年间，姜仁惠父子率民众筑堰抗洪、保卫家园，堰坝筑成后，人们感念姜氏父子功绩，遂称姜堰。当时的丁堰、时堰、姜堰，等等，此后皆成了影响较大的地名。

　　堰坝所在的地点，很多地方被称之为坝口。姜堰有上坝和下坝之分，那里各设有一个轮船码头。下坝，是粮油、物资、饲料等的集散地；上坝，居民比较集中，党政机关、学校、商店、工厂大部分都在此地。上坝与下坝之间原本水系相通，据说当年还曾有一条河渠链接。为了防止水涝、祈求平安，坝口还曾建有一座龙王庙呢。

　　农村县城的人们早不见晚见，抬头不见低头见，彼此之间基本上都熟识甚至了解。照面打个招呼、问个好是最正常不过的事情。在坝口那个几千平米的广场四周走上一遭，估计县城里当天发生的大小事情，就能知晓个八九不离十了。

坝口的广场是个呈长方形的宽阔地带，南边和北边有不少古建筑物，曲江楼、当铺、大王庙、刘公祠、王氏宗祠、东岳庙等都在那一带。广场的最北面是一家人称三大公司的百货商店，前面就是偌大的广场。商店东侧有一条青石板的长巷，向北，然后分叉向东延伸，通向北后老街；商店的西侧是北大街，广场的南面直面南大街，两旁为东西大街。

坝口广场的四周几乎都是商业门店，一家靠着一家。那时的商店，朝街的门面没有现在的玻璃大窗。门大都是一块块的木板，一个挨着一个拼接而成。早上开门，要先将门板一一卸下；晚上打烊，要将门板一一装好。仔细看，每块门板的背面都注有标号，以防混淆、颠倒。

坝口是孩子们最喜欢去的地方。放了学都要拢那儿逛一逛，看看有什么稀奇的、好玩的、好看的、好吃的。每逢寒暑假，广场上更是成了孩子们的天下，追逐、打闹、游戏、看连环画、卖呆……孩子们的许多文体活动，野营、拉练、军训、演出等，坝口自然而然也是最佳的集中地点。

姜堰街上的人们，几乎每天上班、上学、购物都要经过坝口；农村人进城，坝口也是必到之处，那里既能够购得心仪的商品，也能够感觉到县城里的某种气息。只要问起某人去哪儿了？一听说去坝口了，大家一定都能心领神会。农村的人上一趟街不容易，回到家里，邻居问起今天上哪儿去的，他会拉高嗓门回答，"上坝口的"，接着一五一十地讲起城里的新鲜事。

县里的文化馆、图书馆、电影院、剧场、学校都在坝口附近，彰显着这里的人文气韵。这里有崇文重教的传统，中小学的老师们很敬业，教学质量很高，至今学生们都能怀着崇敬的心情报出那些老师的名字。20世纪70年代前后，较大规模的学校和企业，都建有自己的业余文艺宣传队，有的甚至能够演出《白毛女》《沙家浜》《红灯记》等的全剧，还轮流到坝口的广场演出，观看的群众常将演出场地围得水泄不通。县城里举行游行庆祝活动，队伍行进到坝口是必停之地，各单位在此都要做一番表演：锣鼓队、铜号队、腰鼓队、莲湘队、龙灯队、高跷队……一时间人山人海、人声鼎沸。

姜堰当年是盐运漕运的必经地，宋元时期这里的商业就已十分繁荣。商贾云集的坝口，就如同现今都市的商圈一般。百货公司、茶叶店、旅馆、邮局、理发店、浴室、药店、照相馆、八鲜行、酱园、纸坊、开水炉子、水果店、剪刀店、秤店……每天商品进进出出，人来人往、络绎不绝。商品货真价实，商家童叟无欺。农历三月二十八日，是姜堰地区的赶集日，以坝口为中心，各式各样的摊点会排满几条大街，各种商品琳琅满目，一应俱全，物美价廉，购销两旺。

在坝口的周边，有许多固定的摊点，修锁、修自行车、敲白铁皮、修鞋、修伞、炸爆米花、补锅，等等，很是方便百姓生活。游走在街头巷尾的小商贩，他们或挑着货担，或背着货篮，"蛤蜊油、雪花膏""磨剪子、戗菜刀""香干、臭干""滚热的黏玉米"等拖腔很长的叫卖声此起彼伏，他们到了坝口自然会停下来，吆喝一阵，叫卖一番。坝口也是民间艺人们展示才艺的集中地点，捏面人、扯棉花糖、玩杂耍，等等，常常引得孩童们流连忘返。

坝口的烟火气很是旺盛，许多具有地方特色的风味小吃在坝口及周边汇聚。一碟螺蛳、一盘蚕豆、一只凉团、一串荸荠、一碗豆腐脑，它们都沉淀了许多舌尖上的故事。油炸豆干担子炸出的豆腐干、中间可以夹一根油条的米饼、油锅里香喷喷的虾糍儿……还有鱼饼、鱼圆、虾球等众多水产品，既让当地人过足了美食瘾，也让许多外地食客慕名而来，更让走出了姜堰的人们常怀想头。

坝口积聚了许多老字号的饭店。二宜饭店的小炒，冷饮的冰淇淋，糕点饭店的春卷都很出名。姜堰饭店的酥饼，浑身金黄，有中型盘子大小，约一寸半厚。师傅们用将近十个不同油温的铁锅,将酥饼在其中反复滚动,透酥后方才取出。用一根筷子轻轻一插,就可以插到底,是远近闻名的早餐佳品;大众饭店的牛肉汤,货真价实、淡咸适中、浓而不腻、价廉物美,喝多了火大,鼻子会流血。冬天里几分钱打一碗回家,烧上个青菜,真是难得的美味。

清晨,坝口广场上传出的最早的声响,一定是豆浆坊的鼓风机。那里的工人们夜里泡黄豆,起早磨黄豆、做豆腐、煮豆浆。6点不到,豆浆坊门口已经排起长长的队伍,浓浓的、香香的、热气腾腾的豆浆,才2分钱一碗。

太阳落山之前,几个熏烧摊子会准时停靠在坝口的东南角。刚烧熟的猪头肉和猪肝、猪耳朵、猪尾巴、猪蹄爪等,香气扑鼻,招徕顾客,惹得孩子们直淌馋水。那猪头肉的特殊香味,在几代人的味觉中都留下了深刻记忆。据说,多年后,一个已经到县机关工作的同学,听说上级领导要来调研,谈起接待的菜谱,竟脱口而出:"肯定要上猪头肉的。"

姜堰的烧饼店很多,徐四房烧饼店最有名气。它的大炉烧饼,品种多、香头足,你还可以按自己的口味,带馅儿来加工。龙虎斗烧饼又甜又咸,葱油烧饼味道奇香,花椒烧饼最适合老人们买回家煮着吃,萝卜丝夹点猪油渣儿的烧饼经常供不应求。人们似乎特别喜爱吃刚出炉的烧饼,习惯的说法叫"趁热吃、味道正"。滋滋着响、冒着腾腾热气、飘着芝麻香味的大炉烧饼，就着一碗豆浆，一整天都会让你舒坦不已。

　　好奇心是孩童的天性。一群孩子经常围在烧饼店门口看做烧饼，感觉那是很有趣的过程。做烧饼的大师傅似乎不太喜欢与人打招呼，总是默默地忙活。他先是把麦秆草堆在炉膛里点着，燃烧一阵，待看不见明火后，师傅会赤裸上身，弓着腰，侧着身子，左手一块，右手一块，将沾满芝麻填满各种馅儿的面饼贴在炉膛上，并用手拍拍实。然后，将看似灭了的草灰重新点燃。接着，用铁叉捧着不见火头的草灰反复烘烤面饼。几个来回，师傅的脸、手、臂都被草灰熏得通红。此时，烧饼的香味便四处飘散开了，不一会，烧饼就可以出炉了。

　　几十年间，坝口一直都非常热闹和繁华。多少年后，在外地工作的几个好友相聚，提及家乡的坝口时，大家的看法不约而同，"坝口，等于北京的王府井，等于南京的新街口"。一晃半个世纪已经过去了。那日出差来到成都的宽窄巷，置身那里的情境，我不禁有些恍惚和感慨，不由得想起了老家姜堰，想起了坝口的模样。

坝口的照相馆

20世纪60年代，姜堰的坝口有一间照相馆，名字叫东方红照相馆，是国营的。之前，它是公私合营的，叫姜堰照相馆。当时县城里的照相馆就那么几家，要数这一家的规模最大、照相技艺最高、服务最好。

照相馆在大众饭店的隔壁。大门朝西，两旁各有一个大玻璃橱窗，是用来展示艺术照和该店精品作品的。进得大门，北边是一个通道，通向后边的拍摄场地。南边是营业柜台，取照片、看样片、冲胶卷、缴费拍照的、咨询的，人来人往。小小的照相馆，工种不少，开票、发件、拍照、冲洗、修剪、着色、整理、切边、装袋、电工、后勤，一应俱全。店里的员工不算多，都是一人身兼数职。

照相馆的内屋有化妆间、暗房（冲洗室），还有两处拍摄场地，那里配置了各式光源，悬挂的、落地的、升降的，白色的、彩色的，强光的、柔和的。此外，还有好多种背景画面供顾客挑选。用于拍集体照的地方空间稍大，地面上有好几排由低向高的地凳，拍照人可按高矮坐着。用于拍个人照的场地，门口挂着一个帘子，中间摆有一张椅子，旁边还有专供小孩拍摄用的道具，木马、摇铃之类。

　　负责照相的师傅姓秦,他在这间店里工作多年了,很敬业,见人都是乐呵呵的。顾客如果有点小小的不愉快,他能三言两语给化解了。顾客的衣着打扮、坐姿、表情等,他会在说笑间帮助校正。他特会调节现场气氛,善于调动拍照人的情绪,及时抓拍那些稍纵即逝的神态。哭闹的小孩很难拍好,秦师傅的绝活是,手拿摇铃左右晃动,口里一阵吆喝,小孩被逗得破涕为笑,拍出的照片家长都很满意。

　　学习了物理、化学的初高中生中有许多人迷上了拍照。他们口中常有光圈、快门、焦距、曝光、显影、定影等一大堆的新名词。借个相机,买几个胶卷,邀三俩好友取个景、拍个照,他们乐此不疲。一次,表兄几个拍完照,忙着弄别的事,让小弟将胶卷送到照相馆去冲洗。上小学的小弟贪玩、好奇,路上竟打开了胶卷观看。到照相馆,工作人员说,胶卷已经曝光了,没有用了。拍摄的照片全没了,为此,小弟被几个大哥痛骂了一顿。

　　送到照相馆冲洗的胶卷因提前曝光而作废的,在柜台上常可看到。凭良心说,专业和业余还是有区别的,即使自拍自洗的照片,自己捣鼓尽管好玩,但比较起效果,差距可不是一般的大。因此,每逢周正大事需要照相,人们还是选择去东方红照相馆。

照相留影，说不清是出于传统和情感的需要，还是其他什么因素，总之，去照相馆照相的由头很多。小孩出生、抓周、毕业、下乡、当兵、结婚、一家人团聚、分别、送行、就职、生日、寿辰、开业、庆典、会议，等等，必得照张相、留个影，友人之间还流行互赠一张照片以做纪念，这些，在当时似乎是一个文明、雅致的时尚。因此，东方红照相馆不知不觉给人们留下了许多美丽的瞬间，留下许多美好的记忆。

拍照的事虽然说不上多么重要，却一定是很隆重的。几个好友照相，要约定好时间。家庭、单位的集体照，要事先做好沟通。去照相馆拍一回照片，对许多人来说都是仪式感满满的，梳头、修面、化妆、正衣，等等，得忙乎一阵。为保证效果，照相的第二天，可以来看样片。满意了，就正式洗出来；不满意，可以做修饰；实在不满意，还可以重拍。细心留意一下，顾客到店堂看样片的心情和神情相当复杂，紧张的、期盼的、欣喜的、沮丧的，应有尽有。那些看样片的小姑娘的神情最是夸张，满意度都写在脸上：有的喜形于色，有的抿嘴浅笑，有的害羞得小脸一红。

照相馆的橱窗，大而明亮，里面经常摆出一些电影明星的照片，有些是照相馆自拍的，有些可能是从电影画报上翻拍的。只看到那些俊男靓女的照片，顾盼生姿、美丽动人。特别是那些美女电影明星的青春美艳照片，新潮的发型、款款的神情、优雅的姿态、漂亮的服饰，总要让爱美的人们在橱窗边，驻足停留好一阵子。我们几个小男孩正处于青春朦胧期，想看美女照，又害怕被旁人看到，装着赶路的模样，一天里在照相馆的橱窗旁边竟走过好几个来回。

照相馆的橱窗颇具商业广告效应，成就了好几个姜堰名人呢。一次，橱窗里展出了一幅小女孩拉小提琴的彩色照片。照相师的摄影水平真高，角度、光线、神情、色彩、比例等都恰到好处。照片的主人翁是低我们一级的同学，长相甜美、身段好、气质佳，照片才挂上橱窗，大家一眼就认出了。消息不胫而走，学校里、邻居间，在不大的小城里，照片带来的名人效应很快就产生了。那幅照片挂在橱窗里的时间有点长，"拉小提琴的小女孩"就成了她的名号，走到哪里，人们都会将她认出来。难怪，今天的那些文体明星拥趸很多。原来对于明星和名人的追捧，也是人类的天性呀。

那一天，橱窗里摆出了我们学校排演的《沙家浜》剧照，除了演职人员集体照之外，郭建光、阿庆嫂、沙奶奶几个主要演员都有特写。一时间成了姜堰街上的大新闻，橱窗前挤满了围观的人群，有的在小声议论，有的大声说"照得好看"，有的指指点点，这是哪家哪家的孩子。我当时在剧中扮演了一个小角色，悄悄地跑到橱窗前，在集体照中找了半天，才看到了自己。尽管如此，内心还是兴奋了好长时间。

在这家照相馆拍一张全家福是许多人都不会忘记的家庭记忆。说来好笑，邻居老郑家拍全家福照片时还弄出了一点动静。那张四代同堂的照片上，其他人都笑容满面，只有老奶奶神情严肃。这一家子，其乐融融，从来没发生什么口角，老奶奶因何不高兴呢？原来，老奶奶有点害怕拍照片，因为她曾经听人说，拍照的光影一闪，会摄取了人的精华、伤了人的身体。此种说法当然荒诞不经，但它给一个80多岁的老人带来的心理负担却是巨大的。家里人商量拍个全家福留个纪念，老人的内心很矛盾，心里面排斥，又不便说出口，只能唠叨着："花这钱干什么？"已经在外面当兵回家探亲的大孙子连劝带嗔，反复做了思想工作。老人见大家一致同意照相，还算顾全大局，在几个孙儿的搀扶下，来到照相馆，记录下了那个永恒的一瞬。听说，照片取回后，老奶奶还经常捧着照片若有所思呢。

睹物思人是不错的，但是照片思人似乎来得更加真切和生动些。自从清朝末期照相技术传入我国之后，照相一直受到人们的青睐，它既满足人们对情感的寄托，又满足人们对怀旧的慰藉。随着时间跨度的拉长，照片的价值就越发凸显。小小照相馆留下了多少难忘的记忆，记录了多少亲情、友情、爱情啊。在今年的高中同学聚会中，老同学丁君告诉我，他的几张永久珍藏的照片都发生在这东方红照相馆。小学毕业、中学毕业、高中毕业，直到下乡插队……打开这些几十年前的照片，一个青涩的小男孩的成长轨迹赫然在目。转眼之间，半个世纪就过去了，当年的小不点都已经变成两鬓斑白的老妪耆翁了。大家联想到了自己、联想到了亲朋好友，似乎都有那么一丝丝伤感。一旁的陈君说，我们所见到的每一张照片，不是都有一段深深浅浅的故事吗？

定格于瞬间，长留于永恒。东方红照相馆连同它的数不尽的照片，已经成为人们手头珍贵的史料，成为人们心底永久的纪念。翻看照片，经常可以听到人们的慨叹，时间都去哪儿啦？是的，一张照片就是一份经历，一张照片就是一段过往，一张照片就是一个节点。面对一张张泛黄的老照片，人们总是唏嘘感怀时光流逝的无情和青春韶华的短暂。与此同时，人们是否还应该扪心自问，自己有无虚度年华、有无愧对历史？在人生这场有去无回的旅行中，每一个人的修行和修为都会被历史记得。明白于此，人们还须追问什么呢？

唱响《乐学歌》

央视的"经典咏流传"栏目，在读者、观众和听众中的反响十分强烈。我以为其间的魅力在于，它将原本朗朗上口的中华古典诗词，谱写成抑扬顿挫、温婉抒情、易于传唱的曲调，使中国传统国学精粹的艺术感召力得以放大，艺术韵味得以升华，同时也使读者、观众得到审美的愉悦、文化的传承和艺术的熏陶。

那日打开电视，"经典咏流传"正在播放明代诗人钱福的《明日歌》。舒朗的歌声，空灵的境界，回环往复的吟唱，我一下就被吸引住了。优美舒缓的旋律、饱含韵味的曲调，将那首流传很广的《明日歌》，演绎得淋漓尽致，妙不可言。显然，这种样式对于中华优秀古典诗词的推介、宣传，是一个新的飞跃，对于古老文化的传承、发扬是一个大的创新。

由此，我想到了明末泰州学派的《乐学歌》。倘使将这首充盈着乐学思想的古诗歌，谱写成易于咏唱的曲调，在央视这类高端平台上推出，对于泰州学派思想的宣传，对于《乐学歌》的传播，想必能起到奇峰突起的良好效果。

泰州学派的批判精神、平民思想、人本意识等,一直是学界所关注和推崇的。作为晚明的显学,泰州学派的许多主张得到广泛流传和认可,是与王艮、王栋、王襞及其传承者的孜孜不倦的耕耘、开拓、传播分不开的。另一方面,也是他们的学术思想、政治主张切合了时代行进的脉搏和需求。而在我看来,泰州学派的乐学思想或许更能被大多数人所接受和认同。乐学思想与泰州学派的政治理想和思想主张是一脉相承的、是经世实用的,适合所有人的学习之道。

《乐学歌》的内容明白晓畅:人心本自乐,自将私欲缚。私欲一萌时,良知还自觉。一觉便消除,人心依旧乐。乐是乐此学,学是学此乐。不乐不是学,不学不是乐。乐便然后学,学便然后乐。乐是学,学是乐。于乎,天下之乐何如此学,天下之学何如此乐。

泰州学派的乐学思想博大精深,蕴含深厚。从"学不离乐",到"乐学堂"堂号,从"讲学传道、远近风动",到《乐学歌》,可见泰州学派乐学思想的广泛影响。一首《乐学歌》,更可看作是泰州学派乐学思想的集大成。

可以说,快乐是人类持续前行的原动力。泰州学派的《乐学歌》,通俗易懂、言简意赅,明明白白地阐述人生真谛,清清楚楚地阐明学与乐的关系。《乐学歌》的核心要义就是乐学。《乐学歌》的思想内涵非常丰富,深入挖掘和研究，至少可以有三个方面的观察视角。

首先是关于乐。在中国传统文化体系中，乐文化占有十分重要的地位。诗、书、礼、乐、易、春秋，被尊称为六经。乐经，乃六经之一。

"乐者，通伦理也。"我国古代圣贤一直认为，"乐"不仅具有娱乐功能，更具有社会教化功能。在他们看来，德是古代乐教的核心，乐甚至暗含着道德底蕴、彰显着道德力量。某种意义上说，乐，既是古代圣人君子人格境界的外在表露，又是他们人格修炼完善的内在象征。正像《乐记》所揭示的，"乐者，所以像德也""乐者，德之华也"。

《乐学歌》中的"不乐不是学，不学不是乐"，完全可以理解为，人们应当在学的过程中，通过乐的不断陶冶、熏陶，激发唤醒内在的道德情感，不断完善自身修为，实现崇高的道德人生。综合考察泰州学派代表人物王艮、王栋、王襞等人的著述，可见，泰州学派的乐学思想已经包括了道德构建的目标要求。他们的言行举止和行为规范，堪称自我约束、修身立德的楷模，他们也试图用这样的思想和行动去教化他人、影响世人。基于这样的认识，泰州学派的乐学思想对推动社会发展进步是有着积极意义的，它能够得到社会各个阶层的普遍认同有其必然性。

其次是关于学。显而易见,泰州学派的乐学思想是对传统儒家思想的继承和发展。自古以来,我国就有"立身百行,以学为基"的说法。荀子《劝学》中说,君子之学也,以美其身。他在《大略》中更是强调:"学者,非必为仕;而仕者,必如学。"西汉时期的杨雄说:"学者,所以修性也。"(《法言·学行》)陆游在《读书》中明确提出:"读书本意在元元(百姓)。"

我国历史上关于劝学的教诲、典故众多,不胜枚举。古人对学习的目的、学习的态度、学习的内容、学习的要求以及治学的方法和经验等,有众多系统且经典的阐述。学而成贤,学而成美,学而致道;学而时习之;学而不厌,不耻下问;敏而好学,学无止境;吾生也有涯,而知也无涯……

"书山有路勤为径,学海无涯苦作舟。""头悬梁,锥刺股。"等,都是古人对于学习的励志和鞭策。学习中确实有乐趣,但是,这种乐趣并不太容易寻觅。学习要耐得住寂寞、吃得了苦头。学习,有时是枯燥的,有时是乏味的。把学看成负担,视为苦痛,势必苦不堪言。真正学进去了、读进去了、登堂入室了,你离学有所成也就不远了。此时,你就能达到《乐学歌》中的"天下之乐何如此学,天下之学何如此乐"的美好境界。

第三是关于乐学。其实,古人对于乐学早已有明确的认知。《论语》开篇就有"学而时习之,不亦说乎"。这里的"说"同"悦",指的是一种喜悦、愉快的心情,是一种怡然自乐、愉悦心志的情愫。

古罗马的贺拉斯最早提出了"寓教于乐"的思想,主张把教育寄寓在乐趣里,通过艺术和美的形式进行教育,唯有生动、有趣、形象、逼真的教育形式和教育手段,才能达到良好的教育效果。此后,礼乐教化的理论思想和实践主张,一直是经典作家和先贤哲人们极力倡导推动并且身体力行的。

"乐是心之本体"(王阳明语)。《乐学歌》中的"乐是学,学是乐",明白无误地阐明了乐学的极端重要。检验学习方法、判断学习效果、达到学习目的,实现事半功倍、举重若轻、举一反三、活学活用,等等,除了学习者的个体差异、智商高低之外,很大程度取决于是否快乐学习,是否方法得当,是否引人入胜。因此,礼乐教化、寓教于乐,可以认为是关于学习和教育的永恒追求目标。

总体看,《乐学歌》传递出的乐学思想,是值得赞赏的人生态度,是催人奋发的醒世良言,是具有科学精神的学习观,是永不过时的学习方向。《乐学歌》所倡导的,是带有崇高使命感的学习,是带着喜乐、愉悦心情的学习,是快乐学习、学习快乐的一种学习。

"立身以立学为先，立学以读书为本"。（欧阳修语）今天，"学习强国"的氛围日渐浓厚。处在这样的宏大时代背景之下，倡导"敬教劝学"和"全民学习、终身学习"时，更能体会到《乐学歌》跨越时空的非凡价值，更能感受到唱响《乐学歌》的现实意义。

回到"经典咏流传"来。《乐学歌》当属短小精悍的经典诗歌，它的思想内涵非常丰富，实践意义十分深远。如果将它用歌曲的形式做新的包装，当《乐学歌》伴随着优雅动人的旋律，在咏唱中走进千千万万寻常百姓家里时，这对于乐学思想的传承和弘扬，对于全民族文化素质的跃升，该是一件多么有意义的事情啊，让我们一起来推动它吧。

故乡的那条河

老通扬运河是流经县城的一条古老的河流。之所以冠之以老，是因为它很古老、历史很悠久，也是为了区别于后来开凿的新通扬运河，那条里下河腹地的人工河。

老通扬运河在县城旁边静静地流淌了多少年，我不得而知。只知道，它来源于长江，从扬州方向悄悄流淌而来，向着南通方向默默流淌而去。只知道，它是故乡的母亲河，它养育了故乡的人们，承载着人们的无限梦想。

长江中下游地区并不缺水，河湖港汊很多。但是，故乡县城附近唯有这条河最为宽阔也最具活力。在公路尚未发达的时代，这条河担负着里下河地区货物运输的任务，东来西去的运输船只川流不息，一派繁忙景象。同时，这条河也为沿河两岸人们提供了充足的生产和生活水源。可以说，这条河与繁衍在这里的人们的生活乃至生命是休戚相关的。

老通扬运河穿越县城而过。在县城流域大约有10公里长，河面有五六十米宽，水深平均有3米左右，最深处可达10米。它从西南方向迤逦而来，蜿蜒向前。到了县城的最繁华地段——坝口处，它来了一个拐弯，一路向东流去。河的西岸和北岸基本上是县城的街市，河的东岸和南岸大部分是各类物资的仓库。

行进在河里的，是大大小小、各式各样的船只。那些载满货物的木船，有的用竹篙撑，有的纤夫拉。不时有机帆船、拖驳船拖着十来条货船缓缓经过，行人往往会在岸边驻足，观看这颇为壮观的场面，更有人一条一条地数着。曾听一个未见过此情景的北方人说，"这船一节一节的，真像水上火车呢"。夏天在河里游泳的小伙伴，几个淘气包有时会牢牢地拽住行船的尾部，跟行很远很远，然后才爬上岸走回家去。

沿河有多处码头，大小不等。有砖头的，有石头的，也有木头的，供人们下河淘米、洗菜、汰衣服、取水之用。当码头上人多的时候，后到的人会自觉地等候，还会与熟识的街坊拉起家常。

坝口是县城商贸物资流通的中心地带，靠近坝口的那座运河码头规模最大，这里上岸通向县城最大的百货商店才百十米。靠近坝口码头的河边，经常被短暂休息的船舶停满。中午时分，操着外地口音的船员会在船上烧煮，一时间，炊烟缭绕，河边飘起了食物的香气。饭后，干练的船娘会下船购物，为船上提供补给，一番讨价还价后，购得满意的物品，高兴地回到船上，不久就又拔锚起航。

河边有两处竹排厂，经常看到工人们将有点弯曲的粗粗的毛竹用文火加工得笔直。平时，河边总是停有许多竹排。这些竹排被捆扎在一起成竹筏，在水里形成浮力，由浙江等出产地经水路运来此地，竹排厂加工后再出售。水中的竹筏，踩上去，晃晃悠悠，很是好玩。放学后，我们经常在竹排上玩耍、嬉闹。暑假里，竹排更是我们跳水的平台，从竹排底下来回穿潜乃是家常便饭。竹排的下面，栖息着许多鲫鱼，在那儿钓鱼不需要打塘子，鱼儿容易上钩，我平生第一次钓到的鱼，就是在这竹排边上。

人类的生产活动走向机械化、自动化是历史的必然。坝口的码头边，有一个搬运站，是县城里较为集中的卸货之处。最初，搬运工人们是依靠扁担、麻绳，采取手抬肩挑的原始方法运货。只见他们踩在晃动的跳板上，打着响亮的号子，将货物慢慢抬到岸上。时隔不久，依着河岸一溜烟架起一排起重机。那大吊车、长臂膀完全解放了生产力，解放了劳动者，也极大提高了劳动效率。

县城的小孩大多数都是在这条河里学会游泳的。夏天到了，在大人带领下，孩子们先是泡泡水，再学着闷闷水，然后狗爬式、自由式，最后是仰泳、潜泳，一般也就几天工夫就学成了。刚学会游泳的孩子们几乎整天在河边玩耍，泡在水里打仗。大人们不免有点担心，做出的规定不管用，就发明了在膀子上划一下的办法，看看有无白杠杠，以检验是否下过水。更搞笑的是，隔壁巷子的汪二，看见他人已经游开了，内心着急，他一只脚踩在水底，两只手在水面扑腾，声称自己已经学会游泳了。当小伙伴要他向对岸游过去时，立马露了相，惹得大家哄笑不已。

随着雨水增多，长江泄洪，运河的水面明显宽了许多，水的流速也明显快了许多。学会了游泳的孩子们几乎每天都会在河里戏水娱乐，摸螺蛳、抓鱼、捉虾，互相追逐打闹。此时的我们弟兄，都已经能够从河的两岸游几个来回了。表姐比我大两岁，刚学会游泳才几天。那日看见我们几次横渡过河，跃跃欲试又有点胆怯。大哥说："不用怕，你在中间使劲游，我们几个在旁边保护着。"一个护驾队形很快形成，打头的是大哥，两旁是我和三哥，断后的是表哥。没一会儿工夫，也就游到了对岸。刚刚要欢庆胜利，只见筋疲力尽的表姐在河边尚未站稳，就被路过货船的一个浪头打得踉踉跄跄，眼看就要倒向河中央。千钧一发之际，刚爬上岸的大哥一个猛子扎过去，硬是将已经呛了几口水的表姐拖上岸来，避免了一场恶性事故。

这条河看上去风平浪静，但是，水深处有旋涡，水面上下温差大，极易发生抽筋等情况，每年都有小孩溺水而亡的事件发生。这天下午，南大街一个男孩游泳时沉没了。"有人落水了，快救人啊"，几个会潜水的人下河打捞了两个多小时都未果，最后，请来渔船上的人用滚钩在落水处的上下游缓慢移动，终将已无生命体征的小男孩拉出水面。只见那小孩身体蜷缩，口鼻皆是黑泥，下水时的毛巾还系在脖子上。此时，河边挤满了关注的人群，孩子的父母呼天抢地，场面十分凄惨悲伤。这以后，孩子们倒是消停了几天。

20世纪中叶，通扬运河城区段陆续建起了几座桥。游泳休息的时候，我们经常爬到桥面晒晒太阳、观看风景。几个胆大的伙伴能够从桥上直接跃入水中，或是直立，或是燕飞，这种表演常引来路人的喝彩叫好，"再来一个"的喊叫声，让跳水的伙伴激情倍增。看出我的羡慕和心动，同学张三玩起了恶作剧，趁我不注意，猛一下，将我从桥上推入河中。落水后，我干脆下潜，尽量游到稍远的地方去。见我很长时间没露出水面，张三吓得不轻，他东张西望，终于在远处发现了我，赶紧追过来，忙不迭地赔不是。

在河面还没有建桥的时候，河两岸的通行主要靠摆渡船，靠连接两岸的钢丝绳索来实现。南来北往的船只过往，绳索需要及时放下，这里的衔接、操作就很讲究。一次，我来到坝口南边的岸边等待渡船，正巧南边过来一条轮船，连续鸣笛，速度还挺快。摆渡的船工高喊，"岸上那人，赶快放缆绳啊"。我手忙脚乱，使出吃奶的力气才将缆绳从桩上放开，却忘记了及时松手，竟被缆绳带到河滩，差一点就落入河中。洪水季节，河水飞快上涨，摆渡不太安全，政府连夜搭起浮桥。浮桥距水面很近，上面的木板间距很大，走上去摇摇晃晃，脚底下河水翻滚。女孩子过桥时常发出害怕的尖叫。

　　城里人们的吃用水，都依赖于这条河。家里有劳动力的，或挑或抬，自己解决。家中缺少劳动力的，就花钱请挑水夫代劳，一般满一水缸角把钱。挑水夫有两种。一种是车载，板车上装有8到10个水桶，拉到住户门口，送水上门。还有一种是直接为住户挑水。经常为隔壁老胡家挑水的是叫作九小的挑水工，他30出点头，为人憨厚、壮实，见人总是乐呵呵的。说是血丝虫引发的后遗症，他两条腿子粗细不一。由于力气大、人缘好，加之服务态度不错、收费合理，每天都忙得不亦乐乎。随着自来水的安装入户，这挑水夫的职业很快也就销声匿迹了。

　　20世纪60年代末，每到7月，县城都要举行盛大的畅游长江活动。县中的广场开完纪念大会，大几百号人就会到运河开始泅渡。我曾经两次参与其中，那时感到特别荣耀和自豪。

　　自从离开故乡以后，我走过了许多名山大川，见过了许多大江大河。南美的亚马孙河,巴黎的塞纳河,伦敦的泰晤士河,圣彼得堡的涅瓦河等等,我都游览过。尽管它们都有各自的风情,都有各自的风采。但总是觉得,它们都没有我故乡的那条河有情趣、有故事。我想,这大概就是所谓的故乡情结吧。这些年,只要回到故乡,我总是要到那既熟悉又陌生的河边去走一趟的。

  如今的老通扬运河真的很老很老了,它已经没有了原先的模样,它已经失去了原来的功能,也丧失了原有的地位,这当然是社会发展使然。不过,这条河曾经的辉煌以及它给人们带来的一切,是永远不能忘却的,我这样想。

九小

坝口东边的这条巷子，麻石铺地，一年到头都是湿漉漉的，人称水巷。水巷宽有2米多一点、长有五六十米，北头连着东大街，南头连着运河边。居住在附近的人们下河淘米、洗菜、汰衣物、担水，都要穿过水巷，踏着河岸的20多级台阶，到码头上做各自的事情。

那年头有个职业叫挑水工。家里有劳动力的，自己解决吃水问题，弟兄姐妹轮番上阵，挑的挑、抬的抬，隔三差五须把家里的水缸装满。家里缺少劳动力的，只能花钱请送水工代劳，等于现在的服务外包。

送水工有两种，一种是推一辆板车，上面有8只水桶，沿街巷叫卖送水；另一种就是一根扁担，2只水桶的挑水工，一般根据预约上门送水。

那个叫九小的挑水工干这活儿有些年头了。一天里穿行水巷几十趟总是有的。九小他不到30岁的年纪，身材有点矮短，脸上有些潮红。肩头挂着一条半大的已经油腻发光的深蓝坎肩，扁担上系一条旧毛巾，打着补丁的衣袖和裤腿总是卷着。他有一条腿明显粗一些，那是血丝虫病引起的。一年到头，他的装束变化不大，夏天穿着用废自行车车胎做成的凉鞋，冬天穿着一双大套鞋。天热打赤膊的时候，能看到九小肩头上有一块坨肉，那是长期挑担的印记。

九小姓甚名谁，无人知晓，也不重要，大家都叫他九小。这九小可是有点个性的，年纪比他大的，唤他一声九小，忙不迭地应答。比他年龄小的喊他，他爱理不理："九小是你小把戏喊的？"街坊里有个在家里排行老四，人称四小的，比九小要小八九岁，遇见九小喜欢开开玩笑，"你是九小，我是四小，你该叫我哥哥""九小九小，哥哥来了"，不善言辩的九小每每听了，都会操起扁担做出开打的样子，吓得那四小撒腿就跑，只听九小在后边哈哈大笑。

九小是什么时候来到这小镇上的？街上的尹奶奶说，他的老家在安徽的大别山，弟兄姐妹10个，家里实在养不起，就把10岁的他送给这里的一个远房亲戚。这亲戚没有小孩，就认了九小这个干儿子。九小与干父母相依为命，可不到10年的时间里，干父母就陆续患病离开了人世。由于生病治疗，家里的积蓄、财产几乎花光，只留下一间打豆腐的小屋给九小栖身。

九小上了小学二年级就辍学在家，帮助做家务。如今举目无亲，身无分文，又没有一点技能，十八九岁的他就干起了挑水的营生。几年下来，他老老实实地挑水，名声倒是不丑。按约定，他准时送水。收费公道，他从不涨价。你钱凑不齐，他可以赊账。那些行动不便的，他还定期去把水缸清洗清洗。坝口周边住家找他挑水的有几十户，哪家水缸快见底了、哪家要添水了，他肚子里全清，从不出差错，每天忙个不停。

为方便挑水，九小置办了一张2米多的长条凳，凳面钉有多条防滑的铁扒。条凳只有一头有腿，上工时，将没腿的一头搁在河边，有腿的一头伸向河中；收工时将条凳拉起，链在河边的树干上。这种跳码儿，码头河边有五六个，九小的跳码儿他不在时旁人可以借用，他来挑水必须让他先用，街坊邻居们都知道。那日，九小挑着水桶来到码头，一大嫂正在他的码头汏衣服，并没有让开的意思。九小送水的时间紧，急得哇哇大叫。那大嫂是来走亲戚的，开始并不以为然，后听得河边的人大声喊说原委，慌忙下来打九小招呼。九小理也不理，挑起水桶就走。

运河水经过一夜沉淀，水清质好。九小每天早上6点不到就开始上工。20多岁的他正浑身有劲，挑起水来大步流星。在台阶上、在水巷里，见到前面有路人，他会拉开嗓门一阵吆喝。更多的时候，他会唱起他自创的号子，哦喂，哦喂，哦喂……初听这声音粗犷嘶哑真有点别扭，听惯了，抑扬顿挫好像还有点意思，在水巷里还有嗡嗡的回声。大伙只要听到那音调就知道，挑水的九小到了，赶紧让开道儿。

一天，九小挑着水桶上得岸来，刚走进水巷没几步，北面传来抓强盗的呼喊声，他急忙放下担子。只见一人怀里藏着一包东西，慌慌张张从东大街窜进水巷往河边直奔。九小大喝一声："偷什么东西了？快放下。"那贼人见有人拦路，竟掏出一把菜刀向九小砍来，早有准备的九小操起扁担，嘴里哼的一声，打落贼人的菜刀，再哼一声又是一扁担横扫过去，贼人连忙躲闪，脚下一滑跌倒在地，周围的群众一拥而上，将贼人扭送到派出所。为此，九小受到表扬，原来抓到的竟是一个惯偷。

"站起来一竖，躺下来一横"，九小经常这样说。他过着自在的、一人饱全家饱的光棍生活。在吃的方面，他干的体力活，对自己不亏欠，说是吃光用光身体健康。白天他简单对付，只把肚子填饱，晚上他抓点花生米、剁点猪头肉什么的，再来二两小酒，小日子也算舒坦。就这样一复一日、年复一年地过着。

眼看快奔 30 了，不能一辈子打光棍呀，有人张罗给九小介绍对象。不善言辞的他，把头摇得像拨浪鼓："我这种人，还，还想那好事？"

俗话说，嘴上犟犟、心里旺旺。他嘴上说不想，就真的不想吗？

一段时间里，有人发现九小对刘家巷的老胡家似乎特别关照。老胡的女儿考大学没有达线，已经在家中赋闲两年。这姑娘叫胡秀秀，年方二十有一，皮肤白净，长得水灵，形象姣好。每次九小送水过来，她都端张凳子出来招呼九小歇一会，还热情地倒杯茶，递个毛巾。有一次，九小不小心碰到了胡秀秀软绵绵的小手，九小激动得心脏猛跳。一整天干起活来都特别轻松欢快，在水巷里担着空水桶竟哦喂、哦喂地喊起号子。晚上他躺在床上浮想联翩，脑海里全是秀秀的影子。她为什么对我那么客气？会不会对我有点那个？九小越想越兴奋，乐得睡不着。

别看九小有点木纳，那些天他跑老胡家可是勤快。"昨天不是才把水缸挑满了？""正巧路过，加，加满。"才过个把星期，他又跑过来把老胡家的水缸冲洗干净，挑满了水再送点明矾，还不肯要工钱。三天两头在老胡家附近转，九小倒没有给任何人表白什么，他虽一厢情愿却满怀两情相悦的期待。有个街坊看出一点门道，私底下嘀咕，九小是自作多情想吃天鹅肉呢。

果然是九小单相思。半年后胡秀秀就嫁人了，嫁给一个在湖北铁路上工作的技术员。迎亲的那天，九小躲在围观的人群里，看那自己暗恋的人儿脸上绽开幸福的笑容，挽着那男人即将外出旅行结婚。九小的心底五味杂陈，内心万般酸苦却说不出口。

九小默默地继续着他的挑水生活。又过了一年，小镇要接通自来水的消息传开了，人们欢呼雀跃、奔走相告。这对九小意味着什么，大家都心知肚明。在开挖地面埋设自来水管的时候，九小脾气发大了："搞，搞的什么名堂，好，好的路挖得不成样子。"大家体谅九小的心情，知趣地不搭理他。在庆祝自来水开通的仪式上，人们看见了九小，那落魄、沮丧和黯然的神情，几个大婶大娘直喊心痛，他的那些老顾客都觉得有点对不起他了。

正当居委会在研究九小的生计，准备安排他进居委会办的小工厂上班时，传来了九小失踪的消息。有人说，他可能回安徽大别山找他的亲娘老子、兄弟姊妹了。也有人说，昨夜里看见他挑着水桶走向运河边的。总之，从此后那条水巷再没了九小挑水的身影，再没了九小粗犷嘶哑的号子声。

区老儿

东桥小学坐落在坝口往东不到两百米的地方，学校门前的摊点照例很多，卖的都是些小吃食、小玩意儿。这些摊贩的特点是流动性强，一般出现在上学前、散学后的时间段，一到寒暑假这些小商小贩便转移到其他地方去了。难怪，他们做的学生生意嘛。

东桥小学坐北朝南，面向东大街。它的大门不大，大门西侧的摊点在很长时间里几乎都是固定的。摊主60多岁，黑黝黝的，长长的脸，人有点瘦，背有点驼，常叼着一个烟袋，说话有点眨眼睛，走起路来有些哈腰。他姓区（欧），大人小孩都称他区老儿。街上的区姓独此一家，据说，区老儿的爷爷从南方过来收古董，娶了当地的一个姑娘，就在这儿落脚了。

区老儿的生意主要是两块。古董古玩买卖是他的主业，是收入的主要来源；小孩的糖果、玩具、小吃、小游戏是他的副业，主要是集聚人气。两张大大的油布摊铺在地上，一张上面摆着些古董古玩，铜钱铜板、杯杯盏盏、陶瓷器皿，挂件、摆件、扣件、邮票邮册之类，让顾客挑选、调剂；另一张上面放着吸引小孩子眼光的物件。区老儿就在一顶泛黄的布伞下面坐着,一年四季除非刮风下雨,区老儿几乎就固守在学校大门旁。生意时好时差,有人问起生意好坏,他会眨巴着眼睛说,撑不死饿不着的。古董古玩嘛,三天不开张,开张吃三天。

上学的孩子们喜欢在区老儿的摊儿逗留。那些个古玩意,他们似懂非懂,但觉得区老儿与那些买主讨价还价很好玩,成交那一刻似乎赔了亏了的神情特丰富,尤其是区老儿捧着那些坛坛罐罐小心翼翼的模样,更加逗趣。常有几个调皮的小孩模仿区老儿弓着腰身、蹑手蹑脚的动作,惟妙惟肖。区老儿见了假装生气,张开巴掌做出打人状,小孩们吓得惊呼四处狂奔,区老儿眨眨眼在那里仰天大笑。

当然,孩子们对区老儿摊子上那些吃的、玩的东西,更加有兴趣。这区老儿是个生意精,他知道什么东西才能赢得小顾客,钱可不能贵,东西要新奇,薄利多销才能有利可图,所以摊儿上大部分是一毛钱以下的东西,这样小学生们才买得起。吃的、玩的、看的,过几天就会花样翻新。因此,上学前放学后的那段时间里,区老儿的摊儿上总是围满了小学生。

区老儿喜欢跟小孩子逗着玩,经常捉弄小孩搞些恶作剧,有人称他是个促狭鬼。与小学生打嘴仗占人家便宜,把粘有糖丝的纸贴在小孩的书包上,把小乌龟放到小孩的口袋里等等，这些事情他没少做。经常在区老儿摊位旁边转悠的10来个小男生，他一一地都给起了绰号，什么阿猫、阿狗、白兔、黑马，什么丝瓜、白菜、红薯、番茄之类，久而久之，这些孩子的绰号就在学校里传开。

区老儿经常用一两分钱让小孩给他捶背，300下一分钱，500下二分钱。四五年级的小男孩力气有的是，上学之前、放学之后，就在区老儿那敲敲捶捶，报酬拿到后就地买点小吃慰劳自己。区老儿时常耍赖，小孩子已经敲了300下，该给一分钱，他却眨眨眼睛笑称，哪有300下，硬是再敲20下才肯给钱。

区老儿也有侠义、心善的一面。那年开学季，一个父亲去世母亲改嫁的小孩，因一时交不起学费在校门口嚎啕大哭，区老儿闻声询问后，立马拉着小孩的手，到学校帮他交了当年的学杂费。第二天，小孩的祖母赶到区老儿的摊上磕头作揖，连说好人呀，会有好报的呀。

有个二年级的小女孩过生日，妈妈给了一毛钱，让她买点吃的。她买了两块烧饼，还剩四分钱，想在区老儿那里买个布娃娃。谁知，付款时口袋的钱竟没了，小姑娘哇哇地哭开了。区老儿问清情况，摆摆手，娃娃送你了。据说，此类事发生过好多次。

在学校门口时间长了，区老儿对学校最近发生的大小事情全清楚：哪个老师教学认真，得了县里大奖，哪个班的老师被学生家长告了状，哪两个老师最要好，哪个老师在谈恋爱，哪几个学生是三好生，他都能说出个七不离八。他甚至还撮合了两对老师的婚姻。几个学生家长打趣说，区老儿是学校的编外教职工。

区老儿的儿子小强初中毕业没考上高中，就在东桥小学大门西隔壁的自行车行上班。那时候人们出行的交通工具主要是自行车。型号分二六、二八、轻型、载重的，品牌有凤凰、永久、长征、大桥，等等。小强负责修理方面的事情，装修自行车技艺娴熟。小强业余喜欢玩乐器，拉的板胡、京胡很有味道，闲着的时候拉上一出，围观的人还真不少。可是二十好几了，还没有对象。

夏天里，学校新分配来一个音乐老师，皮肤白嫩，秀发飘飘，骑着一辆簇新的弯杠自行车，蓬勃的青春气息吸引着小强。骑过自行车行，小强的眼光会一直把她送进学校。区老儿看出了儿子的心思。可儿子喃喃地说，那女孩是音乐老师，我是个普通职工，有差距呢。区老儿却说，差距就不能拉平吗？

区老儿很快打听到新来的老师名叫沈蓉，爸爸妈妈都是普通工人。他悄悄地与复出后的校长说起自己的想法，校长说，那要看缘分呢。区老儿说我有办法。区老儿知道儿子才初中毕业，小学老师起码是中师毕业，这差距可是硬伤呀。他立即动员儿子参加职工夜校补习。

本来厌倦学习的小强这会儿学习有了动力，白天上班，夜晚上职校，学习可带劲了，不长时间里就拿到了中专文凭，后来又一鼓作气继续读大专文凭。

为了给儿子与沈蓉增加接触机会，展示儿子能耐，区老儿没少动心思，他把捉弄人的那套本事搬了出来。那日，沈蓉将车停在区老儿摊位前，到马路对面与一个同事说话。区老儿手脚飞快将沈蓉自行车的气嘴给旋松了，眼看车胎就瘪了下去。沈蓉回来准备离开时，发现车胎没了气。正着急，区老儿连呼小强快过来帮忙。小强赶紧将车子推到店里，拧紧气嘴，充满气。沈蓉连声感谢。小强小声责怪父亲，区老儿眨巴着眼睛说道，闹着玩的，想成全你的好事呢。

又过了几天，区老儿示意一个小孩将沈蓉停在车棚的车胎戳了一个小眼，车胎的气很快跑光。下班时，沈蓉推着车出来，区老儿关心问，沈老师怎么不骑的？沈老师答道，车胎好像跑气了。不急不急，区老儿连忙喊小强。小强把车子推到店里，拆开外胎，清洗、上胶、补好，外加将车子擦得铮亮，动作麻利、手脚干净，沈蓉感动得不行。都是年轻人，一来二去，她与区小强交上了朋友。

区老儿见有戏，又出谋划策，吩咐小强趁热打铁主动出击。学校正在排练现代京剧《红灯记》，沈蓉是剧中人之一。区老儿找到校长，让小强参加伴奏的乐队，义务拉京胡，晚上参加排练然后送沈蓉回家；隔三差五买上电影票，陪沈蓉看电影；节假日陪沈蓉坐公共汽车去城里的百货大楼选衣服；给沈蓉的侄儿送玩具，给沈蓉的妈妈扛煤气包、送营养品……二人碰在一起就谈音乐、谈明星、谈学习、谈未来，说不完的悄悄话。两年时间里，小强当上了车行的主任，也获得了沈蓉的芳心。

　　在儿子的婚宴上，学校的领导和老师一起前来祝贺道喜。校长知晓区老儿为儿媳动了不少心机，说道，区老儿用心良苦，终于让儿子抱得美女回。区老儿听罢，狡黠地眨眨眼，满脸堆笑，宾主皆开心大笑。

王家大门巷

王家大门巷是县城里的一条近300米的古巷，住着三四十户人家。巷子的最宽处有两三米，最窄处只有一米多一点，二人并行都会擦到旁边高高的墙壁，巷子中部有一块大约40平米见方的"小广场"。巷子里没有岔道，从头到尾一条通道，一头是县城里最繁华的广场——坝口，一头是县城最热闹的东大街。相传，早年时候巷子的两个出口处各有石鼓立于两侧，上面有牌坊凌空。

王家大门巷在县城里颇有名气，处于县城中心位置固然是一大原因。但更为重要的是，这儿的住户基本上都姓王，是王姓家族居住较为集中的地方。还由于巷子的道路全是老青砖铺就的，墙脚下满是青苔，住户多数是两扇大门，门口有几级气派的台阶，看上去很是有点威严。加上巷子的墙壁多数已经斑驳，巷道弯弯曲曲有七八处之多，更显得有几分幽深。

位于王家大门巷东大街的巷口有一家新华书店，"文革"时期，破"四旧"，立"四新"，巷子的名字被改称为新华巷，"文革"后得以恢复原名。从坝口的巷口出来，往北不远处有一座王氏宗祠，这是县城内较有规模的历史文化遗存，王家大门巷的祖宗，在祠堂内都能找到牌位。

王家大门巷的宅院都很古老了，但它们的建构很有特色。按风俗和风水，每家每户的正屋必须朝南向，因而巷子的拐弯抹角就十分讲究。巷道的直行、转角、拐弯自然大方，宽窄相宜，既入眼美观，又便于通行，下水、采光等很是方便居家生活。巷子里大部分宅院，从堂屋、厢屋、正屋，到大门堂、二门堂，再到大天井、小天井乃至卷厅、门头、屋梁、墙板、地砖、门格、花坛、龙墙、砖雕、石鼓，等等，布局合理，用料考究，做工精细，极富艺术价值。

王家大门巷修建于何时，已经无法考证。读高中时，我曾经向几个裹着小脚的老太太打听过，她们也是语焉不详。不过，经考察王氏家族在当地的兴起，这条巷子有四五百年的历史是可以肯定的。这条巷子的设计者以及主持建设的是怎样的人呢？究竟是一次性规划建设还是以后陆续建设而成的呢？年少时的我曾经有过种种猜想。巷子里最年长的老人说过，"当年的非凡创意以及第一批入住者必定非富即贵，没有财富的积累，缺少眼光和智慧，选址、设计、施工、建设，建成这么一条富含底蕴、足够气派的巷子是难以想象的。"

能够推断，最老的祖宗离世后，后辈们分立门户，枝枝蔓蔓地繁衍，历经上百年，一家一户单门独院逐步形成了现今的模样。20世纪60年代居住此地的,一个大门内至少有两三户人家,大家沾亲带故,邻里之间很少纷争,相处非常和睦。这一家烧了好菜,给大门里的左邻右舍送上一小碗是很自然的事情。

重视子女的文化教育,是小巷人家的优良传统。不管家境如何,无论多么困难,父母们都知道,一定要送子女读书学习。这条巷子"文革"前出了好几个大学生,恢复高考后,更是走出了一大批的大学生,此风景一时为县城的人们津津乐道。

在自来水尚未普及的时候,小巷人家的吃水和用水,都要穿过东大街到老通扬河去取。家家户户都有一个大水缸,储水、消防两用。水桶有铁皮的、木质的,两人抬、一人挑,一有空闲,各家各户就会将自家的水缸加满。一次,邻里一个小妹玩火,先是蚊帐燃起,很快火头蹿上屋梁。恰巧家中老人发现了,猛击脸盆,惊呼救火。巷内人们闻声赶到,迅速用面盆将水缸的水泼向着火点,才避免了一场灾难。

"文革"前夕工人们用了三天,在巷子的"小广场"挖了一口井。挖出的土堆得靠近旁边的屋檐下了,放学回家的我们几个小伙伴,站上土堆,伸手就揭人家房子的瓦,被一旁的工人狠狠骂了一通。终于等到井围栏的水泥干透,居委会的组长通知大家可以使用了。那一天,小巷的住户聚到水井边,看光景的,说笑的,提着吊桶打水的,人们像过节一样欢天喜地。

物资短缺的年代,小巷人家的生活都很拮据。有两件事我的印象很深。一是邻居的女婿黄先生在外地工作,回来探亲休假,自然承担起做饭的任务。他为人精明,善于算账,时常去肉店买筒子骨回来烧汤,饭后又将骨头拿去卖钱。营养美味又经济实惠的菜肴很快便被大家学去了,没多久,肉店的筒子骨便供不应求了。二是小巷里没有路灯。没有月光的夜晚一个人在巷内走动,能清晰地听到自己的脚步声和呼吸声,须得有点胆气。夜深人静、万籁俱寂,小巷人家门户紧闭。年少的我胆子不大,逢此情形,进入巷内,往往放歌壮胆,放开脚步往家中飞奔。后来,巷子里的几个拐弯处装了路灯,给大家夜晚行走带来了方便,但灯泡经常遭遇偷盗。不得已,居民小组长着人将灯泡用铅丝网了起来,这一招还真的灵光。

夏日里,巷子里特别清凉。傍晚时分,家家户户先是将门口打扫干净,再洒水祛热。晚饭后,大家带上纳凉的桌、椅、床、凳以及凉匾、蒲扇之类,在天井、巷道看月亮、看星星、看萤火虫。最吸引人的还是听故事。几位读过私塾的老先生学问大、故事多,每晚他们的门口聚集的人也特多,像孙悟空三打白骨精啦,刘关张赵马王啦，岳飞岳云金兀术啦，江姐蒲志高啦等等，全都是那时候听来的。

彼时没有计划生育一说，几乎每个家庭都有好几个小孩。巷子里一般大小的孩子们经常聚在一起玩耍，打扑克、下象棋、斗鸡、跳房子、玩幻灯、讲故事、做游戏等，在假日里更是经常花样翻新。在众多的游戏中，要数捉迷藏最是有趣。

捉迷藏是在伸手不见五指的晚上进行的。游戏约定只可在巷道里进行，不准躲进人家家里面。还约定哪一个被捉住了，需要通过摸脸叫出名儿，方可与捉的人替换角色。入夜，巷内一片漆黑，猫在一个拐弯的角落，蹲下不出声响，捉的人很可能就会从身边插过。当一人被捉住，在报出名字的一刻，大伙即围拢过来，巷子里会传出一阵欢快的笑声。邻居的三小特机灵，他从未被捉到过。一次，为了不被捉着，他竟然两手和两脚撑墙，一直跃到了屋檐下。害得捉的人几次在他的胯下经过，在巷子内转悠了半天，最后放声认输，那三小才从屋檐下滑到地面来。

孩子们日渐长大，到了荷尔蒙旺盛的年岁，倒是见到不少巷子外的男女来王家大门巷内嫁娶，硬是没见到巷子内的年轻男女走到一块去。原本有点苗头的几对，最终也未能结为秦晋之好。现在想想未必不是好事，从优生优育的角度看，人种的优化，不提倡近亲繁殖。

　　从巷子里走出的孩子，有的当兵，有的插队，有的上了大学，有的进了工厂。后来这帮孩子陆续成家立业，又有了自己的孩子。我走出小巷是在高中毕业后，先是插队，然后上大学，再后来调外地工作。每一次回老家，在踏进小巷的刹那间，"少小离家老大回""笑靥如花堪缱绻"等诗句会自动漾出脑海，那些记忆最深处的东西会浮现眼前。

　　我是从王家大门巷走出来的，这里是我的出生地。小巷，给了我人生启蒙，给了我年少的温暖时光，也给了我终身难忘的记忆。得知王家大门巷被拆除的讯息，我的内心真是百感交集、五味杂陈。大凡古迹，包括古街古巷，拆很容易建很难啊。前些日子，与巷子内曾经的几个老邻居茶叙。谈及当年巷子内的往事，一个个眉飞色舞。说起这样的巷子已经不会再见到了，一个个黯然神伤。

王氏宗祠

一

那年在山西太原，我们来到晋祠博物馆里的王氏宗祠（子乔祠）瞻仰。子乔祠是王氏宗祠的代表，是1526年明代重臣王琼为纪念先祖太子晋所建。听导游一番讲解介绍，原来太原的王氏是中华民族王氏宗族的开元始祖啊。一行人六人中就有三个姓王的，大家说，我们此行算是寻根拜祖来了。看了王氏宗祠以后，一行人又马不停蹄地赶去灵石县的王家大院参访。那里缜密的布局、壮观的建筑、恢宏的气势，让一行人赞叹不已。大家能感觉到王氏祖先的大富大贵和大智大慧，他们为社会的政治、经济、文化、城市建设发展做出过巨大贡献。面对祖先的不凡成就，几个王姓的朋友言辞间颇有点自豪的意味，惹得另外几个朋友连连打趣，王家的人到了此地，似乎都有点膨胀呢。

作为王氏宗族的后人，到山西的王氏宗祠及王家大院朝拜是我由来已久的夙愿，只是，近期这种愿望更为强烈。一来是老家姜堰的王氏宗祠在几位老人的推动下，正在积极地推进修缮恢复；二来是家乡王氏宗祠的修缮，引发了自己对于宗祠文化的兴趣。于是，在山西几天行程里，我抓紧收集、研习相关文献、资料，并及时回传给家乡。

姓氏文化是中华民族特有的文化现象。在中华大家庭中，王氏无疑是最为庞大的姓氏。近年的几次人口普查，王姓的数量都是名列前茅。用历史、宗教、文化、社会等的视野来观察，姓氏学的发展演变以及迁徙活动，可以说是沧海桑田的一个缩影。

"参天之树，必有其根"。姜堰的王氏一族向上溯源可追溯到战国时期。史料记载，东周灵王太子晋（姓姬名晋，字子乔）因直谏被贬为庶民。后王室衰落，太子晋之子宗敬公迁至太原居住，改姬姓为王。此后，王姓家族枝繁叶茂，后代遍布黄河、长江流域及中华大地。北宋末年，王氏后裔之一支由太原迁居安徽新安，后又因兵乱迁徙至姑苏。明洪武三年（1370年），王伯寿率全家迁居安丰、姜堰。王伯寿生三子，泰州学派的领军人物王艮、王栋分别为王伯寿长子、次子的第六代后人。历史上的姜堰曾为水乡泽国，海水、江水、淮水在此汇合，称三水镇。故学界称王伯寿为三水乐学王氏一世祖。

二

宗祠即祠堂，是汉民族供奉祖先和祭祀的场所。认祖归宗、祭拜先贤，是中华民族的传统文化。

在我国的汉代，已经出现祠堂一词。而大规模修建宗祠的历史，可以追溯到宋代。宋代大理学家朱熹《家礼·祠堂》提倡兴建家族祠堂，"立家庙家祠以祭祀祖先"。明朝嘉靖十五年（1536年）开始，朝廷对民间建祠立庙的行为给以大力鼓励和支持。尔后，祠堂建设进入高潮，出现祠堂遍天下的盛况。各地王氏宗祠的兴建，正是处于这样的时代背景之下。由于众所周知的原因，1949年后的祠堂修建停滞了，大部分被占用了、损毁了。

宗祠文化的积极意义是不容忽略的，它所发挥的作用和产生的影响也是不容替代的。一方面，它具有宗法家国一体的特征，代表着一个氏族的形象。另一方面，它又是教育后人不忘祖先、不忘故土、不忘根源的有效载体。这些年，我们在各地见过不少的宗祠。它们或许在建设理念、规模格局、内容陈列等方面各有千秋，但是，在尊祖敬宗、纪念先祖方面；在寻根问祖、凝聚宗亲方面；在推进社会治理、维护公共秩序方面；在弘扬传统伦理道德、增进知识联络感情等等方面，却有着异曲同工之处。

瞻仰宗祠、祭奠先祖、缅怀先人，其实就是一种生生不息的寻根意识，它可以看作是中华民族认同感、凝聚力、向心力的源泉，也可以看作是爱国主义最基本、最朴素的表达方式。诚如孙中山先生所言："中国国民和国家结构的关系，先有家族再推到宗族，然后才是国家。""中华民族由宗族的团结，扩展到国家民族的大团结，这是中国人民才有的良好的传统观念，应加以利用。"怎样引导好、利用好，确实是治国理政、社会治理的大课题。

作为中华民族悠久历史和儒教文化的标志，我国宗祠的修建历史已经达数百年之久。在建筑风格方面，尽管有的宏伟华丽、有的巍峨壮观、有的古朴素雅，但它们都注入了汉民族传统文化的精华，融入了当地的建筑风格，成为独具特色的人文景观。如今不少地方都已经将其修缮一新，开辟为爱国主义教育基地和旅游揽胜的景点。比如，江苏无锡的惠山古镇上就建有几十座祠堂，这些古祠堂群已经成为当地旅游的重要景观。

三

姜堰王氏宗祠与泰州学派有密切的渊源。泰州学派是中国哲学史上唯一以地名命名的哲学流派，强烈的批判精神和鲜明的平民意识是泰州学派的标帜。

泰州学派的创始人王艮，为明代平民哲学家、思想家、教育家。他主张"百姓日用是道"；反对束缚人性，追求个性解放；心怀天下、心忧百姓疾苦；倡导有教无类的平民教育思想，强调后天学习的重要。他的门徒中有樵夫、陶匠、农民、盐丁等。后经王栋、王襞等的继承、发展、传播，泰州学派对于晚明社会的思想、文化、科学等产生了巨大影响，成为晚明的显学。王艮、王栋、王襞被史学界尊称为"淮南王氏三贤"。

姜堰人王栋是泰州学派的重要代表，他继承了"为天地立心、为生民立命"的政治理想，一生以"熔铸天下"、讲学传道、改造社会为己任。其思想主要有：重铸世界，中和安生，人无贵贱，实学致用，欲有节约，心为意定。几十年间，他继承、发展、丰富了王艮的理论，不间断地兴办讲会。70岁回归家乡仍开门授徒，创建"归裁草堂"。"讲学论道，闻者服膺""远近风动，信从日增"，足见其当时的影响。

泰州学派著述颇丰、建树颇多。对大多数人而言，乐学思想是最受用、最值得称道的。流传很广、意蕴深刻的《乐学歌》，一唱三叹、朗朗上口，是三水乐学的标志性作品。其价值在于从传统的劝学演进到乐学，既是寓教于乐的升华，也是关于学习的认识的飞跃，启迪人们要善于从枯燥的学习中寻找到无穷的乐趣，进而打开知识宝库的大门，融会贯通，在"重铸世界"中有所作为。

四

姜堰王氏宗祠既是王栋的家祠，也是王艮、王栋、王襞的祀祠，又是泰州学派讲学活动的重要场地。

王氏宗祠又称王公祠，位于姜堰东后街地面。资料显示，祠堂建于明万历三年（1575年），王栋"立宗祠以统族众，制祭田以供祀典"。勉励后人修礼立义、兴家成业。当时的规模有7进、21间。清嘉庆十九年（1814年）重建。王氏宗祠有严格的宗法，对设祭、位次、跻祔、仪物、守祠、规训等都有详实和具体的规定。清末民初的若干年里，每逢正月初三和清明，王氏宗祠都要举行大型的祭拜活动，祭祀的仪式、仪轨非常庄严和隆重。

王氏宗祠集祭祀、教育、居家为一体，是一座历史悠久、文化底蕴深厚，兼具明清特色的古建筑群。兵荒马乱的年代，王氏宗祠先后曾被挤占。20世纪初年，王氏宗祠经常被路过的军队驻扎。之后的几十年间，长期被老百姓居住，最多时近30户。

只有盛世才会修史、修志。姜堰王氏宗祠的修缮恢复虽然称不上浩大工程，却也历经艰辛。居民的搬迁、资料的收集、脉络的梳理、房屋的整修、布展的策划、经费的筹措，等等。一件件、一桩桩都需要有人领衔、操持，这就需要坚定的信念、无私的付出、执着的追求。在政府支持下，21世纪初，姜堰一群王氏族人在王希敏老人的牵头组织下，历时5年，终于完成了修缮恢复工程，并于2013年4月正式对外开放。

　　这是一群都已经退休了的老人，年龄最大的80多岁了，都是含饴弄孙、四世同堂的年纪了，名利场对他们而言都已是过眼浮云。他们图的什么呢？这期间，他们放弃安逸的生活，为王氏宗祠的修缮和恢复奔走、付出。他们想方设法、协调矛盾；群策群力、多方争取；不辞劳苦、忍辱负重。他们所秉持的信念是，修缮祠堂的工作不仅仅是王氏后人的事情，它是本地区历史、文化的大事件。王老甚至认为，我们传承的不仅是祖上的血脉，更是泰州学派的精神和灵魂，是中华民族的忠、孝、仁、义，是人间大爱的魂魄。

　　现在，宗祠里的王栋塑像、归裁草堂、祖堂、一庵公祠、节孝祠、读书楼等，都已经修旧如旧，并且免费对外公开展出了。王氏宗祠成为研究泰州学派和三水乐学思想的重要窗口，成为姜堰地区的又一个底蕴厚重的文化景观。当你了解到这一切时，怎能不对老人们的追求和奉献给予崇高评价并油然而生敬意呢。

五

　　王氏家族根脉遍及华夏大地，名播五洲四海。全国各地几乎都有王氏宗族的分支。在海外，凡有华人的地方也都有王氏宗族的后裔。许多国家都设有王氏家族的宗亲组织。他们以亲情为纽带，寄托家国情怀和乡韵乡愁。定期举行祭祖思乡活动，在敦睦宗族、增强联谊、自强自立、回馈家乡等方面，做出了许多贡献。

王氏后人众多，或从政、或从文、或从商，在中华民族的灿烂星空中熠熠生辉。在不同的年代、不同的岗位上王氏后人都在为中华民族的复兴贡献着自己的力量。

华夏大地许多地方都建有宗祠，它们大小不等，风格各异。有的是爱国主义教育基地，有的是国家重点文物保护单位。出差在外，只要有时间，建议大家前去瞻仰拜谒。从中，你一定能感受到宗族的荣光，你会得到教诲，从而坚定自信，增强为国家富强、民族振兴砥砺前行的责任感和使命感。

吴大姐

以坝口为界,向东一直到东板桥,向北一直到北后街,这一大片的地方就是东大街居委会的范围了。这里可是老城区的核心地带,巷道纵横,人口稠密,商业网店多,再加上学校、机关、工厂,真是面广量大、千头万绪、情况复杂,做好这里的居委会工作真不是一件容易的事。

东大街的居委会主任叫吴洁兰。她,40开外的年纪,一头齐耳短发,眼睛炯炯有神,声音洪亮有力。做了10多年的居委会主任,这里的老百姓男女老少大都认识她,亲切地喊她吴大姐。

吴洁兰算是高中毕业,知情人说,她其实只读到高二,书读不下去了,才回到家里的。俗话说,条条大路通罗马。读书可能由于种种原因,成绩有好坏,但人的成才路岂止一条,吴洁兰就在居委会的天地里干出了大名堂。

吴洁兰在学校时当过文体委员,经常参加各类活动,大会小会、活动演出,她见的世面多,落落大方,不认生、不吃嫩。回到家里才几天,就被喊去参加街道组织的社会活动。那次她担任报幕,口齿伶俐、声音脆亮、讲话得体,被上级领导注意到了,后来镇上有意培养她。镇长对人说,这个小吴，天生是街道干部的料。于是，吴洁兰从担任居民小组长一直做到了居委会主任，成了颇有知名度的吴大姐。

那时的居委会就一张办公桌，挤在居委会办的小工厂传达室。吴洁兰是很少坐办公室的，她有事没事就到大街小巷转，带着居民小组长挨家挨户地登门拜访看望。上班族经常是铁将军把门，她就晚上登门、节假日登门，一定要与住户见到面、聊几句。用她的话说："居委会干部不与居民照面怎么开展工作？""居委会干部就是要和居民交心、交朋友。"几年下来，这个居委会辖区的人口情况、年龄文化结构、居住、流动情况、困难户情况、就学就业情况、在外地工作的情况，等等，她全部清楚，重点人头情况更是了如指掌。这难吗？浮在上面就很难，沉到下面就不难。吴洁兰这样说。

那年夏天，公安机关接到一个协查通报，称甘肃兰州一个杀人嫌疑犯可能投奔他的姨娘周兰英了。情况到了吴洁兰这里，她细细一想马上答道，我们这里叫周兰英的共有四个，一个才在县中读书，肯定不是，另两个的亲戚都在本地乡下，也不是。只有北后巷21号的周兰英有些可能，她有个姐姐在甘肃那边呢。公安人员按图索骥，将刚刚落脚的杀人嫌疑犯捉拿归案。县、镇两级公安部门对她吴洁兰基础工作的扎实很佩服，称她简直就是活字典，活地图。

马家巷的马三人称三毛虎子，是个小混混，常参与打架斗殴，还有小偷小摸行为，甚至被人发现窥视过女厕所。他的父亲对这个儿子很头疼，就想把马三送去当兵，交给部队管束管束。征兵时，他做通了居民小组长等的工作，居然参加了体检。吴主任认为保家卫国的人素质必须过硬，三毛虎子当兵政审通不过，不能将不合格的人塞给部队。她赶忙找到带兵的指导员反映情况，部队首长十分感谢地方帮助严把兵源质量关。

上山下乡的工作是当时天下第一难的事。上河边的梁先生有两个儿子，按政策规定，可以一个安排工作，一个下乡插队。可是安排工作的事一直没有着落，老梁就坚决不签儿子下乡插队的承诺书，老梁单位来人做了多次工作都没有结果，事情弄得有点僵。吴大姐知道后，认为老梁的要求合情合理不过分，便亲自找人、跑手续，硬是将到工厂上班的指标送到老梁手上，才解决了问题。

吴大姐确实是嘴一张手一双。有人说，吴大姐是东大街的大家长，也有人说，吴大姐是沙家浜里的阿庆嫂。东大街有几个吵架专业户，大吵三六九、小吵天天有，搅得周围人家不得安宁。吴大姐上任后有针对性地开展工作。仔细分析下来，其实都是些鸡毛蒜皮的事。她便主动出击，各个击破，动之以情、晓之以理、明之以法。张老汉与李大妈是屋前屋后，为新开一扇窗子的高矮争执，一方要开，一方不肯，吵闹的动静很大。吴大姐上门开导，她用"让它三尺又何妨"的古语，劝说双方为对方着想，各退一步，最终达成了协议。还有一回，听说老蒋家父妻又开吵了。她闻讯赶过去，没进门就大声嚷开了："还让不让人过日子了？你们这经常吵吵嚷嚷的，传外去，儿子不想找媳妇、女儿不想嫁人了？"吴大姐也没讲多少大道理，先用语言震慑住，后晓以利害，就成了平息小打小闹的利器。这以后东大街一带的吵架风气有了明显好转。

那些年十五号台风几乎每年都要光顾一回。东大街的古民居较多，不少旧屋经受不住风吹雨打，容易出危险。台风到来前，吴大姐总要率领街道干部们在重点部位挨家挨户查看，加固、转移，一一提出方案，采取措施。台风到来时，她穿着雨披冒着风雨，到最有可能出问题的几处反复查看，确定不会有危险，她才离开。看着她风里来雨里去的背影，那些人家都感动不已，吴大姐真是我们的贴心人啊。

寒冬腊月，吴大姐牵挂着辖区的鳏寡老人。她将慰问品、米面油和防寒的衣被等一一分好，提前分头送达。自己联系的三个老人，她更是经常登门嘘寒问暖。刘老两口子都已80开外，两个儿子大学毕业后被分在外地工作，家中只有老两口留守空巢。那次吴大姐登门，发现刘大爷不小心摔倒在地，老伴正慌得不行。她立即喊来三轮车，送刘老到医院医治。她忙前忙后、无微不至地照料，医生都以为她是刘大爷的亲闺女。待了解到她是居委会干部时，大家都竖起了大拇指。

吴大姐就任以来办的实事真不少。她发动居民小组长，牵头组织居民佩戴红袖章，在大街小巷巡察，有效遏制了偷盗现象。协调驻东大街单位的复员军人和居委会干部一起，成立了30多人的应急分队，在救火、应对强台风、抓捕逃犯等事件当中都发挥了重要作用。聘请有威望的老同志挂帅，组建矛盾纠纷调解组织，第一时间到现场化解矛盾，促进了居民区的和睦安定。率先组建了献爱心基金，为困难户送上及时雨。成立家政服务队，上门为有需求的住户提供服务。兴办居委会加工厂，吸纳社会闲散人员，通过绩效挂钩，让这部分人得以安居乐业，那个三毛虎子也被收进来，成了自食其力的劳动者。居民们都说，吴大姐真是做到了一心一意为群众。

吴大姐的工作得到居民们的赞扬，受到上级的肯定。她被评为县里的优秀居委会干部。那次经验交流会上，她这样说道："居委会主任，是最基层、最小的主任。但它是党和政府联系百姓的桥梁和纽带。千家万户的事无小事，社区的安宁幸福很具体，居委会干部一定要把它当事业来做。"朴实无华的几句话，引来经久不息的掌声。

殷师傅

殷师傅全名殷福元,是个理发师傅。那时候,人们都把理发的叫作剃头匠。殷福元就是一个剃头匠。

殷福元家里弟兄多,他是老大,脑袋瓜有点大,同辈人都喊他"殷大头"。家里穷,初中没毕业殷大头就被大舅送到海安的一个姓李的老师傅那里学起了理发手艺。拜师那天的仪式还很隆重,请了一桌酒席,殷大头面对着老师傅,磕了三个大大的响头。

李师傅家坐北朝南前后三进,最前面一进临街是店面。学手艺是辛苦的,虽然管吃管住,但没有报酬,还得承担部分家务。一大早,殷大头要将一家人的早饭烧好,把理发店大门木板一块一块地卸下,再把店堂里外打扫一遍。早饭后,他要做好理发的准备,推子加好油、剃刀荡荡亮、开水烧烧开。白天他要留意师傅的操作举动,特别是关键要领。

殷大头是个机灵、嘴甜、勤快的小伙子,老师傅很满意,把理发的要领、诀窍等毫无保留地说给他听。推、剃、剪等是理发的基本功,他自己反复琢磨、勤学苦练。听说老的剃头匠一般都有两手,还会点穴位,一些轻微的肩膀、颈椎毛病，揉弄几下会缓释病情，他就央求老师傅指点一二。凭着虚心求教、好的悟性再加上不怕吃苦的努力，才一年多时间，剪发、饰发、剃发、修面、剪须、采耳、推揉，等等，他就都能独当一面了。

一晃三年，殷大头满师了。李师傅说，你回家去自己独闯江湖吧。

告别师傅，殷大头回到家乡，立马置办了理发的推子、剪子、刀子、梳子，等等，打算开张做生意。

可是顾客呢？海安的李师傅不管怎么说，有个门店，有固定的顾客。而他的家在镇上东塘巷的最偏僻处，家中地方小得屁股都转不过弯，在家里开店是压根不可能的。怎么办？殷大头找了一条旧围裙，把理发家伙包包扎扎，夹在腋下上街找生意了。

此时的小镇上倒是有好几处理发的。最有名的是坝口那个春光理发厅，两个大橱窗里的图片都是明星靓照、店堂里白炽灯明晃晃的，顾客熙熙攘攘，但价格不菲，一般的工薪阶层望而却步。镇上的平头百姓一般都是在东板桥、西板桥、白求恩桥、下坝石桥旁边理发，那里各有多处理发摊儿。由于露天经营，价钱便宜，顾客真不少。可那里都是人家经营已久的地盘，你殷大头一个毛头小伙，想跻身进来？

活人总不能被尿憋死啊。殷大头走起了挨家挨户上门的路线。你看他，夹着工具包，在大街小巷里吆喝着，剃头啊，剃头啊。几天下来，殷大头的生意硬是没能开张。他不免有些气馁了。是啊，发型是一个人的外在形象，贸然交给来路不明的生人、生面孔打理，哪个放得了心呢？再说，理发同其他行当一样，大家基本上都有固定的路数。你这才初来乍到，就想分一杯羹，哪有这么简单的？

殷大头苦思冥想灵光乍现，想出一个办法，先从他的小学、初中同学那里突围。他想，闲也是闲着，第一次在他这理发的，全部免费。同学王大虎家弟兄五个，老大是他小学、初中的同学，在班上他们很要好。那天，他去找王大虎了。已经读高三的王大虎见殷福元来，相谈甚欢。"大头，学手艺满师了""满师是满师，就是没生意。"了解原委后，王大虎说这并不难，又追问一句"手艺咋样？""理上一回就晓得了"，殷大头信心满满。

找个周日，殷大头上得门来，拉家常、谈感情，说话间就将王氏兄弟五个的发都理好了。"照照镜子，满意不？如果有什么地方需要再修修，告诉我。"想想以往去东板桥下理发，太阳晒人不说，还要排队等候，人家现在上门服务，还有什么可说的？这以后，兄弟五人的理发就让殷大头给承包了。走家串户登门服务，手艺精、态度好、收费低，一传十、十传百，殷大头理发的名声也就逐渐传开了。

要说殷大头的理发，确实技术过硬、手艺精湛，他能依据头型、年龄、季节给你理出个中意的发型。学生头、青年头、短寸头、小平头，他可以根据顾客的特殊要求，理出满意的头型。他的服务态度也是没说的，热情招呼顾客拉拉家常，理发的过程，他还会讲些有趣的故事，逗得顾客哈哈大笑。殷大头给小孩子理发的功夫更是堪称一绝。他动作麻利、技艺娴熟、手脚干净，推子来回，剪刀飞舞，哄逗小孩说笑，不一会儿头就理好了。小孩的满月头、元宝头、桃子头、小辫头，等等，他都理得有模有样，利利索索。一来二去，找殷大头理发的越来越多，不少大娘大婶给小孩理发都要提前约他的时间呢。

殷大头出身苦人家，知道穷人不易。遇到经济困难的，他都会减半收费，乃至于不收费。布厂巷老吴家子女多，负担重，每回殷大头上门剪好发他都拔腿就走，老吴总是追着将理发钱送去，殷大头只得收下一半钱。马家巷的刘大爷腿脚不便，以前都是几个月一次，请人将自己搀扶到外边的理发摊去修剪，如今殷大头上门来，搬好椅子，将刘大爷轻轻扶起，细心理发，把个刘大爷乐得不行，上下唇直哆嗦连声感谢。殷大头有心做了了解，周围鳏寡老人有七八个呢，他把他们都纳入到自己的服务范围，定期上门服务。丁家巷的顾大嫂落了枕，殷福元理完发后,帮她拿捏几个穴位,只一会工夫,顾大嫂直呼好多了、好多了。

难得的是,殷大头不满足现状,他非常注意研究流行趋势,他两三个月要跑一次上海,去看新的发型、新的理发工具、新的材料,回来后比划、琢磨、模仿,还开发了吹、烫、染,镇上那些追赶时髦的年轻顾客都喜欢找他,不少俊男靓女还专门等殷福元的时间前去理发。大家众口一词,殷大头理的发新潮、有型、好看。

有个属于自己的门店是殷大头多年的梦想。几年的积蓄,他终于在坝口附近选中一个地方,几番讨价还价,他把那里给租下了。殷记理发店正式开张了,门口一副金字红底的对联十分抢眼:创人间头等事业,理世上万缕千丝,引得许多路人驻足观看,啧啧称赞。那个店堂不大但明亮可鉴。一面墙全是镜子,一面墙贴满帅哥美女的画报。两张转椅,一张用于理发,一张用于顾客休息。一条长凳,让等候的客人小坐。一个洗脸架,上有面盆和毛巾。殷福元在这儿开始了他的二次创业。开张那天,他请来了不少亲朋好友,特地还请来海安的李师傅。老师傅在店堂转了转,再看有这么多的人来捧场,连说,徒儿出息,比我强多了。

殷记理发店的生意一直红火,常常忙得连吃饭的时间都没有。现在已经没有多少人喊他殷大头了,人们遇见他，总会尊称一声殷师傅。殷师傅虽然生意忙碌，但他没有忘记那几个身体不太方便的老人，他记得需要上门服务的时间。他说，只要老人健在，我都会上门去服务的。过了几年，殷福元成家了，他找了一个漂亮的小寡妇，日子过得挺甜蜜。又过了几年，殷福元加入了春光理发厅，成了那里的首席理发师。

余阿根

余阿根在坝口那一众手艺人当中名气很响。

余阿根的名气响,是因为他的手艺并非祖传,也非师传,基本上算是自学成才。还因为他的手艺精而全,从修凉鞋、订鞋掌,到修理自行车、换钢精锅底、配钥匙,等等,几乎无所不会、无所不能。加上他有个生理缺陷,一条腿是跛腿,人们容易记得。

余阿根当然属于残疾人。关于他的那条腿为什么会致残,是先天性的,还是后天的小儿麻痹症,或者是年少时顽皮落下的残疾,街邻们时有议论。还是他自己一次酒后吐露了真言,原来他小时候皮肤白皙,细嫩,看上去文文静静,其实很淘气、调皮。上小学五年级时,有一天爬到树上掏鸟窝,不慎从树上摔下,又不敢告诉大人,便一瘸一拐回到家,谎称脚脖子崴了。余阿根的母亲早年病故,父亲忙于出差跑业务,没有注意到儿子的异常,结果延误了治疗,造成了终生残疾。

余阿根打小的时候就喜欢摆弄东西。家里的一台收音机,还有闹钟,都曾被他拆得七零八落。邻居小孩玩的航模飞机,他死缠硬磨借来玩,结果被捣鼓得散了架,最后只得给人家赔钱赔笑脸。那年头正在搞上山下乡运动，残疾人是不需要下乡插队的。可是，也没有工作安排呀。余阿根快到20岁了，他不想吃闲饭，让人供养一辈子，就开始了自己的创业生涯。

余阿根是从修补凉鞋起家的，摊子摆在他家住的巷子口，面朝东大街，背靠商店的山墙，市口倒是不错。他弄来两只小煤炭炉，将几把螺丝刀打弯，找了十来双各式各样的旧凉鞋，地面铺了一张旧席子，系一条旧围裙，两张小板凳，就算生意开张了。开始几天，他先将找来的那些旧凉鞋反复地烫开粘上，再烫开再粘上。然后，又让经常在一起玩耍的小伙伴把家里坏了的凉鞋送来免费修理，这些都是为了练练手。

刚开张的那十天半月里，余阿根的摊子几乎没有生意。由于是新手，不免有点笨手笨脚，一不小心，烧红的螺丝刀还将自己的手脚烫出了血泡。在他手里，那断裂的凉鞋虽然粘上了，但高低不平，有的还带点煤灰，一个顾客奚落说，"活像狗啃的"。余阿根并没有气馁，他认真琢磨、反复体会，有时还偷偷躲到别人摊子后面窥看老师傅操作。不长时间里，他便摸索出不少修补凉鞋的诀窍：在粘好的部位迅速用玻璃压压平，保持光洁度；将煤炭炉取出的螺丝刀在砂布上蹭两下，去除黑灰。很快，余阿根的技法圆熟许多，生意也逐渐好了起来。

余阿根头脑灵光，善于钻研学习，家用的小修小补，一看就懂，一学就会。眼看秋天到了天气凉了，修凉鞋的少了，余阿根迅速开展起"皮匠"业务。除了必要的工具外，他还添置了一个手摇缝纫机，订鞋掌、修鞋子、补衣服、整箱包、理拉链，生意倒也不差。可是余阿根好像不满足这些，他似乎有使不完的劲，整日里忙个不停。冬去春来，风吹雨淋，余阿根的皮肤变成了古铜色，手上长满了老茧。街坊们看见余阿根又添了不少新业务，自行车换个零部件，车胎跑气补个胎。钢精锅、开水壶、搪瓷缸的底面有了砂眼换个新底。这些他都在行，上手很快，干得很欢。没过多久，他又开展了配钥匙、开锁、上门修配锁芯的业务。为集聚人气，他还买了几百本连环画出租。因此，余阿根的摊儿上总是人气旺旺的。稍微有点闲空，他弄些白铁皮镀锌板，在摊儿上敲敲打打、剪剪裁裁，做成水桶、喷壶、落水管等出售。短短几年时间，大凡白铁工的手艺，他都能做，人们家庭日常易耗易损的东西，他都能拾掇。街邻们说，余阿根是集鞋匠、白铁匠、锁匠于一身的能工巧匠。

手艺人吃的是百家饭，关键是技艺好，嘴甜，服务周到。这几条沾上边，生意一定不会差到哪里去。几年下来，余阿根历练成了一块做手艺的好料。他的摊子上，小凳子准备了好几张，两只搪瓷缸里面，糖果、蚕豆、花生不断。几个顾客同时来，他都能应付裕如。只见他，抬起头，满面笑容，一边忙着手中的活儿，一边口里招呼，需要修什么呢？他会根据来人需求的轻重缓急做出反应和安排。"这边马上就好，你先坐坐""吃块糖、吃几粒蚕豆""稍微等一会儿，你先翻翻连环画"。余阿根手艺好、手脚麻利、为人谦和、态度热情，大家都乐意到他这儿来修东西，时常还能看到巷子里的几个大婶在他的摊儿上一边拉拉呱，一边打着毛线，纳着鞋底。

巷子里的街邻大家都很熟悉，到余阿根这里修东西，他很客气，收费都会打个折。老黄家的子女多，经济不宽裕。那日来换钢精锅底，换好了，余阿根硬是不肯收钱，拉扯半天，才收下了材料钱。那年冬天，巷子里的老张家遭受火灾，家具、衣被等被一把大火烧了个精光。当晚，大雪纷飞、北风呼啸，余阿根拄着拐棍，来到老张家，丢下20元，"救急、救急，一点心意"，说罢，扭头就走。20元，几乎是当时普通工人一个月的收入呀，老张一家看着余阿根一瘸一拐走远的背影，感动得不知说什么才好。

余阿根开始修补凉鞋时，家当没有多少，用的是一个装了四个轴承的平板，将煤炭炉和工具等放在上面，出摊时用两根绳子拖着。后来生意逐渐大了，经营的门类多了，他觉得平板车在有几个台阶的巷道里行走还是不太方便，不如一副担子来得便捷、爽快。于是，每天早晨人们都能看到余阿根拄着拐杖，挑着叮叮当当的担子出摊的情景。

转眼间，余阿根已经20好几了，提亲的人倒是有的。那时候，城里的姑娘时兴嫁给军人，余阿根这样的情况，姑娘们没有正眼瞧的。街坊们介绍了几个，有的是人家瞧不上他，也有的是他看不上人家。缘分没到的事，是捏合不来的。夏日的一个晚上，居民小组长顾大婶给余阿根领来一个南乡的姑娘粉珍。这粉珍人长得好，模样俊俏，眼睛大而亮，身材结实，一根长长的独辫子。顾大婶介绍，粉珍的爹娘死得早，是祖母拉扯大的。今年春上，她祖母也过世了，"苦桃子啊，人品好、肯吃苦，过日子没说的"。余阿根和粉珍真是有缘，一下子，两个人就互相都看上了。一来二去，几个月相处，元旦刚过，余阿根和粉珍就结了婚。

这以后，每天早晨，余阿根出摊的担子就都由粉珍挑着。余阿根则拄着拐，跟在一旁，嘴上哼着小曲："美丽的大姑娘，跟我进新房。别害羞、别害羞，让我亲一口……"那音调低沉、浑厚。每每此时，粉珍总是一阵嗔怪，"你呀，就没得个正经"。余阿根深情地看着粉珍呵呵一笑，继续哼着那意犹未尽的曲调。有了粉珍在摊子上帮忙张罗，余阿根的生意愈加火红了。家私添置了、屋子整修了、摊子整洁了、人更精神了。那年五一，居委会将他和粉珍组建的家庭评为勤劳人家，余阿根还被县上表彰为身残志坚的典型。

  一年过去，粉珍怀孕了，很快就诞下双胞胎两个胖小子。左邻右舍纷纷前来道喜，有人说，余阿根，你的手艺有传人了。谁知，余阿根悠悠地说道，我要培养儿子当兵，培养儿子念书上大学呢！余阿根的两个儿子，一个叫余文，一个叫余武。据说，后来一个确实参了军，另一个读了大学。

第三辑 素日往事

八卦广场

　　小区解封的次日，我来到久违了的八卦广场。
　　八卦广场在闻名遐迩的蜀岗西峰南麓，处于扬州蜀岗——瘦西湖风景名胜区的核心地带，距离我们小区仅200多米。广场的四周是高高低低、密密匝匝的树林。广场东边是一个几百平米大小"晴天不干、雨天不溢"的神奇水塘，塘的西侧有木艺结构的亲水平台。广场中心地带有一大片碎石铺就的空地，中间有黑白地砖拼成的太极八卦图案。广场北侧立有一座钢构展示牌，上有"八卦塘"三个醒目大字。站在广场向北眺望，高大巍峨、挺拔伟岸的蜀岗西峰近在咫尺，尤其是那一排排高耸入云的树林，连绵起伏、苍翠森森，显得非常壮观。每天傍晚，八卦广场都是我们散步健身的必到之处。
　　八卦广场有着深厚的文化底蕴，政府将它打造成健体生态广场，这成了居民住户的好去处。一有空闲大家都喜欢来广场转转，呼吸新鲜空气、饱览绿色景致、享受宁静时光。有人打打八段锦，有人随手照照相；有人拿着钓竿钓鱼，有人牵着风筝奔走；有人牵着小狗溜达，有人带着孙辈闲逛。听着风声、鸟声还有小孩在树丛中打闹的欢笑声，一派岁月静好、祥和安宁的景象。

　　人是很奇怪的动物。习以为常的总是不会珍惜，一旦失去了才觉得无比珍贵。八卦广场的存在，原本很是自然普通，走进去看草长莺飞、看花开花落、看云卷云舒，进进出出再寻常不过。可是，一旦你不能进去了，你被禁足了，你才会产生出别样的牵挂、不舍和渴望。

　　此刻，秋风在轻轻地摇曳着树枝，树叶在哗哗地响。绿绿的树木、青青的小草，还有五颜六色的花朵，它们恣意地生长、娇艳地盛开。似乎有些陌生了，眼前那林木格外绿色苍翠，那路道两侧的绿色小草竟有四五十公分。以往，那些小草仅仅高出鞋子一点点。现在，小草疯长到小腿肚的地方。一阵风吹过来，小草形如波浪般起起伏伏。此时的我竟产生了一种"风吹草低见牛羊的"恍惚，好像那年在呼伦贝尔草原，那草的高度也不过这般模样。

　　广场上的人们都带着口罩。几位互相熟悉的邻居在诉说着难忘的八月发生的一切。几个大爷在打太极和八段锦。小径上，几个老妪踽踽漫步。水塘边，几位中年人专心垂钓。树下，小狗欢快奔跑。远处，树上的飞鸟唧啾歌唱。这是怎样一种安详、静谧、和顺的画面呀。徜徉其间，我贪婪地呼吸清新的空气，肆意地放飞沉寂已久的身心，仔细观赏草木葱茏的景色，一种岁月如此安好、人生如此美好的情愫悠然升腾。

　　新冠病毒肆虐全球，城市被按下暂停键一月有余，人们的生活节奏完全被打乱了，伴随的是无尽的忧虑、焦灼、恐慌和苦痛，存有去八卦广场的念头都已是一种奢望了。9月2日深夜传来小区解封的消息，我的睡意顿时全无了，手机里一个友人巧用杜甫的诗句，恰切地表达了此时的心声，"却看众亲愁何在，漫卷诗书喜欲狂"。眼下部分小区已经解封，全城解封指日可待。这得要感谢党和政府强有力的领导，感谢白衣天使的英勇逆行，感谢抗疫一线的所有人们。在告别苦难的时候，人们要少一点抱怨，多一点感恩。要一心向好、一心向善。如此，我们的社会和家庭才能和谐幸福。

　　禁足的日子是难熬的，百无聊赖又五心烦躁，无所事事且坐立不安。想着生计有困难的人怎样度过，想着何时能走出家门，念着去八卦广场漫步健身，念着那里的草木花朵，盼啊、等啊，终于盼到了小区解封的日子。走出小区大门的那一刻，走进八卦广场的那一刻，自己真的喜极而泣、百感交集。是的，疫病、战争、地震、洪水这类灾难给人类带来巨大伤痛，只有经历过这种劫难的人，才能感受"感时花溅泪"的激动心情，才能体会平安是福的无比宝贵。

　　伫立在广场中央的太极八卦图旁，我陷入沉思。我深知，八卦是我国古代社会各阶层广泛运用的思想文化理论体系，它博大精深，上到治国安邦，下到民众生活，都有精辟警策之妙用。我还隐约知道，八卦的神秘更在于它具有震慑邪恶的魔力，护佑百姓健康、顺畅、喜乐、吉祥，广场建设者的匠心寓意莫过于此吧。

参加高考的那些日子

一年一度的高考季又快要来到了。每逢此时，我都会自然而然地想起自己参加高考的那些日子。

1976年粉碎"四人帮"后，我们的国家进入了新的历史转折时期。高考曾经作为人才选拔的主要通道已经中断十多年，百废待举、百业待兴，人才青黄不接，各方面的人才紧缺成为主要矛盾。党中央国务院从国家发展的战略出发，顺应民心民意做出了恢复高考制度的决定。

恢复高考是历史的抉择，具有十分重大的战略意义。它是我们国家拨乱反正，回归知识文明，实现全面振兴的拐点，不仅给成千上万的热血青年报效祖国、自身圆梦的机会，而且在全社会确立了尊重知识、尊重人才的主流价值观，为国家的健康快速发展提供了强大的人才支撑。

1977年冬天的高考是由各个省自行命题，也就是后来人们说的省统考。当时祖国城乡的570万知识青年参加了所在省市的统考。而我却没有能够报名参加。原因何在呢？我所在的农场是一个县属场圃，那里有150多个知青。我作为农场共青团组织的负责人，又担任第三生产队的副队长，是当时农场重点培养的对象。面对高考时间的紧迫，许多知青都请假返城专心致志地复习迎考，有自学的、有请老师辅导的、有参加复习班的。农场负责人找我谈话，你是知青的领头人，要带头扎根农场，不能脱产复习，况且组织上已经将你的入党材料上报了。

此时我的心情很复杂，面临着艰难选择。高考的录取率低，能否考上是很难保证的。而我毕竟来农场已经3年多了，离开学校也已经5年多了。我是72届的高中毕业生，1973年1月离开学校。我的初、高中阶段都正好在"文革"时期，那时的学习内容本身就比较肤浅，现在如果没有全面系统的复习，没有老师的专业指导，想考上大学几无可能。考虑再三，决定放弃当年高考报名，选择坚持在农场一线。

虽然没报名参考，但我密切关注事情的进展。11月的初试，12月底的复试，1978年春节前后，不少知青战友陆续拿到了高校录取通知书，3月他们分别离开农场前往学校报到。这一切对我的刺激太大了。我要深造，我要上大学，成了我的强烈心愿。紧接着的1978年恢复夏季全国统考的讯息传来，我毫不犹豫地报了名。

高考是最严肃、最公平的人才培养选拔方式。分数面前人人平等。初高中基础知识不够扎实的我深知，离开课堂书本知识已经很长时间了，如果没有强化训练，不系统复习，想考上大学简直是天方夜谭。然而，此时返城脱产复习的道路已经被堵死，理由还是如前一样。唯一的选择就是坚持在农场一边参加生产劳动，一边业余复习功课。托朋友托家人寄来了复习大纲和复习资料，我走上了难忘的复习备考之路，一条改变人生命运之路。

综合分析了自己的情况，确定报考的方向是文科。文科的古文、历史、地理、政治很大部分的内容都要背、记、写。那时候的农场物质条件很差，电力供应很不充分，经常遇到停电的情况。我就买来手电筒，靠着手电筒的光柱看书、记录、抄写。

早春时节的气温还很低。清晨早工起秧，我穿着厚厚的棉袄，将复习资料放在口袋里，一有空就拿出来看上几行、读上几段。卷起裤腿光着脚板在秧池起秧挑秧，受了风寒，扁桃体发炎肿痛发起烧来，去医务室打点滴，仍坚持白天上班晚间复习。"早上一片黄、中午水汪汪、晚上绿茫茫"，收割、栽插、脱粒，双抢大忙季节不等人，上工休息的间隙，场工们说笑嬉闹，我躲到一旁的安静处，拿着书本读呀背呀。负责大田的管水、放水，我抓紧把这些做妥当，挤出时间捧起复习资料。那些日子几乎每天都是起早带晚上工复习，太疲惫了，多次躺在圩堤边睡着被太阳晒醒。

夜幕降临，路灯下我打着蒲扇驱赶蚊虫，坚持不懈地看书学习，经常复习到深夜。生产队的场工们看见我没日没夜认真复习，一个个感动不已。他们动情地说，我们的王队肯定能考得上。我当然理解这祝福的分量，更不敢有丝毫的侥幸和马虎。

7月20日—22日是那年国家确定恢复夏季高考的具体时间。这是恢复高考后的第一次全国统考，我后来知道，当年全国高考报名的有610万人，录取40.2万人，录取率为7%，文科录取的比例更低，真有点千军万马过独木桥的味道。7%的概念可能比较抽象，看看这一组录取率数据就清楚了，1988年为25%，1998年为34%，2008年为57%，2018年为81.34%，2020年为90.3%。足以说明，这些年国家发展速度快，需要大量的人才保证，同时也说明1978年的录取率处于低位。而一位数的录取率，也只有恢复高考的前4年才出现过。

第一天考试下来，一切都还顺利。但是，当晚我咽喉肿痛，浑身发冷，连忙跑到坝口的浴池里去蒸了一把。回家后全身仍然酸疼发烫，赶紧求助邻居胡大夫。他诊断后找来几片激素药给我服下，硬是把高烧压了下去，让我把考试坚持到了结束。

考试结束回到农场，我估猜了总分数，对录取抱有一定信心。但毕竟没有收到录取书，心底里还是忐忑不安的。那段日子真的难熬啊，通信不像现在这样发达，我每晚都会到农场的邮电所去转一圈，看看有没有高考结果的消息，看看有没有我的信件。第一批录取书寄达了，收到通知书的场友欢天喜地，而我却惶惶不安起来。是不是自己高估了成绩，是不是录取书弄丢了，是不是联系地址写错了……

三五天后的一个晚上，家里打来长途电话告知好消息，县文教局刚刚查到了，被扬州师院中文系录取，通知书已挂号寄出。隔天中午，录取通知书到了。手捧通知书我泪流满面，悬在心头的石头终于落了地，几个月的辛苦终于有了回报。我填报的志愿原本是北京、上海、南京知名大学的新闻系、中文系，扬州师院中文系是保底的志愿。最终被保底的学校录取了，说明我的分数也就刚过录取线，也说明我未曾经过脱产的系统复习，未曾有机会找老师指点一二，取得这样的结果已经是十分庆幸的了。

年轻人是很少失眠的，当夜我却辗转反侧无法入睡，想了很多很多。其中最多的，是自己步入人生第一职场的经历，还有十多天就要去大学读书了。尽管背负空空的行囊离开农场，但农场插场近四年，吃苦耐劳的品格锤炼、艰苦生活的磨砺摔打是自己受用一生的宝贵财富。确实，后来我工作岗位多次变换，经受过各种苦和累，都能承受并挺了过去，皆因了农场艰苦生活的磨炼。

如今每年看到莘莘学子积极备考的模样，看到一张张青春朝气的面容，我的内心总是充满感慨。我们那个时候弟兄姐妹多，当年我和五弟一齐报名参加高考，全部是自己去拿准考证、看考场、做准备。再看看现在，父母对子女的高考无比重视，包粽子、买包子，图的是包中的吉祥，图的是有个好兆头。不少孩子的母亲还特地穿上旗袍，寓意是旗开得胜。高考现场大门外挤满了送考的人群，此时此刻，我在内心总是对考生和家长们致以深深祝福。

高考的正常举行，是国家政治稳定、社会安定的风向标。社会内乱时期，你纵有一腔热血、满腹才华又能怎样呢。几十年间，我们亲历了国家翻天覆地的巨变。处于两个百年的历史交会点，我愈加深切地体会到，接受高等教育对于一个人成长的特殊意义，对于一个民族强盛的特殊意义。我愈加深切地感到，人们应该倍加珍惜国家稳定、社会安定的大环境。因为，最终受益的是咱老百姓啊。

归乡杂忆

人出生在哪里，哪里就最珍贵，不少人这样说。对此，我是持赞成态度的。我以为，一个人最不能忘记的是最初哺育自己的那一块土地。无论你走得多远，无论你身处哪里，哪怕你在天涯海角，家乡永远是心底里最眷念的归宿。对于在他乡落脚谋生、打拼发展的人们来说，家乡就是母亲温暖的怀抱，就是无比温馨的港湾，就是经常在梦中见到的情境。

于我而言，人生的第一个 20 年是在家乡度过的。那里承载了自己青春年少时的许多故事、许多梦想。屈指一数，离开家乡已经快 40 年了。那个洒满阳光的清晨，一辆卡车装走了我在家乡的全部家当，一家三口挤在一起告别亲友，这个画面至今仍印刻在记忆里。彼时，说不上此行的前景如何，更说不上何时能再回到故乡。

没有背景、没有依靠、没有经验，只能一步一步摸爬滚打、蹒跚前行。打拼的酸甜苦辣，只有自己知晓。许多年来，有过高光时刻，也有过黯淡时分；有过成功的欢乐喜悦，也有过挫折的困顿迷茫。取得一点成功，获得一些掌声，赢得一片赞扬，总是与汗水、泪水相伴。

但我始终感觉有一根红线在牵着自己，我仿佛是蓝天上飘荡的风筝，一头是我，另一头是家乡。这些年我始终以家乡为骄傲，以家乡为自豪。我常常告诉自己，不能懈怠、不可倦怠。

思归若汾水，无日不悠悠。随着年岁的增长，阅历的增加，心目中的家乡变得愈加清晰和透亮，我愈来愈看重它的意义和分量。离开工作岗位以后，回家乡参加各种活动便也多了起来。亲戚的、同学的、同道的、插场知青的……一张张曾经青春靓丽的面容，一幅幅已经泛黄的老照片，聊起分别这些年的话题，我的内心总是升腾起无限的感慨。家乡的一切勾连起我的思念，令我无限向往。几个好友撮合商量，相约在老家的一个小区各置办了一套小房，确定要定期回来居住，感受家乡的氛围，融入家乡的生活。

归乡的心愿从来都是相似的，归乡的情形却不尽相同。春节的归乡，是挚爱亲情的呼唤；旅游者的归乡，是平平安安的欢愉；成功者的归乡，是衣锦还乡的喜悦；逃难者的归乡，是历经劫难的幸运；落魄者的归乡，是难以言说的酸楚；退休人的归乡，则是风轻云淡的坦然。但是，无论哪种归乡的情形总是奔着共同的目的地而去的，如同倦鸟归巢一般。家乡的几位好友动情地说，你们的归乡，是落叶归根的自然，是远航后的回归母港，是游子返回来时的路啊。闻听此言，我不禁潸然泪下。

世界很大、很精彩。回想这些年，跑过许多码头，到过许多地方，归乡的时候并不很多。特别是刚刚离乡的近十年间，忙家庭、忙工作、忙事业，回家乡的次数更是很少很少，除非春节，除非特别要好的亲友大事喜事的邀约。但归乡的时候发觉，以前居住的那条巷子怎么变狭了、变窄了？似乎许多从家乡走出去的人归来时都有类似的感受。看起来，人在年轻的时候还是要多跑一些地方才好，经历的人和事多了，见过的、听过的、感受过的东西多了，眼界、胸襟、格局才会阔大许多，你才能体味古人说的读万卷书，行万里路的深刻意蕴。

记挂家乡，是心心念念家乡的一草一木、家乡散发的气息以及家乡日新月异的变化。记挂家乡，是因了那里有家乡的老父母，有一起成长的兄弟姊妹，有朝夕相处的邻居、小学和中学的同学，还有一同插场的知青战友。记挂家乡，是想着为家乡做点事，哪怕是牵线搭桥、出谋划策也好。每每闻听家乡的成就和进步，自己总是发自内心的欢呼。传来亲朋好友取得成就的音讯，自己总是致以深沉的祝福。想想都有点惭愧，这些年毕竟机缘有限、力有不逮，自己为家乡的贡献实在太少太少。

百年为客老，一念爱乡深。曾经听说他乡遇故知，是人生的三大幸事之一。也曾听说过，月是故乡明，亲不亲家乡人，美不美家乡水。人的本土性以及对家乡的依恋，实在是非常奇特的情感。在外打拼，偶遇一个老乡。在旅途上，忽闻一句乡音。在单位，听说有一个乡党，内心里涌动的情感复杂而微妙。从许多将军县、院士县，从许多产业集聚地，从许多城市的商会组建，都能看到家乡人互相搀扶、相互支撑的魅力，这是无法回避的磁场效应，是无处不在的乡情和乡愁。

每个人的身上多少都会打上自己家乡的烙印。在这个星球上，家乡认同大约在中华民族表现得最为鲜明和热烈。你走出国门，遇到华夏儿女，会引为家乡人。在国内，你会以一个省一个市一个县乃至更小的乡村为家乡人，故而找到许多共同的话题。维系它们的，正是浓烈的乡音、浓厚的乡情和浓郁的乡愁。其中，既有历史文脉相承，也有血亲血缘相联。既有地理地域相通，也有方言口音相关。

说家乡难忘，其实是家乡的人难忘，家乡的事难忘，家乡的味道难忘。幼学如漆，幼小时发生的事情也难以忘记。人说，三岁定口味。走南闯北山珍海味，到头来还是家乡的食物称得起美食，似乎只有它才入口入味入心。许多在外漂泊的人一回到家乡，就奔着梦寐以求、难以忘怀的美食而去。央视春晚小品中那个归国华侨魂牵梦绕的不就是一碗豆汁儿吗，这样的乡思最朴素也最具代表性了。而我呢，始终怀恋家乡的龙虎斗烧饼、豆腐脑、牛肉汤，鱼饼鱼圆……

多年在外漂泊的生活，每当听到"归来吧、归来哟"的歌声，每当看到"回家的感觉真好"的文字，我总是情不自禁、泪流满面。在归乡安居打理妥当的时候，我想起了"青春作伴好还乡""近乡情更怯""儿童相见不相识，笑问客从何处来"等诗句。如今，真的回来了，终于回来了，回到了自己的衣胞之地，回到了自己背负行囊出发的起锚地。遇见的是熟悉而又陌生的面孔，听到的是浓重而又亲切的乡音，那是一种如鱼得水的感觉，是一种鸟儿归林的感觉，是无比的自在、惬意和欢喜。往后的日子里，自己要力所能及地为家乡多做善事多做好事，我暗暗地对自己说。

怀念母亲

2019年12月24日（周二，农历十一月二十九日）下午3时许，亲爱的母亲走完了她93年的人生，永远地离开了她无比热爱的这个世界。

当天下午4点，我得到了母亲去世的噩耗。只觉得这是自己生命中最黑暗的一刻，头脑像被什么东西猛烈撞击了一下，随即便在房间内嚎啕大哭起来。娘亲去世是儿子最最悲伤的事了。马上联系司机，商定6点从南京出发，赶回姜堰老家奔丧。坐在车子里，回想起母亲的音容笑貌，回想起母亲的历历往事，点点滴滴涌上心头，我的泪水恣意地流个不停。

生怕影响司机开车，起初我只是低头哽咽、啜泣。司机似乎感觉到点异常，问："有点感冒了？"几次都未曾得到我的回答。过收费站，司机缴费时扭头看见我泪流满面的模样，问清原委，连声说道："哦，母亲是儿子的天啊！节哀、节哀！"

对于母亲的离世，我多少还是有一点精神准备的。以前工作事务繁忙，只是过时过节才能回老家看看。这几年退了休，我有意识地安排时间常回老家陪伴老人。

因为，我深知"子欲孝而亲不待"的无奈和痛楚，我深感常回家陪老人家说说话、打个牌、吃个饭、逛逛街，既是孝心，更是快事。去年下半年以来，我几乎每个星期都要回去一趟。只觉得，垂暮之年的母亲，容颜苍老、精神恍惚，饭量日趋减少了，精气神也一天不如一天了。

就在周日的上午，我和妻还在老家陪她老人家的。当时妻附在母亲的耳边说："妈妈，哪个来看你了？"此时母亲已经说不出话来，只见她慢慢地竖起了四个指头。妻又告诉她，"我们给你买了好看的鹅绒保暖背心，明儿早上给你穿"，只见她的脸上掠过一丝笑意，这大约是她这一生接受的最后一件礼物了。看到母亲半昏半醒，喂一点东西都难以下咽时，我不禁阵阵揪心，为自己的无能为力而悲痛不已。

听三哥说，早上还给母亲喂了点鸡蛋羹。大家猜想，估计她老人家还能撑上几天，兴许还能闯过元旦。却不料，才过了一天，母亲就和我们阴阳两隔了。

母亲这一辈子共生了五个小孩，都是男生。我排行第四，小名就叫四小。那时候，家里的经济来源全靠父母二人的微薄收入，要养活包括祖母在内的八口人。现在细想，把五个儿子都拉扯成人，个个都健健康康，都还算有点出息，真正是一件不容易的事。

母亲常说，不怕穷，就怕懒。张罗一大家人的吃喝拉撒、油盐酱醋、人情人面，母亲她总是精打细算，把全家每月的开销精心筹划。她还弄个小本子记下账来，量入为出，荤素搭配，尽可能地安排妥当。为了贴补家用，培养儿子的勤劳品格，那些年，母亲带领儿子们起早贪黑，搞起家庭副业，养起了鸡、兔。家里还买了一部草绳机，打草绳出去卖，挣点小钱。几年中，母亲还组织我们挑野菜、压蛋匾、拣猪鬃、订书本，把原本拮据的家庭生活搞得蛮有起色。

物资短缺的年代，城镇居民都要凭粮油票按计划供应。我们五个弟兄都正处在长身体的年龄，饭量大得惊人。母亲想尽办法购买廉价的山芋干、胡萝卜、大头菜给孩子们充饥、填饱肚子。为防止弟兄们争抢，饭、粥、菜都是一人一碗分开。喝稀饭几个人抢着舔锅子，是常有的事。母亲时常将自己的那份饭菜，划一点给儿子们吃。过年过节，家里难得弄点荤菜，母亲也常常会把自己的那一份分给孩子，自己泡点汤就饭。这些举动，在她看来，似乎习以为常、天经地义。

每年开学，是家里非常难过的关口。五个孩子的学费，几乎耗去父母当月收入的一半，家中值一点钱的东西几乎变卖光了。记得是我四年级开学的时候，全班同学都已经交了学费，我回到家缠住母亲，母亲犹豫再三，最终把家中放在床底下的一只铜炉子交到我手上，"四小啊，就剩这个了，拿去卖了给你交学费吧"。那个铜炉卖了四元二毛，正够缴纳学费。时至今日，那个卖铜炉交学费的场景，还时常在我的眼前回放。

孩子小时候蛀牙、坏牙是常有的事，长大了更是遗患无穷。至今，我们几个弟兄的牙齿都很好，这得感激母亲。家里经济不宽裕，买不起牙膏，母亲就买来便宜的牙粉，几个弟兄一人一支牙刷，从老大到老五依次排开。每天早上，她准时将儿子们的牙刷粘上牙粉，中午回来检查。就这样，硬是培养起儿子们清洁牙齿的良好习惯。

春节是国人最隆重的节日。每年的年三十，母亲总要提醒大家记得吃白萝卜和葵花籽，她说这天吃这些对喉咙好。许多年来，这两样东西都是我们过年必备的。最忘不了的春节大餐，当数正月初一母亲下厨给我们做的鸡蛋、粉丝、肉汤。两只荷包蛋、一把粉丝、一碗肉汤，撒一点蒜花，热气腾腾、香气扑鼻，一人一大碗。直到现在我一直固执地认为，那是天底下最解馋的美味。新年穿新衣服是老家的风俗。我们家经济条件不允许，自然不能都添新衣服，多年春节我们都穿着旧衣服，但是，母亲总是给大家拾掇得干干净净。平日里，一家老小的衣服定期洗换不说，被服、蚊帐一年必得洗上几回。寒冬腊月，滴水成冰，母亲的手上长满了冻疮。常年累月的缝补浆洗，母亲的十个手指都弯曲得变形了。

20世纪60年代初，父亲的工作几经变动，我们先后搬了好几次家。母亲每到一处，都能与左邻右舍和睦相处，她从来不与人纷争，也从来不占人家便宜。遇到有困难的亲朋好友，家里虽没有好东西招待，但她乐意慷慨解囊，经常乐呵呵地挽留客人随茶便饭。

　　在我的记忆里，母亲从没有说过粗话和脏话。唯一的一次是我八九岁时，由于长期营养不良，得了一种叫作青紫病的病，皮肤发黄，嘴唇发紫，连续几天的高烧，人消瘦许多，母亲内心难过。这天上午，感觉我好些了，"四小，跟我一起下河汰衣服去"。一到河口，母亲便从口袋掏出一块烧饼递给我，连声说，"赶快趁热吃了"。现在不起眼的烧饼，当时可是难得的奢侈品，平时很难吃一回。闻着诱人的香味，我舍不得吃啊，这才咬了一口，忽然，身后不知哪里来的一个小偷将我手中的烧饼给抢了，吓得我哇哇大哭。正在汰衣服的母亲望着拔腿逃跑的小偷，气得直跺脚，破口大骂，"狗强盗，杀千刀"。

　　母亲是一个普普通通的工人。一个小闹钟是母亲的宝贝，每晚她总要调好闹铃，一般调前五到十分钟闹响。上班时，她从来都是一溜烟地小跑，生怕迟到了影响工作。母亲在工厂上班的时候，工作认认真真，多次被评为厂里的先进个人和劳动模范。母亲识字不多，却是头脑清爽的明白人。对我父亲的工作，她全身心地支持，从不打拦头板，从不让父亲分心、分神。母亲特别注意教育儿子诚实做人。记得我在七八岁的时候，一次去邻居家玩，将人家的一把弹弓带回了，母亲发现后，将我严厉教育一顿，逼着我立即送了回去。母亲非常在意儿子的进步。小时候，常听母亲讲，你们学习好、表现好，拿到奖状，我心里就欢喜。后来，大哥在部队提干了，二哥在单位入党了，好消息传来，母亲的脸颊总是挂满笑容。

母亲和我妻的婆媳关系很融洽，多年的春节都喜欢来我们这边过。2000年春节，当时组织上刚刚给我升了职。母亲得知后很是高兴，悄悄对父亲说："过去人家常说，不要吹，不要讲，生个儿子当县长。你看，我家老四就当县长了。"我走上领导岗位这些年，母亲对我说得最多的是，"外边的腐败分子坏人多，不该拿的千千万万不能拿啊"！朴素而凝重的话语，使我永远不敢忘怀。

母亲是一个闲不住的人，五个儿子成家后，哪一家有困难，她都会紧急驰援。贴工贴本，毫无怨言。20世纪90年代初，五弟的小孩不幸受伤，母亲闻讯赶去帮忙照料，把三张机凳子拼起来当床，睡了有半个多月。

2006年，组织上调我去南通工作，后来又到南京工作。许多时候都是我一个人开车进出。每次出发，母亲都反复叮嘱，"开慢些啊，不能急，到达后报个平安"。从妻处得知，每当我下楼将车子开出时，母亲每每站在南阳台上看看,然后又转到北边阳台的窗口目送车子远远离去,真是儿行千里母担忧啊!"白头老母遮门啼"。回想这些年来,儿子们陆续长大了,一个个从她的身边飞走,或远方当兵、或下乡插队、或外地求学,母亲又是怎样的心痛和不舍呢?

小时候家里养了一只猫,名字叫竹节斑。母亲不喜欢叫它的名字,常常以一声"猫"招呼它。那年,竹节斑被远在十多里外的亲戚借去抓老鼠,到那儿的第二天就不知去向。一家人都以为竹节斑走失了。谁料半个月后,竹节斑竟找回家了。冬日的一个清晨,它从屋顶跳下,围着一家人喵喵地叫唤不停。母亲抱起瘦骨嶙峋的竹节斑抚摸着,眼眶通红,喃喃地说道:"猫,以后肯定不送你出去了,回头买鱼给你吃啊。"

我成家后,传承了养猫的习惯,一只叫"毛豆"的猫已经养了10年。母亲每次来,毛豆总喜欢赖在她的身上不肯离开,母亲说:"猫,你想吃什么东西啊?"得知毛豆专吃猫粮,普通的食品还不肯吃,母亲总会嗔怪地说:"看看,你们都把毛豆养得太娇气了。"

写下这段回忆文字时,不知不觉就是母亲离世100天的祭日了。"诀别娘亲一百天,几回梦里泪流干"。这些天,只要看到文章中有母亲的文字,只要听到歌曲里有母亲的歌词,我的心里总是阵阵的酸楚和哀痛。母亲是儿子成长无言的老师,慈祥、善良、勤劳、朴素的母亲值得儿子永远地爱戴和崇敬。小时候曾听母亲说过,好人去世上天堂,坏人去世下地狱。母亲,您肯定去了天堂!在天堂,母亲您一定会安好、无恙!

母亲,可知道儿子想念您?您听到吗?母——亲!

年味

大年三十最能代表人们心情的，大约就是张也所唱的那首《万事如意》了。歌词典雅、旋律轻快、歌声婉转，白雪、红烛、鞭炮、酒杯、甜蜜、祝福，所有美好的祝愿尽包含在歌声里了。当温婉的歌声与浓浓的年味融合在一起的时候，你会感觉，在这年三十的夜晚，还能有比万事如意更妥帖的祝福吗？还能有比这更加美妙的味道吗？

甜美的歌声有着甜蜜的味道。年，其实是有味道的，是有自己独特的味道的。年味，是看得见、摸得着、闻得到的，是完全可以感受得到的。进入了腊月，你就能感觉到，年气一天比一天重，年味一天比一天浓。

有人说外国人的圣诞节可以与中国人的春节媲美。但我以为，西方人的圣诞狂欢根本不能与中国人的春节聚欢相提并论。这里既有东西方文化的差异，亦有历史短长的区分。中国的春节有几千年的历史传承，它是举国上下的庆祝，是全体人民的欢腾。它的隆重和欢乐，它的境况和寓意，它的气息和味道，是世界上的所有节日都无法比拟的。

年味是萦绕在人们心头的乡愁。"有钱没钱，回家过年"。元旦一过，常年在外的人们就开始琢磨回家过年的事情了。订票、购物，随后加入到春运的流动大军中，赶在年三十前全家人团聚。还记得媒体报道的，那个骑着摩托带着老婆孩子，赶上千公里回家陪老父母过年的新闻，让人唏嘘不已、泪流满面。我们每个人几乎都有春节回老家的经历，我猜想，这就是中国人的过年情结，也是对年味的最确切的注脚。

年味是人们脑海中永久的记忆。现代物质、文化生活的丰富，使年味稀释、清淡了许多。儿时的过年，似乎年味更重一些。小时候我们盼望过年，是盼穿新衣、吃好东西、玩新奇的，是盼望着自己快快长大。腊八以后，人们都在忙着过年的准备。掸尘是必须的，用老人的话来说，干干净净、清清爽爽过大年。添新衣服也是必须的，有的人家讲究浑身上下里外新。记得从年二十八开始到年三十，巷子里的地面，家家门前都盖上了石灰元宝印记。那时候，只觉得好玩、有趣，跟在几个大哥的后面玩得起劲。稍长大了才知道，这都是人们在驱魔、辟邪、纳福，等同于春联、挂签、鞭炮。

年味是舌尖上的美味。随着年三十的到来，炒花生、炒蚕豆、蒸馒头、蒸糕点、做肉圆、做鱼饼、包汤圆、包春卷、忙年菜，大街小巷一派繁忙景象，家家户户忙碌不停。寒冬腊月里去菜场排队买青菜、萝卜回家做馒头馅儿的情景，特别是馒头出锅的热气腾腾，大人、小孩的那种欢喜、快乐，时常浮现在我的眼前。临近过年，空气里有一种诱人的烧煮的香气，一种很特别的气味在飘飘荡荡。这分明是沁人心脾的年味，是让人陶醉的年味。

年味是不能割舍的亲情。家乡的习俗是从年二十开始数夜，二十一夜、二十二夜……二十四夜是送灶，三十夜是守岁。数夜如同倒计时，是过年的倒计时。它提示并催促着人们从紧安排手里的事情，准备回家团聚、准备迎接新年的到来。从小年那天开始，大人们就会时常提醒小孩，过年了，见人要讲礼貌，要说吉利的话。年三十到了，已经能够听到年的脚步了，能够闻到年的气息了，你会发现，无论家人们的团聚还是亲友间的问候，人们的言谈举止似乎更加君子、更加绅士了。

年味里最鲜明的标识是中国红。作为中国特有的文化元素，红，不仅仅是一种色调，在中国人的心中，它更是祈福、吉祥、圆融、幸福的象征。这个星球上，只要是华人居住的地方，都能感受到这一切。你看啊，从张贴的春联到获奖的喜报，从悬挂的灯笼到飘扬的旗帜，从满街的中国结到燃放的鞭炮；你看啊，从女人身上的大红袄到男人脖子上的红围巾，从报纸的通栏标题到电视主持人的播出服饰，城乡上下、家家户户，满眼尽是中国红啊。

年味在年三十最是浓烈。在老百姓心目中，大年三十是一年里最神圣、最隆重的日子。即使平时节俭的人家，此时也都已经做好了过年的准备。吃的、用的、穿的，一应俱全，并且仔细检查，人们所图的是从大年初一开始，新的一年顺顺畅畅、平平安安、好运连连。给老人和小孩包压岁钱，通常都是在年夜饭后先给老人奉上，给小孩的压岁钱都会用红纸包好，里面除了压岁钱外，还有几颗红枣、几片云片糕，小小红包压在枕下，寄寓着吉祥，蕴藏着父母无尽的珍爱和希冀。

年三十的夜晚，是千家万户团聚的时刻，也是守岁的时刻，年的气味显得更加奇幻和迷离。大多数商家在下午三点左右就关门打烊了，越到傍晚街面上越是寂静，闹市口全没了平日的车水马龙、人头攒动。到天黑的时候，街上几乎空无一人，大家都赶回家团聚吃年夜饭，观看央视的春晚了。"挑灯夜未央"，在零点跨年的时分，鞭炮声此起彼伏，直到天明。许多人家屋里的红烛燃起，高香点起，虔诚守岁，辞旧迎新。屋外，烟花明灭、花炮声急，屋子里的对话都须得放大声量。

过年，所有人都增长了一岁。无论你是怎样的人，是从政还是经商，是务工还是务农，是富有还是贫穷，大家都毫无例外。小的时候撕日历纸，并没感觉有什么特别之处。当你长大了，每次撕日历纸，都会感到沉甸甸的。上了年纪的人，更能感悟生活的美好和生命的短暂。他们在新年到来之时，常常告诫后来人，珍惜眼前的时光，倍加努力，去拥抱花团锦簇、无限美好的春天。

是的，年味是可以感觉到的氛围，是能够嗅到的气息，是人们心照不宣的祈愿。年味，是悄然走过的三百六十五天的回望，是对款款走来的新一年的祈望。年味，是时代步履匆匆的足音，也是人们欢喜等待的心情。年味，是贴春联的欢笑、是购买年货的热闹、是年蒸的甜香、是烟花爆竹的炸响，是亲朋好友之间的团聚和相互的恭喜。

年味的感受完全取决于社会的安宁、人们的心情和富裕程度。贫困年代，年三十就是年关，是难过的关口。而今，在脱贫致富奔小康的新时代，绝大多数的人都已经衣食无忧。在年味愈甚的时候，我们应该无比珍惜这个好时代，应该感恩为幸福生活付出的所有人，应该祝福祖国繁荣昌盛、人民幸福安康。

在爱读书的人眼中，年味就是那个耐寻味、耐回味、耐咀嚼的好作品的味道。如此，年味就是一种令人向往、无法拒绝的非常美好的感觉。过年的感觉真的很好啊。马路上，不知谁家的窗户里传来了《万事如意》的歌声，那抒情、悠扬的旋律在回荡：三百六十五个夜晚，最甜最美的是除夕……

桃园往事

桃园从来都是富有诗情画意的地方。桃园注定有故事。

这里说的桃园,是当年泰县良种场的一个桃园。农场在姜堰的西北方向,离姜堰50里左右,距离泰州只有20多里的水路。桃园是第三生产队的一部分,面积60多亩。

三队的员工总共50来号人,包括农场正式工、合同工、临时工,刚来插场的知青有16个。三队负责整个农场稻麦良种的提纯复壮,承担小品种试验。知青们也就分成了两拨,几个人做小品种试验,其他大部分就到了桃园。

桃园地块的形状呈梯形,西面和南边是高高的圩堤,外侧是蜿蜒的河流,西通泰州,东通姜堰,人称外河。北边是农场内部的生产河,连通农场各生产单位,人称内河。东边就是三队的农田,与桃园相隔的是一条长长的渠道——垄沟。

知青们到桃园报到上班才半个多月,有着2000多株桃树的桃林蓓蕾初绽了。它们是在不知不觉中悄无声息地绽放的,满园的桃树似乎在争奇斗艳,暗暗较劲。桃花一朵一朵紧挨着,羞羞答答地簇拥着,在柔柔的枝丫上竞相开放,密密的、浓浓的、艳艳的,一日胜似一日。蔚蓝的天空下,黑的土地、白的树干、绿的树叶、红的花朵。轻风吹拂,枝叶微微颤动,枝头上的花蕾随风摇曳,仿佛起伏的波浪。善于赏景的小韩拉上两个知青,"腾腾"冲上圩堤,居高临下看那桃花盛开的景象。"太漂亮了""像波浪""像云霞"。几声呼喊,引得大伙儿一起涌上了圩堤。连外河行走的船民,听此情形,都停下船来,爬上圩堤观看这桃园美景。

花开花落本是自然规律,但人们常常随着花开而笑逐颜开,也常常随着花落而心情低落。大约半个月的时光,满园盛开的桃花开始蔫了。阵风吹过,桃花园里落英缤纷,如同下过一场桃花雨,树林的地面被一层厚厚的花瓣覆盖。桃花凋谢了,枝头上只残留几片零星的花瓣。见此情形,几个感情丰富的女知青很是低落。

花期一过,桃园的喧闹又归于往日的平静。桃园的田间劳动技术含量很高。修剪枝条控制树木疯长、扩大树冠、提高座果率。施有机肥,激活根系、抑制病害、提高品质。搞好沟系清理,保持水系畅通,防止积水。治虫的药水须根据虫害而定,既要杀死害虫,保护叶片,防止僵果裂果,又要防止残毒。适时疏果,合理桃树负载。日常松土、除草……老农工们恨不得将所会、所知一股脑教给新来的知青们。

桃树上容易生洋辣子，被刺一下疼得要命。小沈平时娇滴滴的，虽然穿了厚厚的工作服干活，一不留神，还是被刺了，手臂上顿时红了一大片，疼得她眼泪直掉。一旁的老职工赶忙拿来肥皂清洗，又是用牙膏涂，又是用胶布粘，折腾了半天，小沈的疼痛才有所缓解。自打那以后，小沈一进桃园总是穿戴严实、左顾右盼，生怕再被洋辣子刺到。那副怪模怪样，经常被几个男知青拿来"开涮"取笑。

还没到农忙季节的时候，农事不紧，相对悠闲。日出而作、日落而息。夕阳西下，职工们陆续回到自己的家中。不一会，职工宿舍区的上空已是炊烟缭绕。知青们集体居住，吃的集体食堂。饭后无事，有的谈天说地，有的散步，有的去阅览室看书，也有的打篮球、打乒乓。

已经到了荷尔蒙旺盛的年纪，几对知青悄悄地好上了。同在一个队的小刘和小黄，原本读高中时在一个班上，就有那么点意思，一直没有点破。到农场后，又分在一个生产队，几个月下来，感情迅速升温，开始谈起了恋爱。

大凡谈恋爱一般都要找僻静的地方。农场没有电影院之类，宿舍又是几个知青合住，最佳地点自然是桃园。桃园的桃树已生长了好多年，树干粗壮，枝叶茂盛。走进桃园深处，里面发生什么，外边人是无法知晓的，实在是谈恋爱的好去处。这几天晚饭后，总会看到他们二人一前一后地往桃园走去，直到夜深了，才回到各自的房间。后来，有心人做过统计，这里插场的知青一共150多人，桃园就成就了16对夫妻呢。

桃园的桃树主要有五月鲜、六月白两个品种。桃树都才七八年的树龄，正是开花结果的盛年，加之栽培得法、气候适中，不仅桃花花期特别长、花朵特别艳，而且果实大，多而甜。

那日，在桃园子上早工的小李几个人猛一抬头，惊喜地发现，桃树挂果了，喜得他们呼声连连，大家再看看四周，这一片的桃树上面都已经挂满了小果。此后，大伙格外留意，青青的、小小的，逐渐变大、变白、变红，桃子一天天地长大，人们期盼的心情愈来愈急迫。

五月鲜的桃子先熟了。这个时候，桃园及四周的空气都是甜甜的。浓浓腻腻的甜香，深吸一口，沁人心脾还有点醉人。绿叶掩映之中，熟了的桃子丰姿绰约，白里透红，靓丽可人。在桃园里吃桃子是透鲜的超级享受。摘下来，有的轻轻一撕，表皮就会全部脱落，有的不费气力就能掰开两半。绵绵的、软软的、甜甜的果肉，连续吃上好几个都不能解馋。

来桃园玩耍的人络绎不绝，有本场的，也有周边的。有看风景的，有买个新鲜的，也有不怀好意。这个时候，护桃的任务就有些艰巨了。为了保护劳动果实，桃园里搭起两个小茅屋，让看园、护桃的人小憩。夜晚，有些熟透的桃子会自动掉落，只听到地面不时有"噗、噗"的声音传来。

这天夜里，月色朦胧，桃园里只听见风吹桃树的飕飕声和熟桃不时落地的声音。合同工老许很警觉，发觉似有人溜进桃园。他带着两个值班的知青弯着腰，静悄悄地跟进观察。定睛一看，旁边庄上的一个妇女正在用布袋装桃子。老许大吼一声，那偷桃女吓得趴到地上。老许一个箭步冲上去，可能速度快了，没能刹得住，老许竟一下子扑在那妇女的身上。后面两个知青见状，止不住连连拍手，直呼好玩好玩。

桃子、梨子之类的果品收成分大年和小年。大年的桃子喜获丰收。可是，桃子是鲜物，不宜久放，必须尽快卖出去。就地销一半，外面销一半。外销的任务就由新任的副队长郑祥领衔。

三队队长姓傅，人称傅队长。副队长郑祥，人称郑队长。这俩人在一起，介绍时需要更仔细些。郑祥是个知青，是农场的培养对象。他瘦瘦的，太阳将脸蛋晒得黑里透红。他的父亲是县里的一个局长，为了表示扎根农场，与农工打成一片的决心，他很少回家。两年来，他学会了许多农活，挑粪、撑船、割稻、打场等样样在行，乍一看，分明是个老把式。旁边庄上的农民有一次当面问郑祥："听说农场来了不少知青,怎么没看见?"郑祥说："我就是呀。"那农民反复端详郑祥,竟狐疑了半天。

接受任务后,郑祥联系机帆船,一大早,带领几个男女知青,装桃、开拔,沿着外河,急急地向泰州进发。到了下坝杨桥口,系好船,迅速将一框框的桃子抬上岸,找好地方,摆开架势,开始吆喝。别说,这里的桃子有卖相,个头大,形状好,甜头足,价钱合理,半天工夫就卖出去一大半。

原计划晚上回去的郑祥几个却在午饭后遇到了麻烦。正在给顾客称桃子准备结账的时候,来了两个机关工作人员模样的人,二话不说,将摊儿上的两把秤一起拿走,口里喝道："乱设摊点、投机倒把,跟我们走。"几个忙着卖桃子的慌了神,两个女知青更是眼泪直打转。郑祥见状连说,别慌,一人守住这里,其他人跟他们去就是。

到了工商所,几个知青大打悲情牌,哭的、喊的、说的,郑祥更是反复陈述,讲清原委。当听清卖桃子的是插场知青时,工作人员很快转变了态度："哦,插场的小孩不容易啊。""只是不能在闹市口摆摊设点,找个稍微远一点的地方吧。"一场卖桃风波总算化解。待一切处理结束回到农场,已是下半夜了。

"一树桃花一树诗"。若干年过去了,当年插场的知青们聚首时说道,他们时常梦到桃园。确实,桃园的往事会永远在他们的心中驻留,那里有一个属于他们自己的精神家园呢。

我的扬师院情结

我是1978年那一年参加高考被扬州师院录取的，当年10月入校。当时，思想解放风起云涌，除旧布新方兴未艾。党的十一届三中全会吹响改革开放的号角，社会主义文艺迎来百花齐放，万紫千红的春天。处于这么一个大的历史转变时期，《班主任》《于无声处》《伤痕》《乔厂长上任记》等打着时代印记的一大批文学作品相继问世，我畅游在文学艺术的海洋里，对于文学艺术的理解也在不断升华。

那时的江苏全省只有四所高师，分别是南京师院、江苏师院、徐州师院和扬州师院。我就读的扬州师院是一所地方高校，但它是新中国成立之初成立的，培养方向是中学师资。我所在的中文系人文气息特别浓郁，众多老师学养深厚，知识渊博，文化功底扎实。那时候正是老师们出成果的年华，经历了"文革"的冷藏，老师们的才华在温暖的阳光下迅速灿烂起来。在当时的中国文坛，尤其是文学理论、文艺批评、鉴赏等方面，他们属于当之无愧的权威泰斗，主要学术期刊经常可以看到老师们的署名文章，堪作文苑一时之盛景。

读他们的文章、聆听他们的授课，真是一种不可言状的享受，一种精神上的愉悦满足。一部文学作品，一经老师点拨，那种美感、那种意境、那种诗意、那种弦外之音，让学生大有醍醐灌顶之感。我至今仍然记得曾华鹏老师上现代文学课的热闹场景，1977、1978级中文系的学生将大教室围坐得水泄不通，其他系科的同学闻讯赶来，只能在走廊和门外旁听。曾华鹏老师略带闽南口音的普通话充满磁性和魅力，尤其是他对作品的条分缕析，让学生如痴如醉。不知不觉下课铃响了，同学们依然沉浸在精彩的授课之中。

作为学生的我，如同当今的粉丝追逐明星一样，对老师的饱学充满了崇敬，为老师的成就而自豪，每每看到老师署名的文章发表，自己那种兴奋喜悦的心情，真是无法用语言表达。确实，做名师的学生是幸运的、幸福的。老师对文学作品的解读角度、研究思路、鉴赏路径、品析方法，等等，对学生们的影响巨大。不少同学受到了影响和熏染，逐步走上了文艺创作和批评鉴赏之路，涌现出不少颇有建树的学生。在大学毕业之前，我们这群1977、1978级中文系同学中，在公开发行的报纸杂志发表文章的已经有一大批人，诗歌、散文、杂文、小说、戏剧、评论，等等，都有所涉猎且收获颇丰。在当时师院学生会综合性文艺刊物《琼花》里，这些人先后都曾担任过编辑工作。其时，我在省级以上报刊已经发表了7篇文章。

1981年10月1日，当时较有影响的文学报发表了我的散文评论《语言自肺腑中流出——谈贾平凹的散文创作》一文。这是国内关于贾平凹散文研究的开篇之作，文章发表后的热闹情境，自己内心的喜悦与亢奋，至今还不时在脑海里回荡。同学们的欣羡和祝贺自不必说。我还记得隔天一位老师遇见我张口就问，文学报那篇文章是你写的吗？之后这位老师还在多个场合提及这篇文章。还能有比老师的鼓励更能激发学生前行的吗？从那时起，自己在心灵深处越发坚定了在文艺批评鉴赏的道路上探索跋涉的信念。

一个人的求学，在初高中阶段主要是基础知识的获取，在大学阶段则是立身本领的获得。走上社会，大学所学专业能应用上的就是所谓专业对口，反之即所谓学非所用。于我而言，扬师院四年正规系统的学习训练使我终身受用。其中，有老师的课堂传授，有个人的广泛阅读，有读书学习的浓厚氛围，也有各类讲座的信息传递。期间除了文学书籍、期刊的广泛涉猎外，自己系统地阅读了中国古典文艺理论、西方文艺理论、马列文论，还有俄罗斯别林斯基、车尔尼雪夫斯基、杜勃罗留波夫等的著作，夯实自己的文艺理论基础。

学生与母校的情结在离开学校以后会更加浓郁缱绻。回想起来，正是扬师院的四年让我掌握了一把钥匙，一把登堂入室的密钥。自己学会了分析、归纳、提炼、概括，学会了文字表达和语言表达。许多年来自己工作岗位多次变动，从党务部门到经济部门，从地方党委、政府到省级机关，有的甚至跨度很大，但自己之所以都能从容应对，很快进入角色并且能够做出一点成绩，皆是因了扬师院四年的学习经历。

又到丹桂飘香时

昨日傍晚在小区里散步，忽然闻到一阵阵淡淡的熟悉的香气，这是暗香浮动、沁人心脾的甜香。我知道那是桂花树散发出来的香气，我知道又到了丹桂飘香的时节。

人在年少时对世事往往不太在意。于我而言，高中毕业后下乡插队，上大学、工作，码头跑得不算少。然而细想起来，对于丹桂的关注却是始于中学读书之后。高中时，学校的礼堂边有桂树几株。插队时，生产队有一片桂树林。读大学时，教室的后面有好几株桂树。现在居住的小区里也栽有不少桂花树。大体感觉是，平日里桂花树也就是抖散着绿绿的树叶，静悄悄地兀自在那里，默默地承受着风雨冰雪、严寒酷暑。

可是到了农历的八月，中秋以后的那些日子，它绽开淡黄的桂花，缀在翠绿翠绿的枝叶上，密密麻麻地布满树梢。那些花儿柔和而优雅，惹眼却不刺眼，在它的周围的空气中散发着淡淡的甜香。随着花期的到来，它的花香一阵紧过一阵、一阵浓过一阵，那是一种醉人的幽香，那是一种腻人的甜香。路过的时候，人们都会不由自主地放慢步伐，甚至张开嘴猛吸几口，享受这非常美妙的感觉。

踏上工作岗位以后，每每遇上桂子飘香，我的第一反应是，呵，又是一年了。如今的日历纸一月一月撕得太快了，年怕中秋月怕半，一抬头，竟又是月光如水的中秋了。一望眼，竟又是满园桂花飘香了。岁月就是这样静静地流淌，时光就是这样悄悄地流逝，召唤大家不可懈怠、不停奋进。

大哥在西安工作几十年，他对桂树颇有研究。许多年来都是他最先报告丹桂飘香的讯息，有了手机微信后，他还拍下许多桂树开花的照片。他的发现是，陕西的桂花开花要比老家江苏早上一个多月。前些天他来电兴奋地说起，西安那边的丹桂已经飘香了。我跑到小区的桂花树旁仔细观察半天，发现这儿似乎还没有什么动静呢。

大哥很认真地与我探讨过这一问题。我其实对于花卉树木栽培的土壤、肥料、时令、季节等素无研究，但我知道日本的樱花绽放，从最南边的冲绳到最北边的北海道，也有一至两个月的时间差呢。而我国的江苏与陕西，桂花飘香的时间竟也有一个多月的时差，其机理原因究竟是什么，我一时弄不明白。不过，地区与地区之间，包括人与人之间存在着时差，这一点是可以确信无疑的。

处于长江中下游的地方，桂花的花期基本上是在

9~10月，也就是农历八月之后。比较常见且经典的就是丹桂、银桂和金桂。桂花自然算不上艳丽、算不上丰腴，但它体态轻盈、色淡味香，散发出的馥郁香气，能让人回味无穷。大哥说，桂花的品种有32个，以花色分，有金桂、银桂、丹桂；以叶型分，有柳叶桂、金扇桂、滴水黄、葵花叶、柴柄黄；以花期分，有八月桂、四季桂、月月佳。四季桂顾名思义四季都能开花，在我们这里并不多见。那年，由于气温偏高，我们小区的桂花树竟然花开二度，见识到了桂花两次开花的奇景，人们已经欣喜不已。

桂花作为美食材料得到广泛使用。我曾经品尝过以桂花为原料制作的桂花酒、糯米桂花藕、桂花糕、桂花园子、桂花茶、桂花红豆粥等，味道鲜美，香气馥郁，风味独特，是无与伦比的美食佳肴。最不能忘怀的是，母亲做的汤圆里面的馅儿经常选用桂花糖，咬上一口，香气扑鼻，芳香浓郁，那种味道是特殊的，是其他任何香味都不能遮盖、无法替代的。

大哥说，桂花不仅可以做食材，它的果实、花、根均可入药。通常是秋季采花，春季采果，四季采根，晒干备用。花有散寒破结、化痰止咳之效，可治疗牙痛、咳喘痰多、经闭腹痛等病症。果可暖胃、平肝、散寒，用于治疗风湿筋骨疼痛、腰痛、肾虚等。桂花还含有多种香料物质，可用于提取芳香油、制作香料产品，这就让我对桂树的敬意更增添了几分。

作为景观绿化的树木，桂花树生长期短，见效快，城乡不少地方多有栽培，它对二氧化硫、氟化氢等有害气体还具有一定抗性，是调节空气、净化环境的优良树木。当然，桂花与众不同的是，它既有清芬袭人的芳香，更有它绽开花蕊的时机："画阑开处冠中秋"。桂树开花是在五谷丰登的时候，是在秋高气爽的时候，是在皓月当空的时候，是在阖家团圆的时候，这就注定了人们对它的喜爱非同寻常了。

微风吹拂，桂花落到地面上，宛如一片淡黄的地毯，发出灿灿的光亮。桂花把自己最后一丝清香留给了大地，然后悄然离去。那次家人在群里聊起桂花，侄女说，桂花开完就完事儿了呗。大哥说道，其实不然，桂花是不善张扬的，它总是默默地参与丰收的庆祝，捎来吉祥的祝福，开完花、散了香，便又在积蓄养分和精力，准备来年更加隆重的花期。如此说来，有的植物比人还要懂事呀，侄女若有所思地发出感叹。

在桂树旁驻足观赏，我想起桂花的花语：丰收、美好、吉祥。桂花的桂谐音为贵，人们植桂、谈桂、赏桂、爱桂，既有贵子、贵人之寓意，也含有非贵即富的祈愿，更有对它默默无闻、无私奉献的景仰。我想起了李清照著名的咏桂词,"暗淡轻黄体性柔,情疏迹远只香留"。我记起了大哥说过的那句话,桂花树甘于寂寞、不计名利,勇于牺牲、乐于奉献的品格,很是值得人们赞颂和敬重啊。此刻,我的耳畔回荡着"八月桂花遍地开"的欢快歌声。

正月里吃汤圆

在那个经济短缺的时代，吃汤圆显然比吃米饭、吃面条等来得喜庆和隆重。因为大部分人家平常是吃不起、吃不到汤圆的。在许多人眼里，汤圆只能是节日的专享食品，是许多人心底躁动的一个念想。

那年头，尽管经济不算富有，但我们苏北地区在春节前后的几个日子里是必须吃汤圆的。一是冬至日，民间一直就有"大冬大似年，家家吃汤圆"的说法。二是大年初一，新年伊始，"香泽糯米做汤圆，阖家欢乐醉天年"。三是正月十三和正月十五元宵节，"上灯圆子落灯面"。我们老家的习惯是，正月十三上灯吃带馅儿的汤圆，正月十五元宵节吃实心的炒圆子。

到嘴到肚的汤圆，给人的感觉就是糯糯的、黏黏的、香香的、甜甜的。我知道，人们喜欢吃汤圆，除了饮食文化的习性和传承之外，还有其他因素使然：汤圆的外观和造型，圆圆溜溜，如白玉般圆润、美丽，让人赏心悦目。汤圆含有团圆、圆满的寓意，正月里吃汤圆，象征新的一年家庭吉祥、幸福，事业圆满、顺遂。食用汤圆时，调羹轻轻一挑，再轻轻一咬，那种酥软、绵甜、滑润的感觉真的无与伦比。此外，据说汤圆还具有温暖脾胃、调畅气机、抵御春寒的功用呢。

汤圆有实心的和包馅儿的区别。实心的汤圆煮熟后可以蘸着白糖吃，也可以直接炒着吃。包馅儿的汤圆就有讲究了，因为馅儿和口味的不同，在全国许多地方就出现了不同风味的汤圆小吃。仅在长三角的江浙沪一带，汤圆就有不同的花色：上海"擂沙汤圆"、宁波"猪油汤圆"、苏州"五色汤圆"……而扬州的"四喜汤圆"自有特色：这种汤圆用四种馅心做成，有蔬菜、豆沙、芝麻糖和少量的肉糜。作为淮扬美食家族代表性的一支，"四喜汤圆"的做工很精细，味道自然很是不错，销售一直很旺。

各地的汤圆虽然有差别，但无外乎做工的精致程度、糯米粉的优劣以及馅儿的区分。而扬州人好像更看重汤圆的名号。"四喜汤圆"的取意乃是"事事如意""阖家团圆"，更带有吉祥、吉兆之意。因此，正月里，这儿的家家户户几乎都备有"四喜汤圆"。

我对汤圆有着特殊的情感。这些年来，走南闯北的我每到一处，总喜欢品尝当地风味的汤圆，可以说比较有名的汤圆都已经尝遍。但总觉得还是聪慧、干练的老祖母做的汤圆特养眼、特有味、特好吃。除了普通的烧煮之外，摊面饼、包饺子、做汤圆等，都是祖母的拿手活儿。锅灶旁边，她那劳作的姿态干净利落、洒脱优美，总让我觉得别样的暖心和温馨。

汤圆的馅心，一般都得提前几个小时完成，有时候得提前一两天。祖母包汤圆的馅儿，多是选用芝麻和豆沙两种。芝麻馅儿的芝麻得经过筛、炒，豆沙馅儿的红豆得煮、洗，然后都需要将它们磨细，加上糖、油等拌匀。馅心的干湿、味道很有考究，祖母每次的拿捏都很到位。时至今日，我们弟兄回顾当年吃汤圆的情形，对祖母精美绝伦的厨艺仍赞不绝口。

汤圆放久会开裂，汤圆讲究现做现吃。祖母做汤圆时，先是用低温水和糯米面粉，接着就是搓揉成型，再掐成鸡蛋大小的面团，后将面团压扁，将准备好的馅心包进去，捏紧再搓成圆球，晾一会后下锅。祖母搓小元宵的动作特别优雅，她的双手不停转动，一次性竟能搓好四五只小圆子，且都是那么圆溜、光亮。许多年来，我始终忘不了兄弟几个围在祖母身边搓汤圆的情景，忘不了洁白的汤圆在沸水里浮动翻滚和盛到碗里时大家的那种兴奋劲儿。

我们弟兄年幼的时候，父母亲忙于工作，家里的吃喝拉撒基本上都是祖母一人操持。为了一家人都能吃上一顿汤圆，祖母得迟睡一小时，早起两小时。正在长身体的年龄，我们弟兄多，都挺能吃，那么大的量要让祖母忙多久啊？更何况，糯米面粉、糖和油等都是凭计划按人头供应，我们的家境是远远不能满足需求的。入冬后，如果能够吃上一次汤圆，我们会欢天喜地兴奋好几天。当看到富有的人家时常捧着热腾腾、水晶晶、甜滋滋的汤圆时，我们内心总是欣羡不已。

那一年的冬日，我们弟兄闹着要吃汤圆。祖母说星期天吧。距离星期天也只有几天，我们那个翘首以盼的心情真的难以形容。星期天终于到了，祖母收集了家中所有废旧用品，换了一盆糯米粉面，然后带着周末休学的我们弟兄去城外的田地里挖野菜做馅。田野上寒风刺骨，小弟兄手和耳朵冻得生疼。但想到马上能吃汤圆，大家都忘了寒冷。冬日的田埂，很难看到绿油油的野菜，几个人忙了一下午，挑回了一小篮野菜。一回到家，赶紧分工，洗野菜、和面粉，兄弟几个还嚷着学包汤圆。忙乱中，天性顽皮的二哥手舞足蹈，不小心竟将面盆碰翻。看见雪白的糯米粉撒了一半在地上，小弟哇的一声哭了，祖母一惊，又气又心疼，她呵斥两句后，立即将地面上的糯米面粉轻轻捧入面盆中……

最难忘的是大哥应征入伍的那个早晨。当天祖母起得特别早，当我们醒来时，屋子里已经飘散着汤圆的清香，大哥正捧着满满一碗汤圆，狼吞虎咽地吃着。我们弟兄几个很是羡慕，个个馋巴巴地盯着大哥。大哥忙给几个弟弟的嘴里各夹了一只汤圆。不一会，大哥那装满汤圆的碗已见了底。我再回头看厨房，锅子里只剩下冒着热气的圆子清汤了。只见祖母转过身，拉着衣角在悄悄抹泪。我立刻跑到祖母的面前，祖母轻轻地抚摸着我的头说，这汤圆是为你哥哥送行的，祝他一路平安，圆圆满满。以后家里的日子好起来，你们会有很多汤圆吃的……祖母话音未落，随即又掩面而泣。

如今，社会进步了、物质丰富了，吃汤圆已经是再寻常不过的事了。人们若想吃汤圆，可以立马去商场、超市购买。汤圆从手工版到机械化，从节日食品变为普通食品，从曾经的主食变成副食和零食，这期间发生了多么巨大的变化呀。可是，人们已经很难找到做汤圆的那种感觉和乐趣了。每当捧起一碗热腾腾、香喷喷的汤圆时，我总会想起走过的那些艰辛的岁月，我总会想起远去的老祖母。一年一度的元宵佳节快要到来了，我唯一的奢望，是能梦见一次老祖母做汤圆的身影。

竹节斑

竹节斑是我们家养了15年的一只猫。

看落叶纷纷飘落，感觉寒意阵阵袭人时，我知道冬季又来临了。每每冬天的脚步走近时，我总会怀想起竹节斑，扳扳指头数数，竹节斑离开我们已40多年了。现在想想，在那个特殊的岁月里，是竹节斑的陪伴给我们带来了许许多多的欢乐。

20世纪60年代中期，我才10岁出头。饥饿的阴云笼罩在人们头顶上，我们家也不例外。人饿了会少动、少消耗。可老鼠饿了却很烦人，每天晚上灯一关，老鼠便出洞觅食，家里的阁楼上不停地吱吱吱、咚咚咚地响，搅得人睡不着，吵得人心烦意乱。父亲想方设法找回来一只小猫。这小猫估计满月不久亦或是缺粮少食，它看起来很瘦小，但身上的花斑却十分整齐好看，灰白一圈圈相间，像竹竿一节一节的。祖母说，就叫它竹节斑吧。

别看竹节斑弱小，它进了我家后喵喵地叫唤，老鼠便逃得无影无踪了。那年头也没有什么玩具和游戏，没几天工夫竹节斑就与我们哥几个打成一片，成了我们的一大乐趣。温和的阳光下，抱着热乎乎的竹节斑，轻轻抚摸它的后背、挠它的下巴时，它会眯着眼睛，一脸的懒散舒服状，任你摆动。此时它的脖子、肚子里还不停地发出咕噜咕噜的声响，甚是可爱。

小时的竹节斑蠢萌得可爱，经常可以看到它追着自己的尾巴打转转。一看到竹节斑洗脸，只要爪子过了耳朵，祖母会说，家里要来客了，还真有几次验证了。闻到饭香，竹节斑会叫个不停，在祖母脚前绕来绕去。一次我不小心踩到它的尾巴，它"啊"的大叫一声逃得无影，但没过一两分钟它又在祖母脚前绕来绕去了。冬天里，它常常钻进五弟的被窝里，怎么赶都不肯出来。

一天，大哥不知从哪儿捡到一面镜子，随手搁在墙角边。竹节斑无意中发觉镜子里有个同类，只见它蹑手蹑脚地走近，瞪圆眼睛反复端详，而后举起前爪做示威状，怎知，镜子里的猫同时也举起前爪，竹节斑吓得一溜烟窜得老远。过了一会，它发现身后并无动静，便又转过身子悄悄接近镜子，如此反复多次，它仿佛明白了怎么回事，不再害怕了，往后的许多日子里，每每见到它在镜子前歪着头"端详"自己呢。

逗竹节斑嬉乐是非常有趣的事情。我们一有空就会和竹节斑玩耍，我们知道猫的鼻子一年四季都是湿漉漉的、凉凉的，也知道它走起路来几乎无声无息，这是因为它的脚底板有五块粉红的肉陀子，更知道竹节斑的眼球大小会随着光线和情绪的变化而变化。

竹节斑小小年纪就有像模像样的八字胡须，真让我们小弟兄奇怪。那天，二哥玩了一个恶作剧，竟将它的胡须剪去一截。看那怪模怪样，我们实在忍俊不禁。祖母察觉后，生生把二哥痛骂了一顿：太顽皮了，往后竹节斑怎么抓老鼠呢？果然，那些天，竹节斑一到猫洞前便迟迟疑疑左顾右盼，全没了一往无前的勇气。原来，猫的胡须能丈量洞穴大小，以确定自己能否顺利通过呢。

我与竹节斑嬉戏有时会近乎过分，有好几次，我捧起它的脸，故意左右"扇"它的小嘴巴，遭此境遇，竹节斑可不饶人，它会举起小爪猛地打我的手，在我惊楞的刹那它会快速逃走。它在我手背上留的爪印真有"水平"：有点疼痒但决不会伤及皮肉，更不会出一点点血。

夏日里，小弟兄们喜欢去河里游泳。竹节斑偶尔也会跟随到河边。听说猫会游泳，不知道我们竹节斑的水性怎样，我们合计带它去试试。那天，二哥忙不迭地把它装进篮子里，一起来到河边，刚刚把它泡在水里，它竟吓得"呼"地一下窜上了岸。回家时，我们看到它还在不停地舔湿漉漉的毛呢。以后竹节斑就没有再跟我们到过河边，它似乎有些恐水症呢。

最让人难忘又无奈的是，有好几次我们竟然争夺了它的"口粮"。一日下午，又累又饿的我放学回到家，忽然闻到一股让人欲流口水的肉香味，寻味望去，竹节斑嘴里正叼着一根香肠呢。我急中生智做了一个吓唬它的动作，它一惊丢下香肠跑了。我兴奋不已，拿起香肠用水冲冲狼吞虎咽下了肚，以后三哥也用同样的方法，好几次从竹节斑口里"掠夺"了猪耳朵、猪肝等。

这天下午，听到有人在我们家门前大喊大叫。我连忙跑出门一看，原来是隔壁巷子里人称"肥婆"的在那里嚷嚷。此人的老公前个月在我们家隔壁的巷子里开了一个熏烧店。肥婆大声说道：最近我家常丢食物，终于发现贼是只猫，今天猫在屋顶上跑，我就悄悄地在地上追，我看见那猫从屋顶跳进你们家院子了，你们要交出那只猫，赔偿我家损失。我一听顿时吓坏了。还是二哥反应快，坚决不承认我们家养猫了。此时有邻居出来看闲，他们听说了原委后一致证明我们家没养猫。见此情景，肥婆无可奈何，只得悻悻地离开，回过头还丢下狠话：下次只要让我看到那只谗猫，一定毒死它！此时的竹节斑像懂人话似的，肥婆吵闹时，它躲在屋里的床肚下一声不吭。肥婆一走，声音刚刚消失，它就从床肚下钻出来了，还故意在我们面前晃晃，俨然胜利者似的。那以后竹节斑倒是再也没"作过案"。

暑假里，住在城北的姑妈家也闹鼠患，姑妈紧急求援，父亲决定让我护送竹节斑"出征"。我把竹节斑放进竹篮，用黑布蒙着,将竹节斑送到了姑妈家。两天后我去看它,它像兴奋的小孩,围着我直转圈。在姑妈家吃过午饭,我独自回了家,不一会儿家里传来竹节斑那熟悉的声音,大家都大吃一惊,竹节斑竟悄悄跟着我跑回家了。

三姨的小孩比我小两岁,尤其喜欢竹节斑,经不住姨弟的多次请求,父亲同意将竹节斑送给他玩几天。此时的竹节斑已近8岁,体形壮得像条小狗。一个星期天,我再次送它"出征"。三姨家与我们家相距十几里路,中间还有一条刚开挖的新通扬河,刻把钟的摆渡后还须步行半个小时。为了确保万无一失,出发前,我在竹节斑的颈项扎了根红布条,然后在红布条上又扣了根小绳,把绳固定在竹蓝上,还像上次一样,在竹蓝上盖了一层黑布。为了保险,三姨在我离开后才为竹节斑揭开黑布。谁知第五天,三姨托人捎口信来:竹节斑第三天就不见了,有没有回来?祖母立刻否定:怎么可能呢?天这么冷、河这么宽、路这么远,竹节斑又不会游泳!我们估摸着,竹节斑闹几天情绪后,不定还会回到三姨家的。

转眼到了深冬,北风凛冽寒冷刺骨。一日早上四点多钟,家里的房顶忽然响起了猫叫声,这声音太熟悉了,肯定是竹节斑!几间屋子的灯几乎同时亮起来,个个起床。但见一个黑影从屋顶落下,是竹节斑!这一天是它离家的第15天,向来强健的它瘦得几乎只剩皮包骨头,那红布条旷旷地晃在颈项上，全身脏兮兮、湿漉漉的。祖母看清竹节斑后，一下子哽咽了，她捧着竹节斑连连说，小乖乖、小乖乖，再也不送你上人家去了。那个早上，全家人都没了睡意，都在想：生性怕水的竹节斑是怎么过河的？它是从哪条路找到家的？天刚蒙蒙亮，我和哥哥争着随祖母上街买猫食，买竹节斑最爱吃的小鱼。从此，家里又多了逗趣的欢笑声。

高中毕业后我去县农场插场，因为路途远，几个月才能回家一次。每次回家，不知道竹节斑是站得高看得远，还是它像狗一样嗅觉灵，我刚刚拐进小巷，它就会扑到我的脚下，然后在我和家之间不停地跑动，"喵呜、喵呜"不停地叫唤，好像要让家里所有的人知道我回家了。

20世纪70年代末的深秋，到我们家整整15年的竹节斑明显老态龙钟了，它吃得越来越少，动作越来越迟缓。为了给它解闷，祖母特地找来一只小花猫做它的陪伴。谁知竹节斑根本不搭理小花猫。小花猫到家的第三天，似乎一个人玩腻了，便径自跑到竹节斑面前，也许是想讨好，抑或想"交友"，哪知竹节斑"呼"地站起，躬着背、眼睛圆睁、胡须一根根全部竖起，猛地一声长吼，小花猫吓得窜出好远，而竹节斑强作精神摇摇晃晃向大门外走去，在离大门仅一米远时，"啪"地一声倒在地上再也没有起身。那天，我回城办事顺便回家看望老祖母，刚巧目睹了这一场景。我连忙跑过去抱起竹节斑，连声呼唤，此时的竹节斑已经永远地闭上了眼睛。与我们相伴整整 15 年的竹节斑，就像秋天的落叶一样悄无声息地走了。一向坚强的祖母为竹节斑又一次流泪，她说，竹节斑不但有灵性，还有自尊，它是以为我们喜欢小花猫而嫌弃它呢。祖母一直为带回小花猫而懊悔不已。我与二哥一起，找来几卷白纱布，将竹节斑缠了又缠，装进一个小盒子里，埋在一块朝阳的地里。

　　回想那段成长的岁月，因为有竹节斑，艰苦的日子都显得轻松。因为有竹节斑，有趣的往事都让人难忘！

第四辑 生活浪花

感悟红旗渠

曾经在广播里听说过红旗渠，也曾经在电影里看见过红旗渠，但百闻不如一见，身临其境，我的心灵受到巨大触动和强烈震撼。徜徉在红旗渠边，目睹红旗渠的雄伟壮观，遥想当年艰苦奋斗的情景，隆隆的开山炮声和叮叮当当的锤钎声犹然在耳。

在红旗渠边，在红旗渠纪念馆，在青年洞口，在分水闸，"劈开太行山，漳河穿山来，林县人民多壮志，势把山河重安排"，电影《红旗渠》的主旋律在回荡。那里记录的一个个场景、一幅幅画面让人感动，那里留下的一片片钎痕、一处处炮迹让人感奋。眺望头顶的悬崖、俯瞰渠边的峭壁，抚摸渠壁上凹凸不平的方石，感受壁立万仞的太行山的呼吸，面对悬崖峭壁之中的渠道、涵洞、渡槽、隧道、桥梁，我心潮澎湃、热泪盈眶。写在林县版图上的红旗渠，分明是一部不屈不挠的抗争史诗、一个气壮山河的奋斗奇迹啊。

我惊愕于林县自然条件的恶劣。林县位于太行山东麓，山高崖陡，土地瘠薄，干旱缺水。一部林县志，全是干旱史。"旱、大旱、连旱、凶旱、亢旱""绝收、禾枯"。500年间，发生旱灾100多年次，绝收30年次。连年荒旱，旱魃为虐，老百姓背井离乡，死亡、逃难不计其数，甚至出现"人相食"的惨绝景象。千百年间，林县人祖祖辈辈遭受严重干旱的威胁。林县志记载，林县人民一直在与恶劣的自然环境抗争。直到新中国成立前，林县人曾自发修过18条水渠。然而，一遇大旱，水源枯竭，河渠干涸，仍旧摆脱不了缺水的厄运。全县98.5万亩耕地仅有1.24万亩水浇地。生活在这块土地上的人们，始终怀揣对水的渴望、期盼和憧憬。

我感叹林县人民重新安排河山的勇气。正是三年自然灾害的年代，石灰短缺、水泥短缺、炸药短缺、资金短缺、粮食短缺、技术人才短缺。林县人自力更生，宁苦战、不苦熬。红旗渠开凿在峰峦叠嶂的太行山腰，地势险恶、石质坚硬，工程艰难险要、艰巨异常。塌方、滚石、掉土，险情不断。没有现代施工机械装备，林县人硬是靠原始的劳动工具，靠铁镢、锤钎、钩撬、铁锹、推车，靠一锤、一铲、一钻，靠两只手开天辟地。他们凌空施工、荡绳飞崖、抡锤打钎；他们锹挖筐抬、逢山凿洞、遇沟架桥、劈山填谷；他们搭席棚、打土洞、垒石庵、住山崖；他们奋战在太行山悬崖绝壁之上，险滩峡谷之中，与大自然展开殊死搏斗。青年洞、创业洞、两串山、虎口崖、鹰嘴崖、老炮眼、一线天……其艰险困难程度超出想象。10年间，

10万开山者绝壁穿石、挖渠千里，共削平山头1250座，架设渡槽152座，开凿隧洞211个，修建各种建筑物12408座，挖砌土石1515.82万立方米，在太行山的悬崖峭壁上修建了长达1500公里的人工天河红旗渠。

在开闸放水的画面前我驻足许久，我的眼睛湿润了。当开闸放水的号令发出，红旗渠水从闸门奔泄而出，林县人迎来生命之水、幸福之水，那是一个百年梦圆，激动人心的时刻，林县人民热泪涟涟，欢呼雀跃。这是来之不易的奋斗成果，这是汗水、泪水、鲜血和生命铸就的喜悦。红旗渠的建成，彻底改善了林县人民靠天等雨的恶劣生存环境，解决了56.7万人和37万头家畜的吃水问题，54万亩耕地得到灌溉，结束了林县十年九旱、水贵如油的苦难历史。滚滚红旗渠水，润泽一方土地，造福一方人民，为林县的经济社会发展提供了坚实可靠的保障。

我反复思考，劈开太行山，修建红旗渠的意义究竟是什么？红旗渠的建设成功，无疑是我国水利史、建设史的经典神奇之作。然而，红旗渠的影响所及，难道仅仅是一个区域性的生产、生存环境的变革吗？不，它所代表的，是中国人民战天斗地的英勇气概和不屈不挠的进取精神。它所折射的，是中国共产党人践行为民宗旨的辉煌实践。它所反映的，是共产党人奋斗为民的高尚品格和人文情怀。

我特别赞赏人民的红旗渠这一提法。红旗渠的修建，真切地诠释了我们党全心全意为人民服务的宗旨，完美地展现了人民的利益高于一切的情怀和担当。红旗渠的生命力就在于它是来自人民、造福人民。在于它是人民群众最急、最盼、最忧、最怨的。在于它是人民群众真心拥护，主动参与修建的。在于它是真正代表了人民群众的切身利益。水利技术员吴祖太、除险队长任羊成、土专家路银、英雄炮手常根虎、妇女营长李改云、凿洞能手王师存、铁姑娘郭秋英……他们是社会主义建设的英雄群像，无愧于民族的精英，时代的楷模。红旗渠是人民的，它与那些急功近利的政绩工程、面子工程等有着本质的区别。

我由衷地感佩杨贵这样的好书记。杨贵们的可贵在于，牢记党的宗旨和嘱托，他们把富民、安民记在心间，始终把人民的利益高举头顶。杨贵一班人的可贵在于，不唯上、不唯书、只唯实，他们从本地实际出发，深入了解县情、深刻体察民情，做出了引漳入林的战略决策，并率领群众一步一步地付诸实施。杨贵们的可贵在于，他们不图虚名、不务虚功、埋头实干、扎实苦干、知难而进、迎难而上，把治政理政的业绩写在大地上，经得起历史的评说，经得起人民的评判。杨贵们是真正的共产党人，是红旗渠精神的人格化身，值得人们永远讴歌赞颂，值得各级领导干部永远学习借鉴。

我特别推崇盘阳会议。红旗渠修建中的盘阳会议是值得大书特书的。奋斗，不是蛮干，既要有满腔热情、一腔热血，更要有实事求是的精神和严谨科学的态度。做重大决策前，要反复论证，如有偏差，在实施过程中要迅速矫正，避免更大的失误和损失。盘阳会议的意义就在于尊崇客观规律，及时做出三个方面的重大战略调整。从原来的"百日通水"，调整到准备持久战。从工程的全线铺开，调整到集中优势兵力打歼灭战。从"引漳入林渠"，调整到红旗引领的"红旗渠"。盘阳会议正是共产党人勇于修正错误、解剖自己的生动体现，这是对党对人民的事业高度负责的表现，是极为可贵的政治品格。

我鄙视那些想当官不想干事、不敢担当的人。在我们的干部队伍中，有那么一些人，贪图安逸享受，当太平官。只为个人升官，不求有功，但求无过。追求虚假政绩，好做表面文章。一心只想着个人利益、只想着小团体的利益。只对上面负责，看领导脸色行事，对群众疾苦漠不关心、麻木不仁。遇到困难绕道走，碰到矛盾一筹莫展，出现问题上推下卸。这样的行为是多么渺小，距离党的要求和人民的期望是多么遥远。

我读懂了红旗渠精神丰富而深刻的内核。那就是永不止息的奋斗精神。一部中华民族史，就是一部艰难卓绝的抗争史。一部中共党史，就是一部浴血奋斗的历史。红旗渠人有难不畏难，有险不怕险的品格，红旗渠人征服自然、改造自然的壮举，正是中华民族精神的集中反映，它所传承的是中华民族与大自然顽强搏斗、持续斗争的内在基因。红旗渠精神当是中华民族魂魄的杰出代表，是中华民族精神的一座永载史册的高大丰碑。

红旗渠精神的现实意义和时代价值弥足珍贵、无比宝贵。半个世纪过去了，有人发出了红旗渠精神会不会过时的疑问？回答是否定的。红旗渠人所展现的不畏艰苦、坚忍不拔、持续奋斗是共产党人价值观的生动具体的体现，是中国共产党人和中华民族的优秀品质。它既是流淌在中华民族血液的，也是全人类崇尚的伟大精神，这是一种坚如磐石的意志，是一种无坚不摧的力量，也是今天实现民族复兴伟大征程中最为宝贵的精神财富。全方位地感悟、弘扬红旗渠精神，是党在新时代的使命使然，是实现伟大复兴梦的必然。当下，红旗渠精神更加应当坚守和传承。追梦的征途注定不会平坦。少不了乌云密布、雷电交加。少不了荆棘丛生、毒蛇猛兽。少不了湍流旋涡、险滩暗礁。只有高扬红旗渠的奋斗精神，才能攻坚克难、无往而不胜。

在红旗渠的每时每刻，我都被红旗渠的精神感动着。红旗渠精神确实发人深省、引人思考、催人感悟。我们党在新的历史时期的伟大任务和历史使命，需要有旗帜的引领、精神的感召、英雄的示范，红旗渠正是这样的典范。这是立党为公、执政为民的典范，是艰苦奋斗、持续奋斗的典范，这样的示范在中华大地上必然具有长久的生命力。经常性地接受红旗渠精神的洗礼，会得到许多昭示，归结起来就是，无论过去、今天还是将来，都必须把奋斗为民、为民奋斗常记心间，扎扎实实地付诸行动。

隔壁老王

5年前富康小区业主大会戏剧性的选举结果大家记忆犹新。此次大会将通过无记名投票选举出业主委员会主任。业主们对此都格外重视，参会率高达95%。早就觊觎主任位置的刘某志在必得，他私下已经做了不少工作，自我感觉良好，以为主任非他莫属。此时，他西装革履，打扮入时，一副准备走马上任的模样。谁料想，选举结果公布出来，高票当选者竟是王友祥。那刘某脸涨得通红。

王友祥被大家看好并非偶然。

王友祥的家就住我的隔壁。熟识后我常常戏称他"隔壁老王"。他，50开外的年纪，中等个子，有点发福的身材壮壮实实的，四四方方的脸庞，见人一脸的笑容。

那时，我的家刚刚搬进这个小区。打理停当后，环顾左邻右舍，发现隔壁一个独栋别墅里住有一个看上去有点财富的老板。院子挺大，假山堆砌，流水潺潺，几株大树遮天蔽日。每天进出老板都由驾驶员开着一个大奔接送。一打听，此人姓王，本名王友祥。两个小孩在海外，老婆叫方红娣。

听小区里的物业、保安们讲，这个王总是一个公司的董事长，从事制造业，去年纳税超过7000万。但这个老王与其他有钱人不大一样，他待人谦和，不拿架子，物业费带头缴，公益活动踊跃参加。在小区里散步，他见到人都抢着打招呼。这年头财大气粗，一阔脸就变的可是大有人在呀。这个王总又是一个怎样的存在呢？

好奇心驱使我掌握越来越多的信息。我留意与周边左邻右舍交谈，有意去他的府上讨教，甚至与他的亲友同学还有过几次攀谈。所有的指向告诉我，这个老王是个自强不息的人，是个爱心满满的人，是个有责任感的人，是个有故事的人。

老王小的时候家里不是一般的穷。弟兄姐妹7个，家中经常吃了上顿没下顿。老王排行老三，原来准备将他送人家领养的，那家人已经来船接了，他的爸爸思来想去还是不忍心将亲生骨肉送走，硬是将老三从船上又抱回家来，一家人抱头大哭。

老王10岁外出拾粪，14岁时就在生产队里做工分，尚未发育，个头很小，挑的担子经常拖到地面。20岁前，他开过挂浆船，拉过板车，卖过水果，贩过鱼虾，摆过摊儿。他天生是块做生意的料，懂得从差价中获利。经常将苏北的农副产品运到上海去卖，再将上海的紧俏商品贩回家乡，一来二去，有了不少积蓄。不久，他又拜师学修钟表，干起了专业修表，从此走上了创业之路。之后就办起了工厂，企业越做越大，财富积累越来越多。

老王是从贫苦家庭走出来的，深知财富来之不易。他对自己很抠，但他乐意做积善行德的事情。他说，我虽然发财了，但还有许多人需要救济呢。他与西部的一个山区小学结对，援助小孩们读到初中毕业；他在老家多次捐款修桥铺路，每年还资助家庭困难的8个小孩；企业职工家庭有难，他除了安排适当救济外，还带头捐款。他心存善念、乐善好施，赢得了良好的口碑。

财务总监想为公司多争取些效益，动起了逃税漏税的脑筋。王总发现后坚决制止。他说，依法纳税，天经地义。国家给了我们好政策、好时机，才有了我们施展才华的机会。人要懂得感恩。如果大家都打歪主意，国家、国防如何支撑呢？企业的效益只能靠开发新品，开拓经营，强化管理来获得。这些年，王总的公司作为纳税大户，一直都是依法纳税的先进集体。

公司的事情已经够操心的了，再当个小区业主主任图的啥？方红娣开始时很不理解。老王的答复是，大家信任我，我就要把它当好。我的目标是建立一个文明的、大家和睦相处的社区。生活在这样的社区，业主的幸福指数会增高许多，对各自的家庭、事业都有好处。

管理一个企业，老王可谓驾轻就熟，然而管理一个小区却困难多多。小区是社会最繁杂的基本单元，不像一个企业、一个单位那样领导关系明确、层级清晰。关键是居住人员成分复杂，婆婆妈妈、柴米油盐、磕磕跘跘的事情真不少。几年来，老王除了做好自己的企业，在小区的和谐稳定上面花了不少心血。

业主委员会主任表面上有点风光，受人尊敬。其实是个吃力不讨好的活。没有报酬，只有付出，还得有胸怀，有雅量。老王的右邻老韩家养的一只狗丢了，他老婆怀疑是方红娣使的坏，她曾经听到方红娣比较厌恶狗狗猫猫，就几次跑来与老王纠缠，老王未曾与她计较。不料，韩家门口的违章搭建又被城管责令纠正，韩的老婆就认定是老王家告发的，成天骂声不断。直到她家的狗狗找到了，城管的人拿出无人机巡查拍的照片，韩夫妻才知道自己错怪老王了。周边的居民看不下去，一定要韩夫妇去给老王道歉。老王却说，不必了，事情过去了，邻居好赛金宝。老王的礼让、仁义、宽厚，让小区的业主们很是感动。

小区的道闸、监控、绿化、亮化等需要提档升级，产生的费用要由业主们公摊。有人不乐意了，甚至怀疑老王几个人从中谋取私利。人多嘴杂的话语传到方红娣那里，气得方红娣直哭，回家直接叫老王赶快撂挑子。老王知道后，笑嘻嘻地说，真金不怕烈火。他将事项、缘由、费用等公布于众，并且安排人全程跟踪、监督，终于得到了大家的理解和拥护。那个曾经跃跃欲试想当主任的刘某知道老王的付出后，连声说道，幸亏是老王当家，不然叫我真不知如何收拾呢。

老王的口头禅是，做了这个龟，就要驮好这个碑。为了小区的和谐，老王可是没少操心，他经常与开发商、物业、保安、保洁交流，转达和沟通业主合理的诉求。"小区的事情只要他一到场，总能得到妥善处理"。业主们说，关键是王总处事公道，实事求是，没有私心。老王言谈举止得到了人们的信赖和尊敬。小区的张大妈说，王总上任以来办的实事可是一串串啊。在他的组织下，社区率先制定了区规民约，作为业主们行为的约束。建立起业主群，及时了解业主意愿和诉求。办起小区食堂，解决部分业主没有时间烧饭的问题。办起超市，方便业主购买日常用品。办起托儿所，诊疗所，在小区的空地上建起了永久性的业主活动场所。这些，有的是招商而来，有的就是他公司代劳。知情的业主说，老王每年贴出的费用有几十万元呢。

小区居民的家长里短，鸡毛蒜皮，不时有矛盾发生。老王总是耐心倾听，不厌其烦地调节化解，因而大家也都愿意向他倾诉。王总睡觉打呼噜，搅得方红娣难以入睡，王总就睡到隔壁房间。这天夜里12点多了，方红娣醒来发现王总房间灯亮着，人却不见了。跑到阳台，听到路道上有男女对话的声音。这深更半夜的谈什么呢？方红娣内心一阵疑惑，不要闹出什么绯闻来啊。仔细听了一阵，原来小区的一个业主的家里闹了矛盾，在哭哭啼啼地向王总告状、投诉。

新冠疫情肆虐的时候，老王安顿好企业职工，在小区里也发挥着主心骨的作用。他动员有海外关系的业主迅速购回一大批口罩，保证小区居民需求，并且向社区捐赠；他联系外卖，满足小区居民日常生活用品供应；他配合社区全面排查小区人员情况，摸清第一手信息，为上级部门开展工作及时提供基础信息保障。几年下来，富康小区的社区管理创造了不少全市第一。小区的学雷锋志愿者义工队、居民聚餐日、业主才艺表演大赛等，都已经成为知名品牌。大家说，所有这些，都因了有这个有为、有心的老王。

白驹过隙，日光荏苒。转眼间富康小区业主委员会这一届5年的任期已满，人们已经在议论下届主任的人选。当这个主任确实需要热心肠，还需要花时间，而王总的企业正做着上市的准备，确实忙不过来。不过我看出，大多数业主似乎依然看好老王，说他是不二人选呢。

关于抢红包

一

微信红包是2014年年初上线的，紧随其后抢红包的游戏隆重推出。此后，微信群里的热闹程度可谓与日俱增。虽然微信里有众多的游戏娱乐内容，但是大部分的游戏只能是一人、二人或者少数几个人参加，而抢红包游戏可以十多人、几十人乃至更多人一起嬉乐玩耍。若论微信群里游戏的参与者之众、气氛之热烈、场面之火爆，我以为非抢红包莫属。

二

杨先生是我多年的好朋友，他既是几个群的群主，也是一家企业的负责人。他对于抢红包的感受很独特。在他看来，抢红包这个游戏，不仅活跃气氛，增添乐趣，拉动群员之间的互动，还能调动大家积极性，促进关系，和睦人脉。他告诉我，抢红包游戏在有的单位已经被列为企业文化之一，有的群有定期定时的抢红包活动，不少单位、家庭、亲友、同学、战友之间的群，发红包、抢红包已经是生活的常态，成为群内友好互动必不可少的内容。

三

　　发红包与抢红包有区别。假如给群里的特定对象发个红包，那叫专享，是私底下的交易，假如给群里每人一个红包，那叫发福利，是均享，发到群里让大家一哄而起，凭眼明手快抢到手，手脚慢的望洋兴叹，这才是抢红包，才是这个游戏的意义所在。老杨说，现在好朋友之间谁还计较个几元、几十元钱的？大家喜欢玩抢红包，其魅力就在于抢，在于争先恐后拼抢的过程，在于这个过程中得到的放松和种种乐趣。经常参与抢红包游戏的人都说，这游戏真的妙趣多多、快乐无穷。

四

　　微信群抢红包游戏的设计是颇有深意的，因为它与赌博有明显的界限，它对底线和度的掌控非常到位。它把抢红包的单个金额定格在200元以内，把红包的数量规定在100个以下，这是抢红包游戏对红包金额和红包个数的封顶，这种质的规定性足以保证抢红包活动的娱乐性和正当性。有一年大年三十，某企业的老总酒喝多了挺亢奋，一个多小时在企业群里不停发红包，员工们欢天喜地抢得手酸，感谢老板大红包的留言不断。夜里酒醒了,他算了算,公司90多人(一次200元80人),他前后发出了60多个红包。

五

人数在两位数以下的且群员间熟悉的群,玩抢红包游戏比较合适。互不熟识或人数太多,无法形成竞争态势,无法形成你争我夺的气氛,达不到抢红包的喜剧效果。老杨的那几个群,是单位群、亲友群,多的80多人,少的40多人,但人人会发、个个能抢,红包丢下去最快时几秒钟就被一抢而空。有没有收获当然是一回事,但是大家发出的兴奋、懊恼、叹息的种种留言和表情,既幽默又搞笑,定会引来大家的阵阵欢笑。诸如"这一时刻可以用红包解决的事,请尽量不要用语言表达"一类的表述,涵盖着专注、认真、娇嗔等神情,淋漓尽致地反映了大家抢红包的勃勃兴致。

六

我发现,抢红包好似点球大赛,表情包就像激情四射的拉拉队。

什么人设计了那么多有趣、好玩的抢红包表情包?那小人儿敲着小锣"抢红包开始了",几乎活灵活现。"抢红包时间又到了耶,戳"、蹲在地上"静静地等红包"、"再发一个好吗"、"可惜晚了一步",这些表情包形象、逼真、有趣、生动,萌萌的十分可爱,发到群里调节欢快气氛,总能逗得大伙乐不可支。

群内发红包的空隙时间里,大家常插点调侃的话题逗逗乐。一次,有人在群内发了个一分钱的红包,很快有人发出"看你再发一分钱"的表情包,带来一串喊打喊踢的声音,群内洋溢着乐融融、笑哈哈的气氛。

七

抢红包游戏的诡异在于,抢到手的红包,金额大小总是不等,抢红包的神秘在于,总是有人抢不到。抢红包其实既有运气也有灵气,动作慢了、反应迟了,成功率就低。但假如老是抢不到,就会被旁人吐槽,还得承受大家善意的嘲弄。

前几年一场饭局正在进行时,有人提议,拼酒既伤身体又伤感情,不如来抢红包吧。一桌人连声赞同。东道主首发,大家接着来。几轮下来,公司的大老吴就是抢不着。有人提醒了,手机的方向要对准路由器。一调整,果然大老吴的成功率大大提高。

几场红包抢下来,可怜老汪头抢得最少,几乎空门。大伙笑问怎么一回事,他正在自叹年纪大了,手脚眼睛不灵活了。眼尖的小夏分析道,你老汪头的手机旧了,接听电话、收发短信还能凑合，抢红包就明显速度跟不上了。老汪头恍然大悟，第二天就去买了一个最新的智能手机。后来聚会抢红包，老汪头每次都有不小的收获。

八

微信群的抢红包游戏，都是事前有规则、事先有约定。譬如节假日、群员生日等，约好时间，事先安民告示。明确每次活动的起始时间，规定限于半个小时。时间一到，群主或召集人率先发，一轮中抢得最多的，也叫作"手气王"的接着发。只要当上手气王，名下会有自动提示，如手气王没有留意，群内也有人会提醒。有一回，大家正聚精会神等候时，手气王竟发出一个包子状的红色图片调侃大家，招来群内一顿"痛骂"。当然，无论是抢得多还是抢得少，时间一到马上停止。这样的规则，约定俗成，大家自觉遵守，不知不觉之中也增强了规则意识。

九

带一点组织行为的抢红包游戏，由于是约定的时间，红包投进群内的那一刹那，有点类似鲤鱼池内投进饵料时那样一阵欢腾。不过，不少群内有时也会出现零散的、随机的红包让大家抢，这些大抵是群员凭个人兴致，像初来乍到请求关照的，像表达感谢、慰问的，像表示鼓劲、鼓励的等，都会冷不丁发出个红包。当然，也有略嫌群内空气沉闷冷寂，发个红包让大家哄抢来调节一下气氛的。正在忙碌着的群员，突然捡着一个红包，常常会喜出望外。

十

抢红包游戏发出的金额能够看到东方民族文化传统的影响。红包金额的大小和多少当然取决于红包主人的想法和心情。但一般说来，都带一点含义，有的含义还很深：66，代表六六大顺；99，代表长地久；168代表一路发；178，代表一起发；188，代表要发发。此外，还有52.0代表我爱您等等。它们基本上可说是数字引申、望文生义。但从这些数字的寓意，仍可观察到世人祈求幸福、顺遂的良好心愿。

十一

抢红包时人们的心理状态值得玩味。仔细观察，确实能够看到群员的某些性格特点。譬如，有的人发的都是大红包，而且发得多抢得少；有的人会讨、会要、会吵、会闹；有的人默默关注，见到就抢；有的人抢到了才发；有的人抢到大的，发个小的；有的人抢到小的，发个大的；有的人保本经营，不赔不赚；还有的人就是不抢也不发，只做壁上观。如此等等，不一而足，如果与当事人的性格、行事风格等联系来看，还真的像那么回事呢。

十二

微信抢红包纯粹是娱乐行为。玩的是快乐、玩的是轻松、玩的是有趣。但是，游戏总归是游戏，不可玩物丧志。抢红包游戏尽管好玩，但不能毫无节制，不可沉溺其中，更不能搞成变相赌博。那种玩心太重甚至通宵达旦，影响学习和工作，妨碍身心健康的，不仅不能提倡，还要加以制止。

老朱的手机生活

互联网时代说人手一部手机,似乎有点夸张。但对从业人员来说,这绝对是恰如其分的。如今人们工作、生活中对手机的依赖,正应了网络上的那句戏言"机不可失"。这不,老朱就是个这样典型的人物,他对手机的爱恋几乎到了痴迷的程度,实在算得上是个标准的手机控。

手机控基本上都是生活被手机绑架了、主宰了的。有手机的好处多多,离开了手机还真成问题,老朱对此有太多感慨。一次他悄悄对办公室的人说,某单位的一把手下乡忘了带上手机,大半天打电话无人接听,就有人窃窃私语,局长失联了,那弦外之音大家能听得出来。他经常感叹的一件事是,前年那次酒喝多了,第二天上班没带手机,结果一个200万美元的大单落入他人手中。偶尔一次忘带手机,竟错失一个商机,他一直为此懊恼不已。

有鉴于此,老朱的手机总是随身带着。出门坐上车先要摸摸口袋,看看手机带了没有,一旦发现未带,定毫不犹豫地折返。有几次出差回来,驾驶员已经离开,他发现手机忘在车上，立即奔回家中抓起座机联系驾驶员，让其赶紧送回。有一回从南京出差去苏州，在高铁上玩了一阵手机，下车时匆匆忙忙，列车开走了他才发现手机丢在座位上。急急忙忙找车站值班人员反映，得到了帮助，在前面一站将手机由过来的列车带回来，足足折腾了两个小时。还有一回，老朱与几个好友下乡游玩，路过一个拦水坝，不慎将刚买不久的手机掉入水中，眼见得手机忽忽悠悠地渐沉水底，无奈水深流急，无法打捞，老朱叫苦不迭，"麻烦大了、麻烦大了"，只得终止旅游，迅速回家补救，办理停机、换卡手续，将电脑中的备份导入新手机，方才长舒一口气。这以后，老朱对手机特别当心，甚至在手机外壳上还装了一个圆扣，以防滑落。

　　要说拥有手机的历史，老朱属于比较资深的一个。那时手机才问世，呈砖头模样，老朱刚刚大学毕业到外贸公司当外销员，看见人家手握"大哥大"，"喂喂"地接听，还是小朱的他煞是羡慕，只叹费用太昂贵自己手中不宽裕。后来他跳出来自立门户，第一个消费品就是手机。随着手机越造越新，功能越做越多，他总是紧跟着潮流往前走，遇见中意的手机他都会买下把玩。

　　在老朱的办公室有两个装饰橱，里面收藏存放了大大小小、各式各样近百部手机。从最初的模拟手机到现在流行的智能手机，什么揭盖的、折叠的、直立的，什么内置天线的、触摸屏的、双屏显示的、什么彩屏的、滑盖的、超薄的，还有不少外观独特、造型奇特的，琳琅满目、排列整齐，那里几乎就是一部浓宿的手机发展史，老朱甚至能如数家珍地说出每部手机的来历和故事。

对于大多数人来说，手机已经是现在工作、生活的一部分。而对老朱来说，手机已经成了他工作、生活的大部分，他绝对称得上是个时尚、新潮的人。老朱做的是国际贸易，10年前微信刚刚推出时，老朱第一时间下载，还将微信能通过网络免费发送语音短信、视频、图片和文字等的消息告诉他的国内外客户。这些年国内国外、天南海北的出差，国内外大事、生意行情、股市走向、银行理财，客户联系、产品确认、工厂交货、内部管理，包括财务审批、商品采购，等等，他都是用手机处理，依靠手机开视频会、网上办公、手机支付等，他的形象说法是"一机在手，什么都有。"

老朱属于懂生活、会生活的人。大家都说，老朱对于手机的观察很深刻很有见地。老朱那回在公司中层会议上说，手机的开发利用是真正的产业变革，它干翻了许多行业，诸如广播、报纸、钟表、照相机、电话、录音、游戏、摄像，等等。你看，老朱他平时几乎手机不离手，跟踪手机新功能的开发使用，不断刷新手机页面，筛选相关信息，像移动支付、社交联络、休闲娱乐、网上预约、水电气缴费等,他总是率先而为,并给公司员工普及手机使用方法和使用技巧。手机的导航业务开通后不久,他带一个业务员去上海拜访客户,跟着导航,没弯一点点路,想起以前到陌生的地方问路、问人的窘境,大为感慨,这手机导航真的方便、快捷太多了。他说:"如今离开手机,都不知道怎么活了。"

在老朱看来,手机不仅是开展业务的好帮手,还能消磨时间、娱乐消遣。在等人、等车或其他闲暇的时候,他都会拿起手机,不打扰别人、不干扰他人,在自己喜欢的空间里畅游,打打麻将、斗斗地主、下下象棋。有一次下棋时太专注了,在火车站台上竟错过了登车时间,只得去改签下一趟。他把这事当笑话说给夫人听,被臭骂了一顿。

老朱告诉他的朋友和手下人,手机用于工作的时间就那么多,手机很大一部分功能还是用来娱乐丰富生活的,要会开发、要会把玩。刷抖音、玩游戏、听音乐、看网剧、览新闻、拍照片等,他都玩得很圆熟。网上流行的热词,像工具人、内卷、躺平、凡尔赛,等等,老朱都能脱口而出。除了看微信群、朋友圈信息之外,在手机上听书是他的一大爱好,这些年他在手机上下载专用软件听了许多书,古今中外广泛涉猎,与友人、客户、合作伙伴交谈时,大家都惊异于他丰富的知识储备。老朱喜欢唱歌，他在手机上下载了全民K歌，模仿林依轮的《透过开满鲜花的月亮》，把这首歌唱得有模有样，获得许多好评。老朱还经常将手机拍的风景照、人物照、艺术照发到群里让大家观赏，几个专业人士品鉴后大为赞叹，说是已经超出了业余水准。

长期在商海里搏击历练，老朱有着成熟商人特有的精明。他对于手机上出现的欺诈骗局有着高度警觉，他教育职工注意保护个人信息，还经常用各种案例提醒员工，大凡手机里出现中奖啦、免费赠送啦、优惠啦、汇款啦、借钱啦，等等，都是陷阱，都要坚决回绝。机电部的老谭一次被网络骗子花言巧语骗走3000元，老朱抓住这件事，召开员工会议，让老谭现身说法，举一反三吸取教训，让大家认清手机骗局的新花样，明白天底下没有免费的午餐。

老朱习惯于用发红包来奖励下级。对于公司员工，他要求上班时间必须将手机开着。在他的董事长办公室里，要了解哪个部门的员工上班情况，他会试探性地先发个红包出去，要求抢到后必须回应表情包。他在仔细观察哪些人在岗在位在状态，仔细分析哪些人抢到了红包，然后再选择性地进行私聊。因此，抢红包在他的公司属于常态。老朱的想法是，以此活跃员工文化生活，增进企业凝聚力。他要求公司的喜庆日（企庆、重要合同签约)、国家法定节假日和员工生日,工会要定时组织员工抢红包,所以,抢红包也成为他们公司的企业文化之一了。

上个月,老朱突然颈椎疼痛难忍,眼睛胀痛,右臂膀发麻抬不起来。去医院检查看医生,得到的医嘱是,手机有方便便捷的一面,也有必须留意的危害。要想尽快恢复,最好少玩手机。除接听业务电话外,老朱硬是忍着一个星期没玩手机,病情明显有所好转。

最近几天,老朱好几次深夜里猛然惊醒,夫人连问原因,答曰皆是因手机找不着了。他夫人又好气又好笑,嗔道,没了手机,你老朱大概没法活了。老朱点点头算是默认,可是他内心里也在想着,什么时候才能丢下手机,过上宁静安逸的生活呢?

牛人刘立仁

常言道，千人百姓万脾气。

刘立仁在他那一批同龄人当中，性格、脾气是很特别的一个。好多人都说，那是个牛人，是个特立独行的人。算起来刘立仁今年刚满60，按理说过了耳顺之年，一切都该顺其自然才对，但刘立仁偏不是这样，最近正嚷嚷着要单人单车去远方骑行。

刘立仁的爸爸快90岁了，从外人口中得知儿子的举动，老人激动得胡子直抖，连说，由他去吧，劝不回的。"这小子小时候就桀骜不驯，追求独立，喜欢标新立异。"街坊说，他年轻时就是个典型的文青、愤青，过了60岁还不见改变，足见得江山易改本性难移呀。

刘立仁的天资好，上中学时的成绩在班上排名靠前。他读书多且杂，喜爱钻牛角尖，遇事喜欢打破砂锅问到底，也常有与众不同的见解。与有意见相左者，他总要唇枪舌剑一番，不争出个高低不甘罢休，不获全胜不肯收兵。当年的同学对他的这个印象很是深刻。几十年都未曾谋面的同学回忆，刘立仁就是那个剃个小平头，特爱争辩，特有个性的那位。

高中毕业的刘立仁插队了。几年间除了农活，他的大部分时间都在阅读、看书，能够收集到的古今中外书籍，他都广泛涉猎。他常自言自语："井蛙不可语于海，夏虫不可语于冰。"队友和乡亲们似懂非懂，但每每听到他高谈阔论，既惊叹他知识面宽广，也为他不时的惊世骇俗言论所担忧。在下乡40年的聚会上，谈起当年的困难日子，有人说，那年头插队之人连老婆都难找啊。另一人说道，当时刘立仁就有一句名言，只要考上大学，老婆不邀而来。立马有几人哄笑着附和。刘立仁面带愠怒起身说道，那时我真的说过吗？我说过吗？

刘立仁的文化功底扎实，恢复高考后，他是第一批顺利考上大学的。刘立仁大学期间学的文科，他似乎对史学更感兴趣些，经常泡在学校图书馆，钻进书堆里，阅读、记录、摘抄，几年积累下来，打下了厚实的文史功底。从他的言谈举止能够看出，他对西方的一些思想家、哲学家比较崇拜，对中国古代遭贬的史学家、文学家惺惺相惜，对于悲剧人物的叛逆性格和批判现实主义的作家多有同情。他在几家杂志发表的读史札记可以看出这些思想。

大学毕业后他被分配到某市级机关搞计划统计，依然坚持笔耕不辍，常有文字见诸报刊，单位的人都知道他是个笔杆子。领导原来想培养他的，有一次让他写个单位业务工作总结，可他沉吟一会冒出一句："我可不会写命题文章。"有人劝他，你不写会得罪领导呀。他说，我怕啥，写总结公文本来就不是我的分内事。再说，我最反感那些八股文了，没有灵感写出的文章味同嚼蜡。

刘立仁对社会的人情世故、人际关系有些厌烦，说那简直是浪费时间、浪费生命。虽然他上下班准时，但与同事鲜有共同语言，也不善于与领导沟通。单位几任领导谈及刘立仁来，"他呀，书读多了，性格孤僻"。同事们私下里也说，刘立仁的行事风格有点古怪。确实，他除了和他眼中的"患难之交"以及高中同学特别是插队的队友们保持往来，几乎很少参加单位同事间的应酬。下班回来喜爱做的事就是钻进书斋，伏案读书、写作。多年来，单位的评先评优他总是不挨边，提拔进步更是没影子。那回单位评职称没有他，他竟跑到领导那里理论一番，受到严厉的批评。从此，更是心灰意冷。刘立仁表面孤傲清高，自在逍遥，其实内心很苦闷、很孤独，他想要寻找发泄的方式和渠道。"古来圣贤皆寂寞""群居不倚，独立不惧"等诗句常挂在他的嘴边。一次与几个要好的同学小酌，他趁着酒意说，我是要走出庸常琐碎的生活。

他心底里涌动一个退休后即去远方骑行的计划。刘立仁的行动不同于平常退休的人，什么唱歌、跳舞、写字、画画、摄影、钓鱼等，在他看来都是些小儿科，太普通，太一般了。他追求的是一个人，一辆单车，一场说走就走的旅行，他要骑车去高山大漠、茫茫戈壁、雪域高原，他立志以孤独的行者形象去游历名山大川，追逐远方的梦想。

为了实现心中的目标，刘立仁有意识加强自身体能训练，坚持不懈地跑步、游泳、骑行，去健身房锻炼，多次参加马拉松、铁人三项赛。几年下来，他的体魄、机能等基本适应了高强度运动的要求。

终于挨到了60岁，办了退休手续的刘立仁如释重负，开始实施起自己深思熟虑的远行行动。才退休的几个月里，他就骑着单车在省内的市县转了几趟。他说，这是热热身、练练筋骨。几个来回，自我感觉蛮行。紧接着，他就开始了远征骑行的行动。

他的夫人很理解、很支持他的理想。贤惠的她知道刘立仁的脾气执拗，"他认定的理是九头牛拉不回头的，你不相向而行也是白搭"。她很睿智地选择了极为理智的方法。主动为他做事前的周密安排，做详细的功课。譬如，衣物、防护用品等。又譬如，设计相对安全的线路，每天骑行多少，在哪里落脚等，都一一算计、谋划。

刘立仁当然晓得装备的重要，知道这个不能省。他找人咨询、网上询价，看中一辆德国产的山地自行车，产品质量好，关键是越野性能优越，他一咬牙花了两个月的工资买下了。从头盔到衣裤，从手套到鞋，从补胎液到打气筒，从护身棍到夜灯，用他的话说，置办的行头已经武装到了牙齿。

刘立仁的第一次大西北骑行行动开始了。他先将爱车寄到西部的一个省城，然后乘飞机过去取车。此行不仅牵动了他家人的神经，而且他在所有群都及时发布动态。高中群、插队的队友群更加关切些。大多数人叹服他的果敢、坚毅，称刘立仁果然是牛人。几个女同学、女队友每天都在群里为他祈祷、加油、鼓劲。但也有人表示难以理解，"这么一把年纪了，折腾个啥哟？"

熟悉且平坦的道路，只要身体适应，车况完好，偶尔骑上几个小时或许算不了什么。但在陌生的远方单人骑行，风险无时不在：大漠、戈壁、山沟，长时间的单人骑行，寂寞和孤独难以想象。连续几个小时的翻山越岭，会让人筋疲力尽。盘山路上山六七十公里、下山二十多公里，坡度陡，弯道多，下山时车速快，控制不好就会跌入沟壑。高原旷野，逆风骑行，耗费体力，极易导致缺氧昏迷。进入无人区，没了网络导航，容易迷失方向。山谷里天气变化莫测，刚刚阳光灿烂的，不一会就乌云密布、雷电交加，无处躲避，还易遭雷击。荒芜人烟之处，常有野兽出没……别说亲历亲为了，就是听听这些都已经让人胆战心惊。刘立仁硬是凭过人的胆识和毅力，战胜困难，实现着自己设定的人生目标。

两三年间，刘立仁骑着他的山地车三次在大西北的几个省区跋涉骑行，行程超过一万公里。平均一天七八十公里，最多的一天竟骑了一百五十多公里。那次结束骑行回到家乡，一群知青好友为他接风。这位说，你沿途看到的风景、拍下的照片、记录的风土人情、写下的感悟，都是极难得的人生经历和极宝贵的精神财富呀。那位说，你不愧是个牛人，为你的英勇壮举骄傲。刘立仁豪气满满，端着酒碗连干三回。

以刘立仁这样的年龄，这样的举动在当下社会确实有点另类，他的牛人性格和执着明显超出了常规。但这何尝不是另一种人生风景呢？这何尝不是一种信念，一种激情，一种精神追求呢？听说，最近刘立仁又在悄悄做着下一次出行的准备了。熟识的朋友在感佩之余，都在为他默默祈祷，骑行平安，一路顺畅。

清洁工刘婶

自打这个小区建成，刘婶就在这里干保洁工作了。

刘婶50岁左右，她五官端正，皮肤黑黑的，眼睛亮亮的，见人总是笑吟吟的，露出满嘴的白牙。她说话慢，走路慢，做事慢，慢条斯理中让人感觉亲近、自然和真切。干活时，遇上熟悉的人，她会笑嘻嘻地主动招呼一声，路过的陌生人，她会抬头瞧上一眼，再微微一笑。

小区里的许多住户只要说起那个保洁的女工，自然而然想到的场景是，她穿着一件工作服，右手拉着下面有滑轮的黄色的垃圾桶，左手拖着一把竹枝大扫帚，在小区的道路上慢慢地走着。多年来，她就是这样默默地陪伴着大家。她的存在似乎并不重要也不怎么起眼，她只是兢兢业业地做着自己的这份保洁工作。

刘婶的家境较差，丈夫在外面打工，儿子在读书，还有老人要照料。社区介绍她来干保洁，虽然收入不算高，但这点收入可以贴补家用，只有小学文化的她很是珍惜这份工作。她和几个保洁员聊天时慢言慢语地说，干这活计，又不要多少文化，只要认真就行。她内心里还有一种担心，做不好会被辞退，那多难为情呀。

刘婶的家在城郊结合部的庄台上，离这个小区有点远。可每天她骑着自行车早早就来到自己的工作岗位，一下一下地清扫着她负责的路道，然后运送垃圾。她的工具除了竹枝的大扫帚、带拖轮的垃圾箱之外，还有小笤帚、小簸箕、小水桶，外加几块抹布。她干活很有节奏，很细心。垃圾桶装满了，她都会压压实，不让出现跑冒滴漏的情况。她所负责的路段，边边角角都打扫得干干净净。

城市是个大机器，倘若没有人清理垃圾，城市同样会瘫痪。那次，刘婶病了，三天没有到班，小区一时间又找不到顶替的，她负责的路道脏兮兮的，垃圾箱旁边堆满了废弃物，散发阵阵异味。人们更加意识到小区的卫生整洁离不开保洁了。刘婶痊愈上班时，一脸的歉意，似乎全都是她的过错。

风和日丽的日子是有的，但天气总是变化无常。起风了，落叶满地。下雨了，积水许多，地上一片狼藉。刘婶的身影总是及时出现，及时给予处理，保证路道的整洁和干净。夏日里，厨余垃圾在高温下发酵，垃圾桶四周气味难闻，刘婶总是起早带晚尽快清理搬运，保证小区住户有一个洁净清爽的环境。冬季里，冰天雪地，结上冰的道路容易滑倒，一清早，刘婶就在雪地里铲出一条道路让人们顺畅通行。一年四季，日复一日，风里来雨里去，从事这单调机械、又脏又累的活儿，从没见她有过什么抱怨，也没见过她喊苦叫累。

小区里时有乱扔乱丢的现象，个别人甚至当着刘婶的面将自己不要的东西扔到路道上。刘婶一笑了之，慢慢走上前去捡走并清理干净。垃圾箱里丢弃的东西，只要有点用，她不轻易扔掉。包装盒呀、旧报刊呀、瓶瓶罐罐呀、鞋帽衣裤呀，她会一一拾掇，有的积攒起来卖点钱，有的洗干净再利用。大风吹落楼上晾晒的衣服是常有的事，刘婶捡到后都想方设法送还失主。一次在扫地时，发现路牙边有一块手表，她捡起后立马交给了物业，失主闻讯取回后，专门来到刘婶面前致谢，可怜刘婶不善言辞，她连连摆手，脸涨得通红。

小区推行垃圾分类，刘婶她们参加培训，知晓这是利国利民、环境保护的好事情。大道理她不会讲，但她用心琢磨出垃圾分类的方法，有害垃圾、可回收垃圾、厨余垃圾，其他垃圾都编有一应的顺口溜，如，绿厨、红危、黄其、蓝宝等。试行的那些日子，刘婶守候在垃圾箱边，口中不停地念叨分类的口诀，小区的垃圾分类得以顺利推开。

新冠肺炎疫情爆发，古城按下了暂停键，人们的出行受阻，生活不便，刘婶保洁的小区处于封闭状态。住户们处于惊恐、不安之中。此时的刘婶报名当上了一名志愿者。她说，我身体很好，已经打过两次疫苗。烈日炎炎，她穿着密不透风的防护服，背着消毒桶喷洒、消杀，还主动为周围生活不便的住户提供服务。她每天从住户家到小区大门口运送生活用品几十趟，浑身上下常常被汗水湿透。

多年的相处，附近的住户已经把刘婶当成自己人，刘婶也热心地为大家做点力所能及的服务。23栋的张大爷年事已高，行动不便，每天的早餐都是刘婶上班途中顺便代买。35栋的小韩夫妇工作忙，早出晚归，来了网购快递，都是请刘婶帮助收纳。有的住户接送小孩，偶有不便时，也会拜托刘婶代劳，她从来没有推辞过。大家只要一谈及刘婶，都这样说，那个笑容可掬的刘婶呀，我们信得过。

那天傍晚，几个邻居在小区散步，他们谈到了小区的保洁工作。其中的李君说，保洁工似乎微不足道，但这小区假如没有保洁会成什么样子呢？一时间大家陷入沉默。只一会工夫，杨君就动情地说道，清洁工是社会不可缺少的职业，社会分工没有贵贱之分。要说贡献，城市清洁人真功不可没。大家应当对清洁工高看一眼。一行人纷纷点头称是。

退休的万局长

万局长从领导岗位退下来已经两年多时间。可是，人们还是习惯称他万局长。万局长是从这个小城走出去的，曾经在几个地方工作过，退休之前在省级机关的一个厅局工作。退休后，他选择回到了那个生于斯、长于斯的小城里生活。

小城的人们都知道万局长的官声好、人脉广。退休不久，当地的领导来看望，期望老领导对当地工作给予指导。万局长摆摆手说道，哪里呀，当领导已经是过去了，指导谈不上。要是家乡在经济建设方面有需要，我会尽力的。据说，前不久家乡的燃气电厂上马，万局长在其中牵线搭桥做了不少工作呢。

环顾周边，退了休的人们，有的忙着摄影、书法、旅游，有的忙着绘画、养花、遛狗，有的忙着钓鱼、打牌、唱歌，有的忙着上网、写作、会友，有的忙着烹饪、喝茶、带孙子。总之，大家都在忙着自己的事情。几个过去的部下上门热情相邀，"到我这儿来当顾问"。一个上海的朋友甚至坐在万局长的家中大半天，力邀万局长出山，万局长都婉言谢绝了。万局长对妻子说，退休的人，英雄过了，现在不能再逞英雄了。退下来，就要真正当好老百姓，既要随性、自乐，更要懂得自尊、自爱。这不，单位组织的活动，他准时出席。小区里的公益活动，他积极参加。小区的工作人员，包括保安他都能叫出他们的名字。那日小区的一个保洁工说，万局长，你不像大干部，一点架子都没有。万局长摆摆手说："哪里呀，我本来就是个老百姓，有什么架子好摆呢？"

几个长年累月带孙子孙女，时间都被绑架了的老友，每每遇到万局长，都是大叹当带薪高级保姆的苦经。听罢这些苦不堪言的诉说，万局长总是直摇头。过后他对夫人说，家家都有难念经，各人取舍不相同。只是，退休后的十到十五年，是人生的黄金时段，没有了可自由支配的时间怪可惜的。

退休是人生的必经阶段，万局长对自己退休后的生活安排其实早有考虑。万局长对夫人说，退休之人所做的事一定要有益，要选择做自己喜欢的，适合自己且能承受的，但千万不能攀比、跟风，千万不能做那些让人指指戳戳的事。有心人看到，万局长退休的当月，就办了两件大事。

平时喜爱音乐的他，了解到唱歌有益于身心健康，马上购置了一套家庭音响。原来有点歌唱基础，现如今唱起歌来更加有模有样了。一日，几个老友在他家中相聚，听了他的歌,大家说:"万局,你离专业歌手不远了。"万局长摆摆手答道:"哪里呀,我知道自己是业余的,我主要是选择了适合自己音域的歌曲。假如不管什么歌,抓起麦克风就吼,那真的是要钱、要命呢。"

另一件是办理了因私出国护照。退下来以后时间充足、精力充沛,万局长与几个老同学筹划,搞了一个75岁前几乎涵盖全球的旅游行动计划,具体到每一年的实施方案都很周密详尽。他私下对熟悉的人说,地球之大,世界之美,应该多跑跑多看看,不去观世界,哪来的世界观呢?

万局长以前是跑过不少地方的,但那时公务在身来去匆匆。现在可以深度游、自由行了。就说前年吧,国内,他跑了五个省,游览了许多著名景区。境外,他去澳洲一趟,去东南亚一趟,去日本三趟,年初到的冲绳岛,年中到的东京湾,年末到的北海道。万局长的旅游自有特色,可不是上车睡觉,下车拍照,回来一问,什么都不知道的那种。他们的出行时间叫错峰旅行,尽量避开双休日和节假日,为的是不与在职在岗的人们发生时间冲突。每次出发前,万局长总要先做足功课,对当地的风土人情、历史遗存、文化景观深入研究一番,到达后认真听、记、问,细心观察,回来后写成游记散文。在他看来,这样的旅游才有意义。

过上自由自在的生活，退休的万局长不仅生活起居有规律，他还学会料理家务，学会烧饭。他做的几个拿手菜，得到一大家人的赞赏。万局长在大学读书时就发表过不少文学作品，如今又续起了文青梦。这两年，他在省级报刊发了多篇文章，特别是在老家的晚报上连续发表了若干怀旧散文，斩获许多粉丝，隔三差五就有人与万局长讨论作品的心得、感受，报纸也约请他担任专栏作者。有人恭维万局长，称他为大作家。万局长说："哪里呀，能写好文章的人多得很。我只是自娱自乐，自得其雅。"

互联互通的时代，网络购物迅猛兴起。一次，万局长上网浏览，成功购得一个小商品，从此便一发不可收，他迷上了网购。当当、京东、淘宝、拼多多，他都是经常光顾的熟客。网上商品琳琅满目，选择余地大，万局长会货比三家，关注品质、价格和售后。这一年，他买到许多价廉物美的东西。尤其是买到那些家庭常用的小物件，什么小挂锁呀、缝纫机油呀、小工具呀，收到货后，他总是迫不及待地打开，像孩子似的高兴。用他的话说，网上购物真是太方便了，这些玩意儿到街上的商店里真不知到哪儿找呢。小区的保安遇见他说，万局长你可是网购达人，万局长摆摆手："哪里呀，我网购图个适用，买个乐趣。"

万局长常常想起那一年国庆随夫人逛商城的事。眼见她如鱼得水，这边看，那边问，这边试，那边逛。他很是纳闷，为什么购物对女同志有这么大的魔力？难得陪同一回，只得耐着性子陪到底。为数不多的几次陪同，被几个熟人看见了，竟称万局长模范丈夫。万局长连连说道："哪里呀，盛名之下，其实难副。"如今的万局长在自己的网购中收获了生活的别样乐趣，也对女同志热衷于逛商场多了一份理解。

万局长对网购诈骗是有防范意识的。他网购的次数不少，但金额都不算大，少则几元、几十元，多的也就是二三百元，把握性不大的就采用到货结算的方式，几乎没有失过手。他自信满满地对夫人说："金融风险不大、可控。"但不幸的是，风险终究防不胜防。那天，刚出门不久，他的手机响了。那一头快递员说，你有一个快递，是货到付款的，199元。万局长这几天确实买了不少东西，他也记不清是哪一件货物先到了。随即在网上付了款。回家打开一看，竟是自己根本没有买过的一只工艺手镯，估计就值十多块钱。万局长哭笑不得，一打听，原来网购诈骗又双叒叕出新招，这是一种盲发快递的欺骗新手法，通过非法渠道获取客户信息，无须客户下单就发货，利用到付款和实际货品的价差获利。这件事让他的夫人笑话多次，也让万局长警醒许多。打那起，他在网上的购物愈加小心、谨慎了。

突如其来的新冠疫情，打乱了人们的生活。看到疫情紧张，万局长心急如焚。看到逆行的壮举，他热泪满面。他在邻居群里说，退休的人要带头响应政府号召，不串门、待在家中就是对抗疫的支持。他给境外的朋友通话，火速寄回十多箱口罩，全部捐给了社区。看电视、读书、写作、上网、下厨房是万局长每天的功课。他发挥网上购物的特长，经常购买必备的生活用品。大超市的一小时送货上门业务，现在必须到小区大门口自取。在那风声鹤唳的日子里，万局长穿戴严实，口罩、眼罩、手套一应齐全。需要开快递柜的，他用自带的酒精将柜门消毒，带上一次性手套按取货码，然后小心翼翼地将货物拎回家。进家门前，再用75%浓度的酒精将暴露的衣、鞋以及商品的外包装喷洒一番。那天，他的夫人到小区大门口取商品，万局长千叮咛、万嘱咐，像送出阵的战士一样，夫人回到家，他早已在门口举着装满消毒液的喷壶，做好了消杀的准备。

前日里，对门邻居散步时遇见万局长，谈及万局长最近发表的一篇游记，问起最近的安排。万局长告诉他，疫情一过，就要按原定计划抓紧行动。邻居说："诗与远方是万局长退休生活的主要内容啊。"万局长习惯地摆摆手，说道："哪里呀，我们年纪大了的人，要更加热爱生活，要只争朝夕。"

网上拉票记

微信时代的网上玩法多种多样。不知从何时开始的，网上出现了拉票的链接。拉票的种类形形色色：有单位的、有个人的、有他人的、有自己的、有老人的、有小孩的。微信群里三天两头就有拉票的邀请，据说还有网络水军，专门从事有偿拉票的业务。

平心而论，我对这样的拉票形式是有些看法的，我甚至严重怀疑这种拉票获取荣誉的真实性。对此类拉票，我的态度基本是不参与、不否定。内心想法是，这种肤浅的拉票热热闹闹，是不能够反映事物的本真的。但是人家也有拉票的自由呀，好像此举对社会、对他人也未曾妨碍什么，凭什么就去否定人家呢。因而，自己经常持观望的态度，回想起有数的两次被动投票，也是出于实在躲不起对方的原因，不得已而为之。

今年春节，市里老干部局组织老干部书画展，二哥将老父亲的一幅《扶正祛邪图》送去参展，竟被组织者看中，将其与其他十多幅作品一起上了网，让网民在十天的时间里自由投票参评。

二哥在家庭群发布此信息时，我倒没有多在意，只是觉得好玩有趣。我以为只是调动一下老同志书法、绘画创作的积极性。那天打开链接，发现老父亲的作品在网民中评价颇高，得票基本靠前。总体评价是作品的立意比较高，有针对性。同时，艺术表现力比较饱满、酣畅、逼真。看到这类评价，自己心中不免有些欣喜，为老父亲的作品得到大家认可而高兴。我深知，老父亲是个荣誉感很强的人。

对于书法绘画艺术来说，尽管父亲有爱好也有一定基础，但主要还是他离休后的勤学苦练、孜孜以求。他离开领导岗位后，曾经担任过泰县老干部大学的校长，中国书画函授大学苏中分校的校长，为本地区培养了一大批书画人才，其间他自己的技艺也日趋精进，多年里，他创作了一大批有价值、有影响的书画作品，深得读者观众的喜爱。

那天女儿兴冲冲地打电话告诉我，爷爷的作品在网上已经名列前茅。我上网一看，第一、第二名的得票已经遥遥领先，与后面拉开的差距很远。但老父亲的得票与第二名基本上齐头并进，难分伯仲。此时距离投票截止的时间还有两天。

投票截止日的那天中午时分，我注意到第一名和第二名的差距仅有10多票。在中午12:10的时候，甚至超过了老父亲5票。那第二名跃跃欲试，大有志在必得、锁定冠军的气势，他的得票数也在蹭蹭地上涨。情况有点不妙，紧张气氛出现，几个侄女在群里更是大声提醒，告急告急！

为荣誉而战！大哥在家庭群里果断发出动员令，号召大家在亲朋好友中全面发动工作。哥们几个做了大致分工，观察对方举动的、负责统计得票的、宣传鼓动的、挖掘潜力整合力量的，最后确定以晚上6时为界，分两个阶段组织攻势，视前一阶段的进展情况，各人留一个人多的群作为预备队，放到最后阶段冲刺使用。

此时的父亲住在医院的病房里。他鼻饲已近半年，这几个月很是神志不清，有时几乎不省人事。由于疫情的原因，医院的管理非常严格，除了专人护理，他人一般不得进出。春节时我们去探视他。他脸上没有表情，一会儿看着我低声问道，你这个同志是从哪儿来的？我的内心一阵酸痛。当年那个集英俊、帅气、才气于一身的父亲哪里去了？那个严厉、执着、认真的父亲哪里去了？我伸出4个指头，指指自己的鼻子。父亲看到后，眼睛突然一亮，头连连点了几下。他明白了，是老四来看他了。我想告诉父亲，您的《扶正祛邪图》在网上颇受好评，正在向着第一名发起冲击。可是，父亲他又怎么能够知道呢？

网上拉票处于白热化。要知道，这次投票的设计是有考量的，每人总共只有一回投票的权利，要想得票多，就得多转发链接。因此，所谓拉票实质是在拼人脉广、拼朋友多、拼办法活。我们这个家族此时显示出人多势众力量大的特点。大家分头在自己的微信群、朋友圈广为转发链接。在下午1点多的时候，第一名和第二名之间已经有了一些差距，但第二名似乎不甘示弱，看得出，他们还在组织力量试图反超，还在使出浑身解数做最后的拼抢。

请为我的97岁的老父亲（爷爷）投上宝贵一票。让病中的老父亲（老人）开心高兴。当这样的文字出现在微信群里面的时候，是具有一定的煽情效果的。更重要的是作品本身的质量和形象美感，赢得了众多点赞。整个下午，父亲的得票数在持续高涨。网上出现的不少留言让人感动：作品正气凛然、画风很正，对当前的抗击新冠疫情，对国家的反腐倡廉都有重要意义。已转发、赶紧转发、正在发动。遥遥领先、冠军无悬念、已把第二名甩出半条街，等等，微信群、朋友圈里热情满满、士气高昂、气场十足。

晚上6:00的时候，父亲的得票已经将第二名拉开了1000多票的差距。晚上8:00的时候，父亲的得票更呈现井喷态势，得票数持续走高，分分钟之间就几十、几十地向上攀升。再看此时的第二名，那得票几乎已经定格不动了。我猜想，大概他们分析到了第一名力量的强大，明智地选择了主动放弃，不再做无谓的争取了。这边厢，原计划使用的预备力量也不需要启用了。

令我感动的是，网上许多朋友都在不遗余力地转发投票链接，确保了老父亲的得票率持续攀高。到当晚10点仍有不少朋友来电，问投票链接在哪里，并表示了抓紧转发的意愿。到夜间11:55投票截止的时候，父亲的得票已经稳稳地雄居第一，并且超出了第二名一倍以上。此时，家庭群、朋友圈纷纷亮出了祝贺胜利的表情包。

第二天一大早，三哥去医院告诉了父亲大获全胜的消息，父亲只是默默地听着，他的脸上照例未曾出现任何表情。我知道，病中的父亲已经无法知晓他的子孙们所做的努力了，但是他的子孙们切切实实是把这一次拉票当作一次行孝的过程对待的。

此次网上拉票让我彻底下水了，也让我对这样的拉票产生了新的认知。生活原本是多彩多姿的，活跃生活、增进友谊、扩大影响、争取荣光，这应该是微信拉票的原始驱动力。生活中有些东西，你可以不喜欢，你不参与就是了，但不必轻易地指责和否定。就网上拉票来说，毕竟是带有娱乐游戏性质的东西，结果怎样其实并不重要，关键是享受互动的过程。当然，网上拉票的结果千万不可完全当真。

喜鹊湖船娘

古镇溱潼处在水乡泽国的里下河地区,浩瀚的喜鹊湖是最能代表溱潼水乡的地方。

喜鹊湖又叫溱湖,我和许多人的感觉一样,认为叫作喜鹊湖似乎更能引人入胜一些。喜鹊湖"昔多喜鹊飞集",它的来历颇为神奇,神话的故事很多。一说当年在喜鹊湖的上空,曾有金龙与一大群喜鹊相遇,喜鹊们啄住龙尾盘旋飞舞,蔚蓝的天空金光灿灿,一派祥瑞之相,喜鹊湖因而得名。此类传说当可存疑,姑且听之,但大批喜鹊栖息此处,亦说明了这里自然环境的优越。

喜鹊湖的风光自然秀美。湖的那边住有几百户人家,从事烧砖、种菜、打鱼等的生计。我第一次来到喜鹊湖时,是在20世纪的80年代初,这片水域的浩荡和宁静让我十分惊异。那天我们租了一条小帮船驶离了湖北口,正午时分,来到了喜鹊湖的中央。阳光照在碧波万顷的水面上,波光潋滟、水天一色。喜鹊湖的水体清澈见底,坐在小船上可以清晰地看到水草在水下飘拂,鱼儿在来回游动,几只喜鹊栖息在船篷上叽叽喳喳地叫唤。蓝蓝的天上白云飘。远处,岸边的芦苇丛随风抖动,一群家鸭在水面追逐，几个小男孩骑在水牛上嬉闹，湖上人家的炊烟袅袅升起。几条撑着风帆的渔船在撒网，装砖头的、打鱼的，还有摆渡的船只不时从我们的小船旁边掠过。

这些年，我来过喜鹊湖好多次，感觉每次来都有新变化。随着开发力度的加大，这里的建设、规划、管理都上了档次，原先的湖面更加阔大了，优质的水体和生态得到了保持，旅游的项目日渐增多，可以说这是一个生态修复保持完好的旅游景区。被评为国家5A级景区以后，这里的湿地、温泉、麋鹿、科普馆，尤其是原生态的自然环境，受到中外游客的啧啧称赞和热烈追捧。

人类有着与生俱来的恋水情结。有水自然有船，许多人都很喜欢水上活动，喜欢划船，也喜欢坐船。喜鹊湖上一年一度的会船节，早已是远近闻名。在我看来，坐龙舟、画舫也好，机器的、篙子撑的也罢，总是不如摇橹的那么有情调、那么有诗意。近年间，我多次邀三五好友荡舟喜鹊湖上。一边观看船娘婀娜多姿的摇橹身影，一边聆听船娘唱着当地的民间小调，一边欣赏湖边的田园风光。当风声、鸟声、水声、歌声声声入耳的时候，那心情真的轻松自在，那感觉真的妙不可言。

船娘是悠悠湖水中赏心悦目的景致。据说，船娘起源于隋朝，隋炀帝从大运河来扬州，偏爱美女背纤，催生了船娘。此后，历朝历代都不乏船娘的记载。清代文人墨客的笔端多次出现过船娘伴游，民国时期的文人则称之为"赏心的乐事"。那时的船娘带给世人的形象似乎有点复杂，妩媚、浪漫、暧昧……三潭印月的西湖，桨声灯影的秦淮河，白塔倒映的瘦西湖，都曾有过船娘的身影和传说。那些故事，有的哀婉动人、有的缠绵悱恻、有的坚韧励志。随着时代的变迁以及人们审美观的变化，船娘从曾经的风行，变得销声匿迹，现在重又走到了世人面前。

我认识的船娘叫阿红。40岁刚刚出头。圆圆的脸蛋，眼睛大而有神，一副精干模样。几次见到她，都是头上梳着一个鬏，包着一块头巾，腰间围着围兜，一身的蓝印花布衣裤，上面点缀不少小白花的图案。阿红端庄干练，走路很快，说话的声音像铜铃一般动听。

阿红原本是一个下岗工人。企业改制了，阿红有很长时间不适应。有的工友居家带小孩，有的工友自谋职业，也有的工友成天搓麻将。阿红本是勤劳之人，她正在一个私人企业打工。听到喜鹊湖旅游大开发要招一批船娘的信息，阿红有点心动，可又有点胆怯，她好像放不开面子。

阿红当船娘确实很费了一番周折。她老公的意思是，这么大的喜鹊湖，周边能赚钱的行当多了去。不说帮人家打工，就是螃蟹、鱼虾呀、鸡鸭鹅呀、螺蛳、河藕等都可以拾掇拾掇赚钱。再不行，田里长的新鲜蔬菜，摘去卖卖，也能养家糊口呀。干吗要去当什么船娘呢。他们的内心深处，是担心船娘这个职业的名声不太好。

也难怪，喜鹊湖周边过去交通闭塞，出行上街只能依靠船只来往，"咫尺往来，皆需舟楫"。人们世代过着自给自足的生活，这就让不少人思想守旧背时。谈起风景区招船娘一事，有人说，船娘，不就是卖艺、卖笑吗。

喜鹊湖偏于一隅，它远离大城市，开发时间短，名气不如其他湖那么响。因地制宜开辟船娘伴游是这里旅游开发不错的创意。风景区的领导把有意向的姐妹们组织起来，讲今非昔比，讲创业不分贵贱，讲旅游项目的亮点，讲现今船娘的工作性质和内容，更将她们组织到外地参观学习。周庄的船娘都亮相米兰世博会了，扬州瘦西湖的船娘还有不少是大学生呢。这终于让阿红们思想开了窍，也让田大槐们闭上了嘴。

船娘的技能是划桨摇橹。长在喜鹊湖边的阿红，自小就会玩水，撑船摇橹的技艺很是娴熟。船娘要会唱歌。阿红读中学时曾经是文艺宣传队的骨干，又是天生一副好嗓子，唱起歌来像百灵鸟似的。短暂的培训后，阿红她们就走马上任了。

喜鹊湖船娘上岗，在当地是一件亘古未有的新鲜事。报纸电台采访，电视台报道。阿红接受采访时充满水乡女子的骄傲与自信："来喜鹊湖呼吸新鲜空气吧，喜鹊湖船娘邀请各方客人来喜鹊湖旅游。"一下子，阿红、连珍、兰英、和凤、根娣等船娘就成了当地名人。不长时间里，船娘们多次收到游客的表扬信，被评为市里的巾帼建功先进集体。

我几次陪客人游喜鹊湖都正巧坐的阿红的船。留意观察，阿红很热爱自己的工作。她总是笑盈盈地站在船头迎候客人。她注意学习时事政治，以便与游客交流。她的船上备有应急小药箱，以供客人不时之需。阴天，她会准备好雨具。游客怕风寒，阿红会多带两件披巾。客人手机没电，她会递上充电宝。上下船只，她主动搀扶行动不便的游客。她还经常把小船摇到湖中心停止摇橹，让小船随着微风轻轻地晃动，让游客充分体味"景在岸边留、人在画中游"的美妙意境。

阿红摇橹的动作飘逸、轻盈。上得船来，船娘会轻声招呼客人："坐稳了，系好救生衣哦。"继而篙子一点，船儿离开岸边，随即双手摇橹，船儿随着橹的上下悠悠向前。小船在水波中摇曳荡漾，阿红臀部腰部的曲线起伏，倒映在湖水中的身姿，构成喜鹊湖上一道流动的靓丽风景。

阿红擅长民歌，她的原生态的嗓音高亢嘹亮。一路上，阿红一边摇橹一边敞开嗓门，给客人们唱起家乡的经典民歌。《水乡小调》《拔根芦柴花》《小放牛》《杨柳青》《好一朵茉莉花》等等，悦耳的歌声在寂静的湖面上久久回荡。阿红准备的歌曲真不少，客人们点的，阿红大多数能够唱出来。客人们听到那些熟识的民歌会与阿红互动，这边唱，那边和。几条船拢在一起的时候，歌声此起彼伏，响彻湖面。此情、此景、此境，让游客们乐不可支、悠然自得、陶醉其间。有客人下船时给阿红小费，阿红都是坚持推辞，"客人在喜鹊湖玩得开心，我就高兴"。

冬去春来，寒暑交替，喜鹊湖船娘的肤色变得黝黑泛红，风景区也美名远扬。我不知道，阿红们给喜鹊湖带来了多少经济效益。但我知道，阿红们的自我价值得到了生动体现。我也知道，喜鹊湖在旅游界的声名鹊起包含了她们的贡献。我还知道，跟着船娘游喜鹊湖是一种诗意的享受。

小夏和小钟

小夏和小钟是一对小夫妻，30岁不到的他俩生了两个小孩，在这个新的居民小区大门口开了一个菜鸟便民小店，专门承揽快递业务，外带一些小百货。

一年不到，小店的生意很是火红。原因是小两口待人和气、做事认真、十分敬业。小区的住户们都熟悉了他俩，愿意来菜鸟小店买东西，取快递、寄快递都乐意找他们。

不期而来的新冠病毒疫情让这座城市迅速沦陷，感染的病例日渐增多，网上常有令人心碎的消息，道路封堵、小区封闭，商业网点、娱乐场所关停，小区周边的店铺基本上都关门歇业了。小区住户以前的日常家用是到附近菜场购买，现在大部分人选择定时送达的网上采购，但经常碰到商品告罄的消息或者有样品无现货的情况，那些不会网购的老人们就干着急了。购货渠道受阻，政府和有关部门在想法解决，但处理起来毕竟要有个过程，人们驻足在家，生活不便，难免产生焦虑和恐慌情绪。

小夏夫妻俩上有老下有小，原来也想关门歇业，避避风头的。可是他俩想，小店的租金要付、水电费要交、一家老小要开销，没了来源怎么行？虽然这个时候小店关门十天半月还能承受，但小区那些住户们可就难上加难了。他俩一合计，我俩正年轻，身体好，开门做生意虽有风险，但只要做好防控，能为小区的住户排忧解难不也是一点贡献吗？"我们愿意做点拾遗补缺的事，就权当我们做一回志愿者吧。"他俩把这个双赢的想法说给社区领导听，得到了肯定和支持。

在向社区报备，将防控保护的准备工作做妥后，他们的小店公布了坚持营业的消息。

菜鸟小店在这个特殊时期继续营业的信息在小区内传开了，住户们紧锁的眉头稍稍舒展了一点。这可是风声鹤唳、日用品紧缺、购买渠道不畅、出入小区不便的情况之下发生的惊喜啊，住户们都特别的感动，"这是为我们送来的及时雨呀"，大家为这两个年轻人的善行感动不已。

城市出入的通道完全封闭了，普通的联系都已经中断，快递业务处于停摆状态。小俩口了解到，小区住户们一日三餐最缺的是生活物资。尽管过去从没做过这一行，但他俩硬是想方设法，克服重重困难，终于打通了肉蛋、瓜果、米面、蔬菜、牛奶等的供货渠道。

为了准确无误、及时快速将商品货物送达住户手中，他俩迅速建起了小区住户购物群，一手组织货源，一手用网上接龙的方式登记需求，同时公开价格、承诺质量、编成流水、做好预告、及时分装。隔天上午十时前，将包装物消杀好，编好号头，送到小区大门口，让小区住户自行来取。

这个小区有一定规模，住有大几千人，仅这个购物群就有四五百号人。各家各户的需求不一，数量不等，做好保障送达不是一件简单的事，因为他们总共才有两个人呀。正是大伏天，高温酷暑，要完成订货、交接、分拣、包装、分送、收付款，他们总是汗流浃背，挥汗如雨。以往，菜鸟小店每天上午9点开门，晚上8点打烊，如今小两口吃住都在店里，夜晚就用纸板打地铺将就着睡觉，几乎是24小时全天候地为小区的住户们服务。

小两口一边接单、一边送货，尽可能地满足住户的合理需求，成天忙得不可开交。有的住户居家隔离时间长了，有点焦躁，不停地发问催货，小夏他俩总是不厌其烦地耐心说明。一天，一住户在群内吐槽，说是收到的土豆发芽了。小夏见后连连道歉，"太忙了，很抱歉，没能发现这个情况，请放心，保证全额退款"。牛奶、肉蛋等是鲜货，必须冷藏，不能暴晒。到货后，小钟戴着口罩、穿着防护服、站在小区大门旁，用手机不停地招呼订户快来取走。烈日炎炎，小钟浑身上下的衣服都湿透了……

小区里有几个老年住户的子女不在身边,吃饭存在问题。他俩听说后上了心,再留意打听,原来,这几位老年住户一直都是保姆来给烧饭的。疫情爆发后,保姆出入不了,老人家吃饭就成了问题。他们便及时将情况向社区反映,主动与外卖联系,并且和小区保安衔接,妥善解决了这个难题。前日里,小区北边有个庄台发生疫情,实行全封闭管理。社区找到小夏,希望他们临时几天帮助那里的住户配送生活物资,小夏俩二话不说,马上接受了任务。

在这 10 天的时间里,小两口的工作量相当于原来一个月的工作量。视频里能看到,小两口明显瘦了一圈,见此情形,小区的住户们都十分感动,止不住地致谢。大娘大嫂们反复叮嘱他俩,千万千万保重哦。

小夏和小钟有两个小孩,这些天就全交给爷爷奶奶了。这一家人从未分开过,10 天不见爸妈回家,小家伙便吵闹着要到店里来。小两口只能抽空给小孩视频,"爸妈忙什么,也不回家,想你们呢""乖孩子,听爷爷奶奶的话,爸妈在忙着大事呢""爸妈注意安全啊,这是爷爷奶奶关照的!"关上视频,小两口相拥一起、哭成一团。

菜鸟小店做的小本生意,利润薄,疫情中的生意又特别烦杂,但小夏和小钟无怨无悔地做着。他们的小店开着，如同茫茫雾海里闪烁的灯光，虽然微弱却传递出希冀、爱心和力量。这小俩口确实是在维持着自己的生计，与此同时，他们的付出极大地方便了疫情中的几百户小区住户，受到了小区住户的交口称赞，得到了社区的高度评价。这些天，小区的住户们早晨打开微信，总要先给小俩口问候一下，要他们注意保护自己。大家说："这是两个很不错的肯吃苦、肯奉献的年轻人。""他们在用自己的便民行动为抗疫做贡献。""他们的菜鸟小店很温馨、很可爱。"小夏和小钟对此的回应是，自己的内心有一种以往从未有过的充实和满足，因为自己所做的事情有意义、很值得。

在病毒肆虐的日子里，人们的身边每天都有无数感动的事情发生。那些英勇逆行的白衣天使，那些社区工作人员、机关干部、公安干警、志愿者，还有无数个平凡而实在的小夏和小钟，一同汇聚成了我为人人、人人为我、互相关爱、共渡时艰的强大力量！

证婚雅谈

1

正月里喜事不断,好事连连。今年正月,我又被邀请做了几回证婚人。多年的证婚经历,让我感触很多。

男大当婚,女大当嫁。结婚乃是人生的重大事情。现在人们的生活条件好了,物质条件富足了,对结婚特别慎重和隆重。尽管各个家庭的状况千差万别,但对于婚礼的重视却是普遍趋同。个中原因很有点复杂,包括文化传承、环境气候、攀比心理、偿还人情,等等,总之,比较难以说得明白。

结婚典礼属于一种生命礼仪,意味着婚姻得到了法律的认可和社会的承认。婚礼的筹备乃是重中之重,亲朋好友、关系人的邀约,场地的预定,司仪主持的确定,证婚的邀请,程序的排演等等,明明知道这一套都是繁文缛节,既烦琐又累人,明明知道要婚事简办、勤俭节约,可人们还是照样乐此不疲。

如同中国的春节,举国上下隆重、执着、热烈、欢庆的程度超过了世界上所有的节日,也曾有人试图改变之,结果可想而知。看起来,对那些在民众中已经根深蒂固的文化传承，对社会发展前进又无大碍的东西，只能因势利导，试图动摇它、改变它，结局一定事与愿违、适得其反。

2

当下的婚礼有中式的，有西式的，也有中西合璧的。婚礼在许多地方都已经约定俗成，仪规和程式基本上也都是大同小异。

大凡正规的婚礼都离不开证婚这一重要环节。人们普遍的认识是，证婚人须有一定资历和阅历，应是新人双方比较信赖、尊敬或者辈分较高的长辈。为此，新人或者他们的家长总要花费点心思，在自己熟识的圈子范围内找寻，亲友、邻居、街坊、老师、领导，请谁出来证婚更合适？一番比较斟酌之后，再登门约请敲定。

我被邀请做证婚人至今已经20多次了。被邀请出场做证婚人，我以为是一种荣耀，是一种信任，也是一种托付。每每接到邀请，特别是那些自己眼里看着长大的小孩走进婚姻殿堂，我总是有一种时间都去了哪儿的感慨，我总是不敢有丝毫懈怠，总是认真地做足功课。

3

证婚人是婚姻合法的证明人，类似于许多大型活动出场的公证人。如何将证婚人的角色扮演好，我有一些体会。

从个人的着装方面说，虽不需要西装革履，衣冠楚楚，但需要得体、整洁、大方。从精神面貌方面说，需要面带微笑，抖擞精神。从内容方面说，需要熟悉新人双方的相关情况，有关的背景性资料更要掌握，这样的证婚才有鲜明的指向性。

当然，最最重要的还是证婚词的内容。证婚作为婚礼的一个重要环节，虽然属于程序性的安排。但是，一个好的证婚一定会为这场婚礼增色许多，一定会给现场的宾客留下深刻难忘的印象。

我以为，一个完美的证婚主要还是取决于证婚词的内容、对内容的表达形式及效果。

4

参加婚礼庆典的宾朋亲友少则几十人，多则上百人。场面气氛必须把控和引导好，这自然是司仪主持人的事情。尽管证婚只是婚礼诸多环节中的一个，时间也不长，但调节气氛、引导情绪的工作应是责无旁贷。多年来的经验告诉我，证婚词既要雅俗共赏，又不能俗不可耐。既要气氛热烈欢快，又不能满嘴跑火车。

核心要素是：一要把喜庆贯穿证婚词的始终。喜结连理是人生大事,是喜气洋洋的大事。无论新人还是他们的亲朋好友,都是奔着庆贺喜乐而来。证婚词的用语要轻松活泼,充满喜庆,及时送上诸如相亲相爱、白头到老、永浴爱河、早生贵子之类祝福的话语,绝对必要。二要诙谐幽默,寓庄于谐、亦庄亦谐,为婚宴增添乐趣、增加欢愉的氛围。三要追求高雅、避免低俗。食色性也,婚姻固然离不开两性关系,还是要讲究荤菜素做,反对色情、抵制情色。四要短小精悍、忌讳冗长,因为这里不是学生上课的课堂,不是报告的讲堂,你宏篇大论,滔滔不绝,势必冲淡主题。五要声音宏亮、口齿清晰。最好脱稿讲,还须注意台上台下的互动,提升全场的欢乐效果。

5

证婚词的生动有趣,饱含思想性和艺术性,依赖于生活的积累和知识的储备,有时也要针对现场的情况,譬如小两口的姓氏、工作性质、服饰、父母表情、国内外大事等临场发挥、随机应变,为婚礼增添喜庆欢快的氛围。

记得还是在高邮工作时,有次被临时邀请做证婚人。男方的父亲是我的同事,一对新人从小就是同学,现都在南京工作。我脱口而出,请小两口结婚以后要经常回家看看、关心家乡、关心父母，再来上一句，"多吃双黄蛋，早生龙凤胎"，参加婚宴的宾客皆乐不可支，高邮双黄蛋从此多了一句经典广告语。

6

作为证婚人，需要以过来人的身份，做一些言简意赅地劝导，积极传播正能量。

一对男女走到一起一定是缘分使然。婚礼需要隆重也需要节俭，婚礼需要认真但不要攀比。说到底，婚礼只是一个仪式，更重要的是婚后的长久相伴和长期相守。如今有些人视婚姻为儿戏，稍有不如意，马上撕破脸皮，以致离婚率居高不下。婚姻破裂给家庭、给社会带来的不安定已经是值得关注的社会问题。

婚姻固然是两个人的事，但它又绝不仅仅只是两个人的事，它还属于两个家庭的事，属于两个家族的事。因而，婚姻双方一定要持慎重的态度。结婚了，少了的是花前月下的浪漫，多了的是油盐酱醋茶的具体。只有互相理解、互相支持、互相搀扶、互相包容的婚姻才是美好的婚姻。只有善于经营、勤于打理的婚姻才是圆满的婚姻。

结婚了就意味着多了一份沉甸甸的责任。如果说婚前常常是独来独往的话，那么，婚后就要更多地考虑对配偶负责、对家庭负责、对家族负责、对社会负责了。看起来，开展忠于爱情、将婚姻进行到底的教育是完全必要的，开展结婚宣誓，终身践诺婚誓也是完全必要的。

7

好友黄君做事很用心很留意。年前他来我处喝茶，谈及证婚话题，他认真地说道，我统计了，你证婚的20多对婚姻，至今无一例离婚的。消息传出，前来找我证婚的日渐增多。凭心说，此事需要耗费一定的精气神，更会占用许多时间。我心地较善，又不太好意思拂了人家的好意，左右为难。找来黄君说与他听，他一拍大腿笑眯眯地说道，好事一桩，不妨趁势注册一个证婚公司，找几个人参股，立马开张，生意一定很红火。听罢黄君那怪模怪样的一番话，一旁的妻子随即应答，不如今天就去注册吧。屋子里的几个人捧着肚子笑了大半天。

第五辑 大地印痕

冲绳印象

最近几年的春节长假，我们一大家子都是外出旅游。2019年元旦还未到，大家就讨论起猪年春节旅行目的地了，一致的意见是去日本冲绳。于是，孩子们准备了功课、做起了攻略。正月初三，我们开始了5天的冲绳之旅。

温情背后的悲情色彩

从南京禄口机场到冲绳那霸机场，飞行时间不到两个半小时。

在我国明朝时期，冲绳（琉球）是对明王朝臣服的藩属国，也是具有独立主权的国家。1879年，这个完整的国家被日本武力强势吞并。日本不仅推翻了琉球独立的王朝，还毁灭了它的运行体制，更从根基上铲除了它的文化（语言）。

踏上冲绳的土地，有心人能够感受到它繁华、温情背后的悲情色彩。

首里城是冲绳最著名的景观。这是一个明显带有中国唐、明朝风格的宫廷建筑群。依山而建的亭台楼阁，高超的石垒墙技艺，威仪庄严的建筑格调，可见昔日的威权与繁华。这里既是当年的琉球皇宫所在，也曾是我国明、清朝册封的场所，是琉球王国政治、外交、文化的中心。然而在 17 世纪以来的几百年里，它历经战火，饱受屈辱，国王被掳，国家灭亡，豪华大殿被付之一炬，化为灰烬。现在游人们所看到的建筑物，几乎都是依照当年绘画和回忆，重新复原而成的。

万座毛是冲绳的知名景点。毛，在冲绳是草地的意思。这个景区位于海边的一座断崖上，是较为典型的石灰岩地貌，它面向东海，以一个伸向大海的象鼻山和悬崖上的一大片草坪而得名。海岸边是陡峭的悬崖，远处的海浪汹涌而至，与近海的礁石撞击形成了巨大浪花和轰然声响，尽显大自然的雄伟气势。

美国村是基于美国风情的都市休闲小镇。美国村的建筑风格完全是美式的，虽然缺少摩天大楼，但酒吧、餐厅、娱乐、超市以及汇聚最新时尚消费的小店，沿街商铺的装饰、装潢、广告，街头弥漫的音乐等，都是典型的美国情调，迥异于冲绳其他地方。美国村无疑是美军存在的象征，街头上脱了军装的美国大汉随处可见，夕阳西下，美国村的标识——巨大的摩天轮在缓慢转动，现代文明下存在的特殊殖民现象发人深思。

五花八门的旅游胜地

冲绳的主打产业是旅游业和海洋业。58号国道贯穿本岛。迷人的亚热带风光，阳光灿烂、空气湿润、雨水充沛、植被丰厚，全年气温平均23摄氏度。连片常绿的棕榈树、槟榔树和白色沙滩、蓝色海水，构成了一幅幅美丽的图景。

冲绳的旅游用五花八门来形容，绝非贬义，当地的旅游推销广告就是这样宣介的。在冲绳，能够让人感觉到琉球文化、殖民文化、海洋文化的五彩斑斓，也能让人感觉到旅游项目的多姿多彩。

许多游人称冲绳是东方夏威夷，是因为这儿的海水层次丰富、变化多样，显现出别样的美丽。冲绳近海海底有着丰富的植物、礁石、珊瑚等，晴空万里、白云飘飘、阴雨绵绵、阴霾笼罩，在不同的天气条件下，这里的海水会呈现出不同的色彩。时而深蓝、时而宝蓝、时而湛蓝、时而墨绿、时而深褐。海风轻拂，站在白色沙滩上，观看变化多端的海面，游人的心绪也会随着潮起潮落尽情地放飞。

冲绳县由一条1000多公里的岛屿链和150多个岛屿组成。冲绳本岛2000多平方公里，海滩就有40多个，众多参与性的海上项目，如潜水、冲浪、空中滑索、出海观鲸等，吸引了不少游客。冲绳有很多离岛，大部分已经开发了旅游项目。稍近的，需要坐船。稍远的，要坐飞机。古宇利岛算是最近的，一座两公里的大桥将它与本岛连接起来。观赏蓝天碧海是到此一游的重点。古宇利岛又被当地人称作恋人圣地，岛的外侧有两块呈心状的石头，寓意恋人的心心相印，不少恋人以此为背景拍照留恋呢。看起来，地老天荒的爱情题材，也是极具旅游开发价值的。我国的青岛、珠海等也都有这样成功的范本。

作为曾经的琉球王朝的权力中心，这里的建筑风格和文化习俗与日本本岛有着明显的差异。我们所参观的首里城、波上宫、琉球村、万座毛等，都带有浓郁的琉球风情。冲绳中部的琉球村，是数百年前的琉球时期生产、生活状况的集中展示，从陈列的民居、民俗的展览中，从传统服饰体验和艺能表演中，从太鼓舞的激情敲打中，都能够让游人感受到琉球文化的独特魅力。

旅游业属于第三产业，作为服务业的繁荣发展，冲绳以及日本在这些方面是值得借鉴的。在这里，城市化进程已经完成，城乡实现了一体化，环境整洁干净、待客彬彬有礼、餐饮精致卫生，这些是给游人留下的美好印象。旅游业离不开服务。什么是服务？什么是被服务？人们到此一游就会找到诠释。是的，世界上各民族都有各自的优势，也都有各自的不足，只有相互包容、相互取长补短，才能够构建人类命运共同体。缺乏包容宽容精神，采取排斥、抵制的态度，显然是胸襟不大的短视行为。

祈求平安的吉祥宝物

冲绳的吉祥物是狮子。当地人称石狮爷、石狮公，也叫作琉球狮子。这里的狮子不是来自动物园，更不是来自山林里，而是带有猛狮外形的各类装饰物。这是在冲绳随处可见的一道靓丽风景。

这里的狮子的外形与我国各地的狮子大致相似。给人的感觉是，灵动中透出威猛，庄严里透出机敏。狮子是冲绳人的吉祥宝物，主要是起守护神的作用，负有驱魔压邪的使命，属于纳福辟邪的镇宅之宝。我们见到的狮子，基本上都是成双成对出现的。导游告诉我们，一只是公狮子，大张着嘴巴，寓意是把厄运吐出门外。另一只是母狮子，紧闭着嘴巴，寓意为把幸运留在家中。

狮子的材质主要是石头、陶土，也有水泥、青铜之类，经过艺术处理加工，掺杂进主人们的主观想象后，出现在人们眼前的，就是色彩华丽的各种艺术造型。冲绳狮子的款式繁多、造型各异，其模样也各有特点，有的雍容华贵，有的慈颜善目，有的威严肃穆，有的娇态可掬……

在冲绳，无论民居还是商家几乎都摆放狮子。它们大小不一，形状不同，形状各异，或站着，或蹲着，或镶嵌墙上，或在印刷品中。住宅屋顶、商场酒店大门、船首、桥头、售票处、游戏机顶，甚至碗筷、调味品瓶、纪念物，几乎都能见到狮子的身影。狮子在冲绳无处不在、无时不有，足见当地人对于狮子的钟爱程度。

相传冲绳狮子还是我国明朝时期流传到琉球的。冲绳西临东海，东濒太平洋。历史上这里的人们饱受海盗、列强的残害，赖以生存的海洋渔业生产经常遭受惊涛骇浪的袭扰，每年还有强台风肆掠，历经劫难伤痛的人们对大自然充满敬畏和恐惧，他们期望安宁、祈求平安的心理就是十分自然不过的了。作为守护神，冲绳狮子既是信仰也是图腾，还是祈愿，它已经是一种文化氛围、一种历史传承、一种精神寄托，寄寓着冲绳人祈求平安顺遂、幸福吉祥的朴素而美好的心愿。

寓教于乐的海洋科普

冲绳的海洋馆据说是东南亚规模最大的海洋展览场所。这里是接受海洋科普的好去处，它注重将展示的内容与大众喜闻乐见的形式相融合，寓教于乐的海洋科普方式确实让人有别开生面之感。

冲绳海洋馆入口处矗立着一个 10 米高的巨大的鲸鲨雕塑，彰显着这个海洋馆的特色。要一次性饲养数条体型庞大的鲸鲨是世界性的难题。但是，冲绳海洋馆以人工繁殖鲸鲨为目标，人工饲养多条鲸鲨已经获得巨大成功。这个海洋馆人工饲养40年的公牛鲨和人工饲养23年的鲸鲨，都已经成为当今世界纪录的保持者。

海洋馆共分为两大块，一部分为水族馆，另一部分是海边景区。

水族馆的水吨位、鱼种类、水槽厚度、鲨鱼种类，等等，都堪称世界第一。这里有着全世界最大的亚克力观赏窗，有着全球最大的珊瑚展示，它还拥有深海、近海、浅海的上千品种的鱼类。在这里，游人可以观察并触摸各类珊瑚礁，可以多角度地观赏五彩缤纷的热带鱼，还可以考察鲸鲨特殊的生态环境。那些白鲨、虎鲨、公牛鲨、鲸鲨近在咫尺，那些不知名的斑鱼自由游弋，还有那叫做鬼蝠魟的稀有鱼种的优雅泳姿等，都使得游人大开眼界，获得了许多关于海洋的新鲜知识。

水族馆设计的展览线路实在是别具匠心。由于冲绳周边海域是由黑潮、珊瑚礁和深海构成，这三项要素形成了海洋生物的栖息环境。这里的游览路线也就循着海洋沿岸、海面和黑潮的路线，将游人逐步引入深海。通过游人的观赏和导游的介绍，游客们充分领略到大海的美丽、神奇和珍贵。

海边景区主要是海龟馆、海牛馆、海豚剧场、海豚湖。最吸引游人的大约就是海豚表演了。在海豚剧场，几十只训练有素、动作敏捷的海豚，在表演池边或拍手鼓掌、或摇头摆尾、或爬上池边，摆上各种Pose，与观众互动，向游人致意。表演的高潮部分是8只海豚分两侧跃出水面的瞬间，海豚划出的空中优美弧线，入水时的优雅姿态，博得了观众们热烈的鼓掌和喝彩。但是，也有一只体态肥硕的海豚，跃出水面时动作明显变形，坠落水中时激起了一池水花，引得游人们满堂哄笑。

八重岳的樱花绽放了

日本号称樱花之国。冬春季节在冲绳旅游，可以观赏到最早盛开的樱花。

在日本传统意义的赏樱，从最南边的冲绳到最北边的北海道大约有三四个月的时间。冲绳地处最南端，樱花开得也最早。尚处在早春时节，冲绳的樱花就已经悄没生息地绽放了。冲绳的樱花不像人们常见到的，譬如，东京、箱根等地的樱花，一列淡淡的、粉芍芍的。冲绳的樱花学名叫作寒绯樱，这种樱花不似梨花的雪白，也不似杏花的粉红，它有别于日本其他地方的樱花，有着桃花般的殷红，特点是，花期早、花瓣多、色调艳。

我们是在冲绳北部的八重岳观赏那里的樱花的。八重岳是冲绳最早开花的赏樱地，这儿的樱花栽植在一片山坡上，7000多株樱花绵延几公里，形成了著名的八重岳樱花景观。

"天街小雨润如酥"。刚下过一场小雨，八重岳的空气更加清新可人。只见得山坡的两侧，樱花树的枝头上，开满了大大小小的花朵。此时的樱花树，并没有几多绿叶，只有一簇簇的绯红色的花朵在尽情地竞相绽开，颜色极其艳丽。樱花树如果只有几株或者几十株，或许倒不见得给人们以强大的视觉冲击力。正是由于树多而密集，樱花盛开时，才更见其强大的气场，也才更显其非凡的阵势。伫立山头，放眼望去，漫山遍野的樱花开得正艳，仿佛旭日东升的朝霞，又仿佛鲜花盛开的桃林。一阵微风吹过，樱花树枝头的花朵轻轻摇曳，绯红色的波浪轻轻荡漾，给人美不胜收的感觉，正是"红杏枝头春意闹"。看到这些生机勃勃的充满生命力的场景，游人能强烈地感受到扑面而来的春天的气息。

导游小黄是一个来冲绳已经10年的福建人。我问他，比较起东京、北海道等地的樱花，哪里的樱花更好看呢？他脱口而出，"还要问吗，肯定是冲绳的啦"！听到这自豪且自信的回答，一旁的游人都忍俊不禁，欢快的笑声飘荡在八重岳的山坡上。

冬季来到北海道

一年之中,我到日本旅游了三次。年初在冲绳,年中在东京,年末在北海道。这在我的一帮朋友中算得上翘楚了。

有人问,你日本不是去过了吗,为什么还要去多次呢?这个问题,既好回答也不太好回答。其实,对一个旅游目的地而言,不同的时间、不同的季节、不同的天气、不同的角度、不同的心情、不同的伙伴,其观感都会大相径庭。又何况,日本是一个文化背景特别、旅游景观差异性巨大的国度呢。

知道北海道,最早是源于那首著名的北海道民歌——《拉网小调》,高亢、激越、优美的旋律,极其生动地展现了北海道渔民的劳动场景。或许可以说,正是这首具有浓郁地域风情的民歌把北海道推到了世人的面前。

我曾经去过北海道。那是在四年前的夏秋之间,从东京飞到札幌,在那里逗留了四五天。尚未到深秋,北海道的大地依然一片葱茏,鲜花盛开,郁金香、熏衣草竞相怒放,到处郁郁葱葱。空气清新可人,弥漫着阵阵清香。小樽河的玻璃器皿、富田野的花卉、阿寒湖的自然风光，都给我留有下深刻印象。总体感觉，北海道完全没了都市的喧嚣，农田、森林、原野、山谷、河流、湿地，习惯了都市生活的人们，在北海道可以找到回归大自然的感觉。

可是，北海道的冬季是什么模样呢？友人介绍说，北海道的雪景最值得一看，北海道的冬天最具有旅游价值。就冲着这一条，我们一行在这个冬季来到了北海道。

我们是从上海浦东直飞北海道的。傍晚时分，飞机降落在北海道首府札幌的新千岁机场。才五点多一点，札幌的天空已经完全放黑，市区已经灯火通明。飞机降落前，我透过飞机眩窗向下观看，地面的路灯、景观灯、车灯，明晃晃的，射向空中、射向远方，在夜色中显得格外耀眼。

冬天来北海道，观赏雪景是旅行的主要目的。现在尚未到圣诞，北海道的雪下得怎样了？出发前留意天气预报，知道这几天北海道是下了雪的。下飞机，明显感觉到了这儿的瑟瑟冷风和严寒天气。坐上汽车去酒店途中，并没有看到飞雪，路两旁的积雪也不算多，内心不免有些怅然。导游仓野君看出了我的心思，说道："前两天才下了雪的，刚刚化了。别急，今晚住道央，明天我们往道南走，从山里面穿过，自然会看到雪景的。"仓野君介绍，北海道的大雪最高峰是在2月份，平均可达到75公分厚,路边的堆雪能达到一人高,暴风雪甚至可以将车辆覆盖,每年几乎都有这种事情发生。

北海道周边都是山。第二天早上,我们一行向道南前进。刚出市区,天空就纷纷扬扬地飘起了雪花。可以感觉到路边的积雪多了、厚了。再往前走,半个小时左右汽车就进入了山区。只一会工夫,眼前就已是林海雪原的壮丽景象了。千里冰封、万里雪飘,漫山遍野白色茫茫,山川大地盖满皑皑白雪,起伏的山峰堆满了白雪,高高的白桦和松树被雪霜覆盖,树干上、枝头上、建筑物上都压满了积雪。满眼尽是琼枝玉叶、粉妆玉砌,分明是进入银装素裹、晶莹剔透的童话世界了。

飘雪,是冬天独有的美丽。雪花,是冬天最美的花朵。北海道的雪像白色的粉面,柔软、洁白、细腻、纯净。雪花轻盈地飘舞,大地特别的安静。汽车在匀速前进,只听到雨刮器不停的摆动声。这个时候,大地的色调最为简洁。远山裸露的岩石和迎面而来的山林呈现出深褐色,与皑皑雪原呈现出的洁白,形成了极为强烈的对比。

车子在雪地中前行,车子前方一座似曾相识的山峰引起大家注意。导游告诉我们,那就是北海道有名的小富士山。富士山是日本的象征。北海道的小富士山,在美丽的外形方面完全酷似东京附近的富士山,对称的轮廓和高耸的姿态,如同富士山的同胞小兄弟。此时的小富士山被积雪完全覆盖住，在浑然一体的白色天地中更显得十分肃穆和壮观。

路过北海道观光胜地洞爷湖，这里水深180米，却不会结冰，原来水底下面有温泉涌动。路过二世谷滑雪场，它是目前北海道最知名的滑雪胜地。遗憾的是，滑雪毕竟是年轻人的运动，于我们这帮年逾60的游客而言，看看过瘾，参与其中却是勉为其难了。下车休息的时候，看到白色的原野上，不时有黑影掠过。导游说，这是日本人心目中的神鸟——乌鸦，它的羽毛乌黑乌黑，眼睛炯炯透亮，经常发出"哇——哇——"的叫唤，给白色的旷野里增添了许多静谧。

去登别"地狱谷"观活火山，是此番旅行的重点项目。一路上，天空阴云笼罩，雪花飘飘洒洒。汽车颠簸得大家昏昏欲睡，忽然闻得空气中满是硫磺的味道。仓野君说，前面的山峰就是"地狱谷"了。"地狱谷"是爆裂火山口的遗迹，名字就有点让人毛骨悚然。"地狱谷"所在的山叫昭和新山，是火山爆发后，地层急速隆起的一座山峰，是目前还在成长运动中的一座活火山。一听说是活火山，徐君怯怯地问，安全吗？仓野君说，近期不会喷发的。得到肯定的回答后，大家沿着步道，迅速靠前。只见得游人络绎不绝，山间有许多温泉指示牌，山谷中浓烟滚滚，雾气腾腾。路旁的山泉潺潺流淌，水面中有许多温泉口和喷气孔,汩汩冒着硫磺味浓重的气泡,泉水像肥皂水般浑浊。此时,山谷里寒风阵阵,天上飘着雪花,但这里的气温明显高了一点,那些雪花瞬间化成雨雾,给风雪中的游人们以一丝温润的感觉;那烟雾缭绕的山口不间断冒出的热水和蒸气,更给游人们以神圣和敬畏的感觉。

登别地区是火山多发地带,丰富的地热和降水为温泉提供了来源。登别是北海道也是全日本最具代表性的温泉区,有"日本第一汤"的美称。在群山环抱的狭窄峡谷里,竟涌出十多种温泉。这里,有温泉镇、温泉街、温泉小区。在一些道路旁边,甚至还有开放的温泉。泉口周边围成一个池子,池顶上面盖个棚子。冬日里,棚子上面覆盖着白雪,池子里冒着阵阵热气,行人坐在池边泡脚驱寒健身,构成了一道颇具地方特色的风景。北海道的众多温泉都是火山爆发后的产物。温泉中含有大量的有益人体的矿物质,来北海道泡温泉是少不了的旅游项目。下雪天泡温泉绝对是一种享受。进入汤池,不一会,就会大汗淋漓,这对于舒展身心、强身健体,对于治疗某些皮肤疾患和慢性病,都有独特的功效。泡池中,水汽氤氲、蒸腾翻滚,泡池外,雪花飞舞、寒风料峭。躺在温热的泉水中,倦怠的身心得到抚慰和放松。一行人都说,这种感觉真的妙不可言。

令人印象深刻的是，北海道的冬天，很少出现封路、道路瘫痪的情况。按理说，这里的严寒冰雪气候，道路出现异常状况也属正常。但是，这里有健全严格的扫雪排障责任机制：下雪前及时撒盐。在一些坡度大的地方，埋设地热。为防止山坡雪崩伤人堵路，坡上安装有多层格栅。弯道风口，装有可以升降的档雪板。在道路旁边，装有冻结提醒和防止汽车跑偏的指示标识等。这一系列措施，保证了道路的畅通，大大降低了交通事故的发生。

大雪下了一夜。早上雪停了，我们一行继续进发，道路畅通无阻。到休息区时，天空放晴，蓝天下的远山覆盖着厚厚的白雪，阳光照在白色的大地上，洁白的积雪银光耀眼。一行人小心翼翼地下车，拍照留影。不知是谁堆砌的雪人，模样挺可爱，调皮的李君躲在雪人后面，与大家打起了雪仗，大家群起而攻之，雪球纷纷砸到他的身上，雪花四溅，一群人呵呵大笑。

汽车在雪地里缓慢地行进。知道我们要去熊牧场参观，汪君提起了棕熊。仓野君给我们讲了不少关于北海道棕熊的轶事。说棕熊可是个大家伙，体重能达到800斤，站立起来有2米高，奔跑速度达60码。棕熊比较长于向上跑，向下跑是它的劣势。由于它底盘高、重心难控制、体态重，向下跑动的速度一快，极易翻滚。熊害怕响器，比如，一听到铃铛、金属的声响，它就会难受。一听到收音机的声音，它会立马避让，躲之不及。听罢，张君立马说道，这下我们有了对付棕熊的办法了。一行人哈哈大笑。仓野君又说，当地是不允许猎杀棕熊的。这几年，北海道棕熊大有泛滥之势。几乎每年都有棕熊伤人的事件发生。去年夏天，一只棕熊竟然跑进札幌市区觅食，吓得居民一惊一乍，直到出动自卫队将它赶上山才算完事。

我们到达熊牧场已是下午，雪依然在下，丝毫没有停止的迹象。这个熊牧场饲养有1600只棕熊，号称世界最大的熊牧场，建有世界唯一的熊博物馆，还有憨态可爱的表演项目。这些棕熊都被圈养在若干熊池里。池子里的北海道棕熊对天空飘起的鹅毛大雪满不在乎，它们张开嘴巴，晃动着脑袋，舞动着前爪，招呼游人给它们喂食。我们在自助购物机投币买了几袋饼干，陆续扔进熊池内。那些熊呆子，十分懒惰，都不肯用爪子接，很多时候，都是仰着头，用嘴巴接游人丢来的食物，那头一伸嘴一张，抢食物的状态很是呆萌搞笑。我们离开时，回头一看，那些棕熊还站在风雪中摇动着前爪，似乎在与游人"拜拜"呢。

灯光是现代城市的妆容。缺了明丽的灯火，少了溢光流彩，城市就没了生气。导游介绍说，北海道的函馆市夜景是世界三大夜景之一。对此盛名，刚开始我心里是有疑惑的。不必说，欧美都市的夜景。不必说，北京长安街、上海浦东的夜景。就是日本东京银座的夜景，也很让人震撼呀。函馆市的夜景又有着怎样的魅力呢？

原来，函馆市地理位置比较独特，整个城市围绕函馆湾和津轻海峡而建。饱览函馆夜景，必须登上函馆山。这是一座不到350米的山峰。我们一行登上缆车，不到5分钟就到达了山顶。放眼望去，远山的积雪尽收眼底，两道海湾呈扇形对称展开，函馆市区就在中间的部位。4时半，城市的灯光已经陆续亮了起来。5时不到，天已完全放黑。眼前的函馆市区沉浸在灯光的海洋之中，那璀璨闪烁的扇形光影，既像硕大的菩提树，又像巨大的蒲扇。我终于明白，函馆市的灯海是以它特有的双弧度曲线美，有别于其他城市的条状、团状、大饼式的夜景，凸显其别致优雅和独树一帜。作为世界的著名景点，函馆夜景果然名至实归。此时，函馆山的透明观光平台上，人声鼎沸，人们不停地赞叹，不停地欢呼，不停地拍摄。函馆山的山顶广场，北风呼号，雪花飞舞……

小樽运河是北海道标志性景观，因电影《情书》闻名于世。玻璃制品、八音盒、白色恋人……几年不见，小樽风景依然、繁华依旧。然而，冬季的雪景使得运河岸风光更加别致，傍晚的灯光与地面的白雪相映衬，使得小樽运河更富有情调、更加迷人。

在北海道旅游，札幌逗留的时间自然要长一些。道厅和计时台的访古、大通公园的灯光秀、电视塔的远眺、大丸百货和狸小路的购物、一风堂的美食、二条市场的海鲜，虽然在漫天风雪中行走不太方便，但大家却兴致浓厚、乐此不疲。比起纽约的中央公园、伦敦的海德公园等，札幌的大通公园其实是一个带状的街心花园。地处城市中心，平日里，白天有许多小商铺，出售小玩意、小商品，夜晚则以灯光秀吸引游人。我们在晚间来到公园边的时候，正是寒风凛冽，小雨夹着雪花，大通公园依然人头攒动。不得不说，这儿灯光秀的设计、造型，都很有特色，色彩变幻、明丽、鲜亮，摇曳多姿、五光十色，成为寒冷的冬夜中的靓丽景观。据说，每年二月，大通公园都会举办大型冰雕展，以此来增添札幌旅游的魅力。

　　札幌的天气也是挺怪的。常常有这样的情形，这个区下雪下雨，到另一个区，却是风和日丽。我们一行离开札幌去机场的时候，出酒店还看见太阳的，刚过十来分钟，天空竟飘起了鹅毛大雪，雪花纷飞、翩翩起舞……雪是柔软的，雪又是僵硬的。雪是大地的精灵，雪是春天的使者。雪中的北海道，就是如此令人着迷、令人神往。我知道，待到春暖花开、冰雪消融时，北海道又将是另一番美丽的容颜了。

木棉之城——攀枝花

我最早知晓攀枝花,是在小学地理课上,知道它是由于攀钢而知名。20世纪80年代初期,一个要好的知青朋友大学毕业,告知我他分配的地方可能是攀枝花。21世纪之初,我在北京受训,同组的一个同学就来自攀枝花的一个区。2016年,在上海浦东干部学院学习的一个同学,回去不长时间就到攀枝花工作,曾盛邀大家来攀枝花,并在同学群发了许多关于攀枝花的资讯,那里的阳光、空气、环境、资源、美景,都很引人注目。他告诉我们,在我国的城市名字中,带花的唯有它——攀枝花。攀枝花位于四川省的西南,与云南接壤,金沙江、雅砻江在此交汇。攀枝花,是新中国第一个资源开发特区,也是万里长江上游第一城。

到攀枝花一游的夙愿,在前不久终于实现了。从南京有直飞的航班,两个小时四十分钟,飞机在攀枝花的保安营机场降落。机场不大,但地势险要,是建在一片山头之上的"悬崖机场"。空中观看,机场好似一艘巨大的航空母舰。走下飞机,环顾四周,尽是连绵起伏的山峰,机场被群山环抱。不远处的山凹里面,楼宇集中的地方就是攀枝花的主城区了。

　　攀枝花是一个夏无酷暑、冬无严寒的城市。此时的南京已是0摄氏度左右，人们的冬服已经全副武装了，而在攀枝花只需要穿一件毛衫。我国地域辽阔，可以避寒越冬的地方不在少数，但有的地方海拔高，有的地方紫外线强，有的地方湿度大，而攀枝花都不存在这些问题，这里阳光充沛、空气清爽、气候宜人，春节期间的气温也才9~22摄氏度，正是人体所适宜的温度，实在是避寒过冬的理想胜地。当地政府提出打造康养之城，名副其实，潜力巨大。这里的朋友告诉我们，随着攀枝花知名度的提升，来这里买房、养生、度假的人现在可是越来越多了。

　　攀枝花属于亚热带气候，一年四季温暖如春。素有"阳光花城"美誉的攀枝花，是国家园林城市，森林覆盖率高，到处绿树掩映、郁郁葱葱、生机盎然，俨然绿色的世界。这里一年四季鲜花盛开、百花争艳，一派南国风光。"花是一座城，城是一朵花"绝非溢美之词。攀枝花的海拔与地势非常有利于水果吸收光热，加上充足的光照、合适的雨水以及南亚热带气候，作为四川唯一的亚热带水果生产基地，这儿四季瓜果飘香，鲜果不断。攀枝花出产的水果，如草莓、脐橙、枇杷、芒果、莲雾、石榴、樱桃、火龙果、菠萝等都很具特色，不仅品种丰富多样而且香甜可口。当地人骄傲地告诉我们，这里每个季节都有本地产的时令水果可吃。

5天的攀枝花之旅,我一直处于亢奋之中。我为攀枝花的美丽而感奋,我更为攀枝花的拼搏成长而感奋。

在我国的版图上,短则几百年、长则上千年的城市比比皆是。而攀枝花市的出现至今才50年左右的时间。但可歌可泣的是,原本这里完全是荒山野岭、不毛之地呀。是领导者们,从国家长治久安的战略出发,做出了建设比较完备的后方工业体系,即建设三线的重大决策。建设者们背起行囊,告别亲人,离开熟悉的城市,奔赴攀枝花,住的是干打垒、吃的是干粮、喝的是泥水。他们逢水架桥、逢山开路,靠顽强信念,靠坚强意志,在几乎与世隔绝的深山峡谷中,艰苦创业,拼搏奋斗,终使得崇山峻岭之间出现了众多装备工业,现代化的城市拔地而起。

攀枝花的三线博物馆,对三线建设历史有一个全景式的回放。参观者为当年的伟大决策而赞叹,为奋斗的岁月所感动,为拼搏奉献的品格所感染。那里的场景、那里的画面、那里的记载,定格于瞬间、留存于永恒,会让参观者受到心灵的震撼和洗涤。我以为,三线精神,正是攀枝花的根基和灵魂所在,是包括攀枝花在内的全体中华儿女值得永远学习继承的精神财富。三线建设的辉煌成就,三线建设者展现的伟大精神,值得后人世世代代景仰和崇敬。

攀枝花的名字是同攀钢紧紧联系在一起的。这里因储量巨大的钒钛磁铁矿而为世人瞩目。想当年，10万建设大军走进大山深处，来到地无一里平的金沙江畔。建设者们餐风露宿、夜以继日，用不到10年的时间，在不足2.5平方公里的狭小空间里，建成了一个年产400万吨的大型钢铁联合企业，被誉为世界钢铁工业史上的"象牙微雕"钢城，创造了世界钢铁史的伟大奇迹。

攀枝花是一座山城。攀枝花人硬是在山上造城市、搞建设。友人告诉我，桥梁多是攀枝花的一大特色，各种造型堪称桥梁博物馆。机场出来不远处，一座金沙江大桥赫然在前。以前，我只知道我国是桥梁大国，只知道重庆的桥梁多且风格奇异，却不知道攀枝花也是桥梁之城。留意一下，果不其然，在攀枝花境内的雅砻江、金沙江、安宁河等河道上，竟建有300多座风格迥异、工艺独特的桥梁。其中的雅江桥、渡口大桥、密地大桥、宝鼎大桥，因跨度、高度、难度、工艺和雄伟壮观等，堪称我国桥梁之最。在攀枝花，江河上的这些桥梁，有的古朴厚重、有的气韵灵动、有的宏宏大观、有的纤纤娟秀，如蛟龙卧波、似彩虹凌空，承载着历史、链接着未来。客观地说，特殊的地理环境，丘陵、山谷、沟壑等，必须修建桥梁才能跨域山水、顺畅通行。而在这里，修桥筑路谈何容易呀？山高谷深、水宽浪急，人们克服重重艰难险阻，终使得天堑变通途，为攀枝花插上了腾飞的翅膀。在我看来，攀枝花的桥，既是这个城市的历史，也是它的风景。既是它的坐标，更是它的丰碑。

二滩水电站是雅砻江下游河段开发的第一个梯级电站，1999年底建成发电。这是20世纪末建成的我国最大水电站，拥有亚洲最大的厂房洞室群。导游告诉我们，二滩水电站马上就可以承担起四川省全年的用电量了。仔细看，二滩水电站工程，几乎就是在悬崖峭壁中间建设的，其工程之险峻、工作量之艰难，建设者的辛劳，可以想见。

水电站截流后形成了101平方公里的湖区，为四川省面积最大的人工湖。坐在二滩水库的游艇上，尽收眼底的是，二滩国家森林公园的山奇、水秀、林幽。蓝蓝的天空，连绵的青山，碧绿的湖水，山峰在湖水中倒映。这情形，使我油然想起那年的漓江泛舟，想起了那年的三峡之旅。这里的山峰或许不如桂林漓江两岸山峰的奇峻，或许不如三峡两岸山峰的名气，但，这里起伏的山峦层次分明，青翠的峡谷绿荫密布，幽深的湖水水波不兴，原始的森林莽莽苍苍，高大的电站气势恢宏，"百里画廊、水墨二滩"名不虚传。我以为，这里的绿水青山美景完全可以与漓江、长江三峡相媲美。

在去米易县的高速路上，汽车在高山间的高速路上疾驰。这里，路修在山中间，山与山的勾连靠隧道，沟壑间的相通靠桥梁。几公里乃至十几公里的隧道触目可见。我想起了前年从成都去西昌的旅行，眼见得道路延展在崇山峻岭之中，从高处向下看，令人触目惊心。穿越漫长的隧道，令人瞠目结舌。我曾惊异于这里建桥修路的艰辛。资料说，成昆铁路穿越攀枝花，建设桥梁991座，开凿隧道427座。仅此，就让人顿生敬意。是的，在攀枝花，你能体会到在大西南，基建的成本有多大。你能体会到蜀道之难，难于上青天。你能体会到工程体量的巨大和建设者们的伟大。

攀枝花的旅游景点很多，米易县最具代表性。这里有美丽的安宁河风光、有古老的颛顼龙洞景区、有古朴的傈僳族风情、有新山的梯田景观、有激流回旋的国家皮划艇基地，等等。我们一行印象最深的还是颛顼龙洞。这是一个地质溶洞，全长1800米，垂直落差有200多米，洞内已经探明的面积达几十万平方米，其中的雪山冰瀑、梦幻天宫和瑶池仙境堪称溶洞的三大绝景。比较起人们常见的溶洞，譬如悬挂的钟乳石，满眼的石笋、石柱、石花、石幔、石葡萄之外，颛顼龙洞至少还有四个显著特点。一是这个洞有着古老而美妙的传说，轩辕皇帝之孙、三皇五帝中的颛顼出生在此地，并且在此处进行了多场战役。二是这个溶洞的坡度异常陡峭，不少地方要用木梯、钢梯攀爬。三是这个溶洞空气中的负氧离子异常丰富，含量居于同类穴洞之首，是游客深呼吸的天然大氧吧。四是这个洞里面有一般溶洞罕见的瀑布群落，已经开发出的就有六道，最大处的落差有15米，飞流湍急，蔚为壮观。

如今的攀枝花是一个现代化气息浓郁的城市。吃住行游购既具有地方特色，又与时代接轨。攀枝花注重城市的绿化、美化、亮化，给游人的总体印象是，路道很整洁、景观很优雅。在盐边县的红格镇漫步，我惊讶地发现，这个小镇的规划、建设、管理，很有水准、很上档次。映入眼帘的建筑物和街景，其风格、色调也很有个性、很脱俗。随手抓拍几张照片，其画面几乎可与欧洲的一些乡村小镇混淆。红格镇不愧是四川省小康示范镇，街面整洁、店铺敞亮、绿化有致、安静有序。步行其间，让游客有一种安详温馨的感觉。红格温泉度假村的温泉远近闻名，是为数不多的氡气温泉，内含60余种有益于人体健康的微量元素，在此间泡浴，对于保健身体很有益，引得许多游客蜂拥而至。

攀枝花之旅，我感触很深、感慨良多。一方面，在大自然的雄奇面前，人只是一粒细小的微尘。江河奔腾不息、山岳静穆矗立、日月星斗转移，面对大自然，人类实在微不足道。又一方面，攀枝花的建设者们，不畏艰苦，与穷山恶水顽强抗争，创造出许多人间奇迹，显示出顶天立地的英勇气概，委实令人赞叹、令人感动。

都说，打江山容易，守江山难。时下流行的红色旅游，目的地都有红色背景，都有红色故事，都具有英雄情怀，通过旅游，来缅怀、传承、弘扬，这是无可厚非的。然而，正如毛泽东同志所说，革命成功了，只是万里长征的第一步。更为复杂、更加艰辛、更具挑战意味的是未来的漫长岁月。建设的征程未有穷期，革命时期会产生英雄，建设时期同样会涌现英雄。基于此，我们对于未来的建设发展无限憧憬，对于中华人民共和国默默无闻、无私奉献的建设者们充满敬意。基于此，赋予攀枝花这样的城市以英雄城市之名，实在是当之无愧的。

我忽然想起，攀枝花市选择的市花是木棉花。木棉又作红棉、英雄树、攀枝花、斑芝棉。木棉花呈桔红色，花朵大而美，树姿巍峨。以鲜艳似火的大红花，以木棉这样的英雄树，暗喻英勇向上的城市精神和奋发进取的城市品格，砥砺人们朝向远大目标，披荆斩棘、永不止息，我以为是十分恰切的。衷心祝福你，攀枝花！

南澳南澳

在我国，共有12个设县的海岛。它们是，辽宁的长海，山东的长岛，浙江的舟山、玉环、嵊泗、岱山、洞头，福建的东山、平潭，台湾的金门、澎湖，广东的南澳。这些海岛分别兀立于渤海、黄海、东海、南海的茫茫海水之上，它们都有着各自的人文环境，有着各自独特的自然海景和奇丽风光。

广东有两个南澳都很有名，不加以区分极易弄错。一个是深圳的南澳，一个是汕头的南澳。前者是深圳市的南澳街道，位于深圳东部大鹏半岛的最南端。后者是广东东部唯一的海岛县，位于闽、粤、台三省海面交叉点。我们此行的目的地是后者——广东省南澳县。

南澳岛与汕头澄海区的距离大约有12公里。过去上南澳岛，需要坐渡船摆渡近一个小时。2015年1月，11.8公里的南澳跨海大桥贯通，现在上岛不到20分钟的时间。

南澳县由广东省汕头市下辖。它由37个大大小小的岛屿组成，主岛面积115.3平方公里，海域面积4600平方公里，人口7.2万。岛上有一条68公里的环岛公路，可以通往岛上任意一处景点。

南澳岛山海相映，山峦重叠，林茂石奇，风景秀美。绿岛、蓝天、碧海、山峦、金沙、古迹、白浪构成了南澳岛旅游的主要特色。这里的历史积淀深厚，自然资源丰富，人文景观众多。岛上文物古迹50多处，寺庙30多处，大小港湾66处。热带、亚热带植物遍布全岛，还有全国唯一的海岛国家森林公园。南澳具有鲜明的冬暖夏凉的海洋性气候特征，盛夏季节，海风习习，气候凉爽，是避暑消夏的好去处。

踏上南澳岛大桥，映入人们眼帘的，是岛上群峰转动着的众多风车。南澳岛有着特别良好的风力资源，数百部风机组成了巨大的风车阵，在南澳的山头巍然挺立，构成了南澳岛的一道壮观风景。游客可以到观景台上去眺望，也可以近距离地观看风能发电展示。把新兴能源工业与旅游业结合起来，形成大自然与现代科技相融合的特色旅游，这无疑是具有开创性的举措。据导游介绍，南澳岛建有亚洲最大的海岛风电场，目前，这里的风电装机容量名列全国第二呢。

南澳处于闽南粤东海面，素有东南门户、漳潮屏障、闽粤咽喉之称。特殊的地理位置，决定了这里的重要战略地位，同样注定了这里有若干故事被载入史册。确实，南澳岛不同于一般的海岛，数百年间，这里留下了众多神奇又悲壮的故事。位于深澳镇大衙口的南澳总兵府，是南澳总兵的衙署，始建于明万历四年（1576年）。总兵府统管闽粤台的海域防务，足以说明南澳岛的位置独特和重要。在中国古代，特别是明清两代，东南沿海那些叱咤风云的人物几乎在南澳岛都留下了闪光的足迹。郑和、郑成功、文天祥、戚继光，他们远航探险、扫荡海匪、抵御倭寇、除暴安良、守护疆土，建有赫赫功名，为后人所传颂。

南来北往的流通，互通有无的贸易，南澳岛在东亚的古航道上充当了不可替代的重要角色。位于南澳岛东南海滩的南宋古井，可以说是南澳深厚底蕴的一个缩影，也是海上丝绸之路的重要例证。南澳县志有这样的记载，南宋景炎元年（1276年），礼部侍郎陆秀夫及大将张世杰等护少帝赵昰赵昺退至南澳，在此挖井汲水，遗留下今人看到的御用南宋古井和太子楼等古迹。令人称奇的是，这口古井就挖在海边，距海水不足10米。涨大潮或遇台风时，井被淹没。退潮时，井又复现。去掉海水和砂石，井水依然甘淡如初，"连取不绝，久存不败"。现在，以南宋古井为核心的宋井风景区已经建成开放，成为南澳观海揽胜一处著名景点。南澳岛上的淡水，曾经为当年东南沿海的通商提供了有效补给。站在古井旁边，遥望远处的船只，我的脑海里浮现出当年海天茫茫，千舸万艘，风帆点点，川流不息的场景。

距南澳岛2海里处，就是一度被中外媒体和考古界聚焦的"南澳一号"沉船的位置。我是在央视的直播报道中知道"南澳一号"的。打捞海底沉船的行动引起了我的好奇，我开始关注沉船的时间，关注船上的珍贵瓷器，关注打捞的过程。大致知道了，在明万历年间，满载瓷器的南澳一号商贸船，沉没于南澳海底27米的地方。在海底下沉寂了400多年，终于又得以重见天日。在南宋古井沙滩上，往东南方向远望，"南澳一号"的标志隐约可见。我能想见当年南澳海面船舶穿梭的繁忙，我能想见当年海上丝绸之路的盛况。而今天，这场跨越时空的对话，不由让人发问，这沉船的主人是谁呢？它的目的地是哪里呢？什么原因导致它的沉没呢？古人有意无意留给今人的不解难题，地球上似乎还有许多许多……

在南澳岛，民间存有许许多多饶有趣味的传说，给来这里的游客平添了许多探幽访古的话题。金银岛吴平藏金的传说能窥见一斑。

金银岛位于南澳岛东北部海湾。岛上怪石林立、危岩高耸、石洞奇幽、迂回曲折。岛外，碧波荡漾、海风吹拂、海鸟低翔。优美的环境加之当地人绘声绘色的传说，使得这里充满了神秘而迷幻的色彩。

明万历年间，一个名叫吴平的海盗头领，率数千海匪，选择易守难攻的南澳岛安营扎寨。吴武艺高强,横行于闽粤台海域,抢劫来往船只财富,专与官府作对。吴身材矮小,生性狡猾,诡计多端。闽粤二省官府下决心平定,曾派数万水师兵勇多次围剿,都未获成功。最后是被戚继光用计从后山攻破,但吴还是逃遁了。民间传说,吴将多年抢掠积聚的众多金银财宝藏匿于金银岛的某个石洞中,为防忘记,特留下两句充满玄机的歌谣。曰,水涸淹三尺,水涨淹不着。歌谣扑朔迷离,惹得后人无限遐想。据说,吴后来在海南去世,留在金银岛的财富宝藏便成了千古悬谜。类似的故事在南澳岛还有不少,它们极易勾起游人的浓厚兴致。这不,孙君在岛上转了许久,见着我们,一脸认真,怪怪地说道:"探险寻宝半天,眼睛瞪得滚圆,也未寻得藏金的可疑洞穴。"听罢,一行人乐不可支。

位于南澳岛东端的青澳湾是广东省最负盛名的海湾。优雅的湾弧恰似一道弯弓,天际线透彻明亮,海面如平湖开阔,清澈的海水终年碧蓝如洗。这里沙质纤细,坡度平缓,无礁石淤泥,150米内水深不超过1.2米,是上乘的天然海水浴场。湾顶海滩成片的防风林带四季郁郁葱葱,海岸边的建筑物个性彰显,洋溢着现代化气息。得天独厚的地理条件,加之后天的精心规划和打造,使得这里有着"东方夏威夷"之美誉。刚刚举办完2019

亚洲冲浪锦标赛的青澳湾，显得格外的宁静和美丽。

当地的朋友把我们安排在紧挨青澳湾的酒店下榻。推开窗户，走到面向海滩的阳台，看看大海、听听涛声，让人的心情舒坦极了。同行的王君说，躺在床上看海景的感觉，真的美妙无比。

南澳岛是广东最早看到太阳升起的地方，青澳湾是观日出的最佳处，大家相约第二天一早去海边观日出。我习惯晚睡晚起，无缘起早观看风景。上午7点多，微信群里已经热闹起来，同行伙伴们在群里发了许多太阳跃出海面的美图。朱君夫妇5时许就来到海边，拍摄了好多太阳升起的唯美瞬间：海天相连处，一轮红日冉冉升起，点点红鳞、随波跃动、色彩分明、氤氲旖旎，好看极了。刘君夫妇更是别出心裁，他俩把初升的太阳当作道具，或双手捧着、或单手托着，上下左右，变换多种姿势，选取多个角度，拍摄了许多红日东升的艺术美景，让大家欣羡不已。

平原上长大的人们，对大海有着天然的好奇和兴致。夜晚漫步海滩，我们一行都是平生第一回。夜幕降临，朦胧月色下的天空和大海显得特别的幽蓝。走过海滨长廊，一行人在青澳湾软软的沙滩上漫步、静坐、仰卧、拍照、高歌。近在咫尺的大海，白色波浪一个接着一个，涌向岸边又退回海里。涛声阵阵，海鸟回旋，海风拂面，一种让人神清气爽的、与大自然融为一体的感觉油然而来。

北回归线标识塔是南澳岛的标志性景点。北回归线，指的是北纬23.5度线，又叫夏至线，是太阳光线能够直射在地球上最北的界线。北回归线自西向东穿过我国的云南、广西、广东、台湾四个省区。在我国，多地建有北回归线纪念碑、广场、标志塔等纪念性建筑。

北回归线从南澳岛的中部横穿而过。南澳的北回归线标志塔叫"自然之门"，位于青澳湾北回归线广场。该塔设计采用汉字"门"的演变造型，高12.22米，对应冬至的12月22日。悬臂长6.22米，对应夏至的6月22日。两旁门柱所倾斜的角度，正好对应北纬23.5度。门柱中间环抱一个硕大的圆球，球体中央有一个圆洞，可以看到蓝蓝的天空。每年夏至日正午时分，太阳直射北回归线时，日影将穿过圆洞，直达地台中央。此时，人立于此，会出现立杆无影的奇观。蓝天下的"自然之门"十分壮观。我们"快乐老家"一行20多人，展开鲜艳的红旗，以"自然之门"为背景拍照定格，那画面特别漂亮、特别敞亮。即时发上微信群里，大家都露出了开心、欢喜的神情。

南澳岛几天的旅游，我有许多感触。旅游业的发展是需要想象力和操作力的。这些方面，南澳人显得很是睿智。风能车，南澳人找到了现代工业与传统旅游的切合点。黄花山海岛国家森林公园,原本是一个国营林场,南澳人把它打造成国家级的海岛森林公园。南宋古井,南澳人把它同太子楼等一起规划,建成具有古文化特色的景区。南澳人经常性地举办省级、国家级、世界级的大型竞技赛事,不断提升自己的旅游影响力。现在,南澳正在朝着国际旅游度假区的目标迈进。我很羡慕南澳!我很敬佩南澳人!

珀斯纪行

这几年,我们每年都要去澳洲旅行。但我们每一次旅行都有一个新的目的地。这一次,我们选择去珀斯。

地球上最寂寞的城市

珀斯处于澳大利亚的西部,是澳洲的第四大城市,也是西澳大利亚州首府所在地。从悉尼到珀斯近4000公里,由东向西飞行时间长达5个小时,横跨整个澳洲大陆。这情形,有点类似于中国的上海飞乌鲁木齐,类似于美国的纽约飞洛杉矶。

上网一查,珀斯竟被称为地球上最寂寞的城市。我思忖,这寂寞的名称在全球挂上了号,那寂寞的缘由呢?一般来说,寂寞是指人的一种心理感受,比如冷寂、孤寂,等等,都是人对于外部世界和外在事物的能动反应。说珀斯寂寞,大概是指它距离外部世界特别的遥远。确实,这里已经是澳洲大陆的最西部,地域面积有5386平方公里。西澳大利亚州总面积252万平方公里,占全澳的三分之一,相当于全部欧洲的面积。人口只有220万,主要集中在珀斯。西面是一望无际的印度洋,东面是西澳大利亚洲广袤无垠的内陆,多为沙漠和盐湖。地域广大、物藏丰饶、财富积聚、人烟稀疏,是西澳洲的主要特征。这儿与其他大中城市的距离,一般都在几千公里,因此,把这种远离繁华都市的偏远说成孤独和寂寞似乎也在情理之中。进一步细想,赋予一个城市以人性化的情感,可能也是旅游推销的一种噱头吧。

9月30日,是珀斯的法定假期,据说是为了纪念女皇生日设立的地方假期。晴朗的天空阳光灿烂,蓝天下的城市几乎是一座空城,商铺打烊、街面空寂,没有人烟,没了城市的喧响,光天化日的寂然着实让人有几分惊悚。

闲适雅致的国王公园

国王公园是南半球最大的城市公园,也是珀斯城市中心自然景观的最高点。这里可以看山,可以观海,还可以俯瞰珀斯全景,是一个非常美丽的、适宜休闲放松的好去处。

绿地、草坪、喷泉、植物园、玻璃步道、参天古树,各类树木造型别致优雅,不知名的花儿点缀其间。游人们在绿色的草坪上玩耍,有人在漫步,有人在野炊,有人在摄影,有人玩起了橄榄球,孩子们在阳光下奔跑,飞鸟在自由翱翔。9月是珀斯的春天,公园举办的一年一度的野花节虽然没赶上,但是,满眼盛开的鲜花和沁人心脾的清香，足以让人心情轻松愉悦。我猜想，能够代表珀斯闲适雅致生活的大约就在这国王公园了。

在国王公园还可以俯瞰著名的天鹅河。这是通向大海的一条内河。游客可以坐游艇浏览两岸景色。啤酒厂遗址、世界大战的出征纪念碑、炮台，依稀可辨尘封的历史篇页。如今的天鹅河其实没有几只天鹅，那么天鹅河的名称从何而来呢？据说是当年的荷南航海家首次踏上珀斯的土地时，被河边美丽的黑天鹅吸引，遂将河流命名为天鹅河。这当然寄托了人们向往和平、渴望安详、追求美好的心愿。关于天鹅河的来历，还有一种解释：从空中鸟瞰，天鹅河的河面宽窄有致、水波不兴，略带弧度的身躯、弯曲的颈项，很像一只硕大的天鹅。为了证实，友人拿来了地图，展开一看，果然活脱脱地一只天鹅的形状。

印度洋海滩观日落

观看日出日落，自然应当在高山顶或在大海边。前年，我在西地中海上看过日落。傍晚时分，坐在刚刚下水的世界上最大的豪华游轮——海洋交响曲上，伫立游轮的最高处极目远眺，只见西边的天上满天彩霞，海面完全被染红了。近处，游轮掀起的波浪此起彼伏，乳白里掺杂着深蓝，在落日的余晖照耀下，海浪呈现出异常美丽的色调。太阳像巨大的红球,在地中海的那一边缓缓地落下,给游人妙不可言的视觉享受。

在西澳珀斯的印度洋边观看日落,又该是怎样的景色呢?

珀斯是印度洋与太平洋的交汇点,是澳洲观看日落的最佳处。珀斯西郊的科滋洛海滩,是最受欢迎的城市海滩,也是珀斯乃至西澳观看印度洋日落风光的绝佳位置。当天的落日时间是6时16分,5时刚过,我们一行就迫不及待驱车向科滋洛海滩出发了。此时的天空不太美,不时有一团团的云层掠过,一车的人暗暗着急,云层厚了,就看不到落日的壮观景象了。

6时不到,我们来到了科滋洛海滩。这个海滩足有几公里长,面前就是浩瀚辽阔的印度洋了。此时,我们的眼前出现了一幅无比壮观的场景。那天边悬挂着大片的深褐色云彩,云缝间透射出若干道古铜色的光柱,间隔整齐,光彩夺目,炫亮耀眼,此情景堪比剧院天幕的灯光效果,然身临其境更觉逼真,更加震撼。

晚霞遇上云彩会产生别样的美丽。只一会工夫,西边天空中的数十条光束演化成红色的云霞。横向,像一条刚出炉融化的钢水带。纵向,似一条闪动的金光大道。又一会儿,深深浅浅的云层散开了,落日的火烧云将整个海洋的平面和天空映得通红通红。此时,浩浩荡荡的印度洋波光粼粼，夕阳下的天空和海面色彩斑斓，呈现出立体的多彩多姿的巨幅画面。天际处，红彤彤的太阳光芒穿过云层透射在海面。远处，大海卷起了深褐色、乳白色、金黄色的浪涛。近处，海岸因了阳光的折射被涂抹上一道金红色的彩带。蓦地，有人尖叫，海岸边所有的一切都被落日的余晖蒙上了薄薄的金红色面纱了。此情此景，我油然想起了云蒸霞蔚入画屏，梦幻七彩染碧空，想起了落霞与孤鹜齐飞，秋水共长天一色的诗句。

海外侨胞的心声

10月1日是我们国家国庆70周年纪念日，又逢大阅兵。离开祖国在海外过国庆，是人生第一次，远在澳洲，与祖国远隔千山万水，真有点思念祖国、思念亲人的味道。我们一行人内心在祈祷，国庆的天气晴朗，国庆的庆典圆满。

珀斯与国内是一个时区，没有时差。前一天我们就与当地的几个华侨相约，10月1日一起看国庆阅兵。上午9时许，他们就来到我们下榻的宾馆，早早地坐在电视机前，准备收看实况转播。侨胞们穿着节日的盛装，笑逐颜开，满怀节日的喜悦。电视画面上，北京秋高气爽、蓝天白云，天安门广场欢歌笑语、彩旗飞扬，坐在电视机前的我们都兴奋不已。庆典的时刻还没到来，大家已经热血沸腾，情不自禁地唱起了国歌。

　　礼炮隆隆，欢歌嘹亮，铁流滚滚，战机飞翔。70年步伐铿锵，70年成果辉煌。祖国的发展进步，祖国的繁荣富强，让亿万中华儿女们抑制不住激动的心情。电视机旁观看得大家都热泪盈眶，为祖国的强大备感骄傲。人民解放军威武的阵容排山倒海，现代化的飞机、导弹，气势磅礴，让海外侨胞们特别地提劲。检阅中，领袖与受阅官兵山呼海应、响彻云霄的应答，让观看者激动万分。我注意到，陈先生几次抹泪，他动情地说道，祖国强盛了，海外游子扬眉吐气，在国外也有面子，腰杆子也硬气，衷心地祝福祖国。杨先生说，每一次回国，都能够感受到国家日新月异的变化和进步，想想祖国这些年发展真不容易，如今国力增强，人民安居乐业，作为世界第二大经济体的中国人，自己感到无比自豪。徐女士说，看了国庆庆典，我对祖国的发展更加充满信心，祖国的明天一定会更美好。

　　晚上，我们在珀斯华人街的一家中餐馆就餐。老板是广东人，到珀斯10多年了。一见面，她就询问："上午看了国庆阅兵吗？"那种抑制不住的喜悦之情溢于言表。她告诉我们，在海外，就盼望着祖国强大。海外谋生的人，更能感受祖国安定强大的力量！她说，那年新西兰发生地震，我们被困在那儿，是祖国及时派出飞机，解救我们于危难之中。出国了,我们更能体会什么叫爱国,我们更加深刻地热爱祖国母亲!这些话语,发自内心,朴实无华,道出了海外华侨华人的心声。

冰淇淋沙丘

对于沙漠旅游活动我并不陌生。在甘肃敦煌的鸣沙山,在宁夏中卫的沙坡头,在阿联酋迪拜,在大西洋边的纳米比亚等地,我曾见识过沙漠的众多旅游项目。骑骆驼、卡丁车、越野车、滑沙板、狩猎……这些项目参与性强、刺激性大,很能吸引游客。

兰斯林沙丘,位于珀斯的北部,沿着印度洋公路向北150公里,碧波万顷的印度洋近在咫尺。兰斯林沙丘的特点在于这里的沙粒细小纯白。由于景色迷人独特,更有了一个"冰淇淋沙丘"的美称。仅有600人居住的兰斯林小镇自从开发了沙丘旅游,以滑沙和越野车为主导项目,这里便开始火了。

车子开进沙地,抬眼望,蓝天上朵朵白云飘忽,地面上白沙漫漫,沙丘蜿蜒起伏。早来的游人们玩得正带劲,有玩沙滩车的,有玩冲沙车的,大部分游人都选择了滑沙。有两个年轻人竟然站立在滑板上从坡顶向下俯冲,直让人咂舌。

滑沙的游客需要爬上沙丘顶部,坐在滑沙板上,从高处顺势下滑。滑沙可是有一点技术含量的，既须胆识，也须技巧。基本要领是，用手按地控制速度，身体前倾保持平衡。我们一行当然加入了滑沙的行列。大家手捧租来的滑沙板，一步一步向沙丘顶部走去。滑沙板大约1米长，40厘米宽，坐正坐稳才不会歪倒。我玩过滑沙，体会到滑沙不可言状的美妙，像模像样地示范比划一番，便一马当先，稳稳当当地滑了下去。同行者见此情况，也先后滑下。开始几次，毕竟不够熟练，有人歪倒在沙地，有人飞出了滑板，几个回合，大家就都驾轻就熟、应付自如了，乐不可支地享受着滑沙的刺激和乐趣。

同行的L君原本有点恐高，爬到沙丘顶上后，哆哆嗦嗦不敢下滑。后经不起他人滑行快感的诱惑，终于勉勉强强、小心翼翼地坐在滑板上，那神情紧张的怪模怪样滑稽极了。刚开始，由于重心未曾掌握好，才下滑1米多，他就翻出了滑板，倒在沙地上，搞得满嘴是沙，惹得注视他的大家捧腹大笑。几个来回，L君掌握了滑行的窍门，多次轻松滑下，直呼过瘾。

翻过沙丘回首仰望，阳光明媚，天空湛蓝，沙丘雪白，海水深蓝，真是令人无比陶醉的画面。这是不可思议的美妙，是无法形容的美景。久久凝望，我对于惊艳二字有了更深切的理解。在兰斯林，这样的风景对比度如此地鲜明又如此地融和。冰淇淋易于融化，冰淇淋沙丘是不会融化的，我深信。

惊世骇俗的尖峰石阵

西澳的地质地貌资源相当丰富。在珀斯北部 260 公里的南邦国家公园，有一片横跨沙漠的活化石原始森林景观——尖峰石阵。遍布沙漠的奇形怪状的石灰岩柱群落，因酷似古战场的布阵而得名。

资料上说，在太古时代，那里的海边有着茂密的森林。地壳运动和地球演进形成了沙地，后来，原始森林枯萎，沙漠形成了，残存的树根逐年风化，经历 3500 万年变成了石灰岩柱。此种说法尽管颇有争议，但至少到目前，这一说的接受者似乎更多一些。

我们是在午饭后到达尖峰石阵的。只见成千上万的石灰岩柱，高高低低、重重叠叠、密密麻麻，高的两三米，矮的也有几十公分，有的巍峨突兀、有的耸立挺拔，更多的已经坍塌变形。它们形状怪异、体积大小不等，静悄悄地矗立在这片茫茫沙漠中。如果说牛羊给草原带来生气，帆船给大海带来灵动，那么，庞大的石灰岩柱群落给尖峰石阵带来什么呢？我以为，是荒野的冷峻和悠远的静穆。对于游客来说，则是巨大的震撼和无尽的遐思。

驱车转了一大圈，花了几十分钟，只跑了一个角落，不由让人惊叹尖峰石阵的宏大规模。导游告知我们，其面积大概有13平方公里。我暗想，这些石灰岩柱到底形成于什么年代呢？日晒雨淋下的石灰岩柱又能够保存多久呢？

眼前尖峰石阵无比恢宏的阵势，我想起了黑龙江的五大连池，上亿年前的火山爆发，留下一大片黑溜溜的火山石。我还想起了张家界天门山的3000多座奇异山峰。这些，无疑都是大自然的杰作，令人非常震惊，感叹大自然的伟力和鬼斧神工。然而，这里的尖峰石阵，就气势和规模而言，当属首屈一指。

阳光洒在尖峰石阵的沙漠中，石灰岩柱一列披上了金黄色。除了呼呼的风声，就是那些挥之不去，嗡嗡着响的飞蝇和看不到尽头的石灰岩柱群。处在这黄茫茫的旷野天地中，你会倍感此地的寂寥，倍感此景的惊骇。那么，刮风下雨、雷电交加、月黑风高、阴霾笼罩，这又该是什么样的境况呢？我不得而知。

游客们纷纷下车，忙不迭地在这个天下奇观拍照留影。是的，珀斯尖峰石阵是我们这个地球上难得一见的奇异景观。

罗特尼斯岛探美

珀斯有众多的旅游胜地，像粉红湖、波浪岩、罗特尼斯岛等的知名度都很高。由于有些景区路途较远，往返的时间太紧张,我们选择了距离相对较近、人气最旺的罗特尼斯岛。

途经热闹的街区和著名的钟塔,我们从驻地到码头只用了一刻钟的时间。乘坐游艇穿过天鹅河,在海上航行1个小时20分钟,就到达了罗特尼斯岛。这个岛的美丽名不虚传,它有着美妙的海岸线,60多个海滩,20个海湾,旅游项目丰富多样:热气球、帆船、观鲸、冲浪、游泳、潜水、垂钓、绕岛骑行、休憩,游客络绎不绝、接踵而至。

罗特尼斯岛有一种标志性动物——短尾矮袋鼠。千万不可小看它,它可是西澳的形象大使呢。澳洲是袋鼠王国,有若干种类。与红袋鼠、赤袋鼠、灰袋鼠比较,短尾矮袋鼠的个头最小了,最高也不过60厘米左右,远看活像一只大老鼠。我原以为塔斯马尼亚的袋鼠小,现在才知道罗特尼斯岛的袋鼠最是小巧。岛上的路道旁、草坪中、树丛里、商铺前,随处可以看到它们的身影。短尾矮袋鼠俨然是罗特尼斯岛的主人,非常好客,善于与游人互动,游客与之拍照,它会摆出个姿势,脸上还露出笑容,简直萌化了。给它食物,只见两只前爪捧着食物,尖尖的小嘴一啜一啜的,有趣极了。树丛里我们不时见到袋鼠妈妈躺卧在地上,睡眼惺忪,而小袋鼠则将小小的脑袋探出口袋,小眼睛骨碌碌地打量游人,煞是可爱。

说实话，在罗特尼斯岛一天，我印象最深的还是体验深海收获龙虾的感觉。

10点钟，我们登上了抓龙虾的船，向深海进发。突然，广播提醒大家朝前观看，前方的海面涌起浪涛，一头抹香鲸正逐浪前行。游动的姿态宛若潜水艇，一会下潜，一会上浮，激起了层层浪花，抹香鲸喷出的水雾柱引得游客们阵阵欢呼。

船忽然停机了，原来已经到了捕捉龙虾的地域。蓝蓝的海面上飘浮了若干白色的浮标，下面系有近二三十米长的绳索，沉入海底的是捕龙虾的笼筐，内有龙虾喜爱的三文鱼之类的诱饵，只要爬进这种特制的笼筐，龙虾一般就出不来了。这一切，船员们前一天就已经安放好了，只待龙虾自投笼筐。根据船员的经验，抓获的成功率比较高。我很幸运，被安排第一个提绳。船还在晃悠，我使劲将绳子往上提，笼筐尚未露出水面，船上已经一片欢呼，筐中几只龙虾赫然在目。拉到船舱里打开笼筐一数，竟有4只，都活蹦乱跳，生猛鲜活。据说，最多一筐也就抓五六只，有时还会一无所获，抓4只算是丰收的了。抓虾行动继续，游客们总共抓了30多只，船员用尺一卡，不够身长的，又将它扔回海里。

中午时分，游船停泊在一个风浪较小的港湾。船员开始准备午餐。不用说,刚刚捕捞上来的龙虾自然成了主菜。龙虾分刺身、焗烤两种做法,喝着西澳的红酒,品尝海鲜美味,享受劳动成果,游客们十分开心惬意,欢声笑语在海空中久久回荡。

塞上江南行

仲夏时节，我们一行四人结伴来到了宁夏的银川平原旅行。

一个星期时间里，我们跑了宁夏五个地级市中的四个，即银川、吴忠、中卫、固原。它们几乎涵盖了书中介绍的银川黄河平原的大部分地方。我们所到之处见到的，是绿意盎然的勃勃生机，是河水涣涣的波光水影，是现代化气息浓厚的城市面貌。银川作为"距离原始森林最近的城市""空气质量最佳的城市""人均绿地拥有量最大的城市"……这些，完全颠覆了我们原先对处在西北板块的宁夏的认知。

到宁夏前，热爱旅行的我，把我国所有省会城市的名字放在一起做了一番比较。我惊奇地发现，宁夏银川的名字有着别样的美。且不谈音律、韵脚了，单纯从字面上看，银川的美也是无法低调和不能抗拒的。试想，水漾晴光的银色河川，迤逦流淌在宁夏大地上，给人以怎样热烈而心动的美感呢。

银川作为宁夏回族自治区的首府，历史上曾经是西夏王朝的都城。关于银川地名的由来，文献上有多种说法。此次旅行后，我坚定了这样的认识：银川的地名，应该是源自人们对"塞上江南"独特而美丽的地理景观的诗意描述。"金川银川米粮川"银川，其涵义之丰富、音韵之响亮、具象之逼真，既符合稻香鱼肥、湖光潋滟的地域特征，也易引发起人们的憧憬和探求欲望，更易增添当地人建设好美丽家乡的自豪感和责任感。

宁夏旅游是以"一河即黄河，两山即贺兰山、六盘山，两沙即沙河、沙坡头"为基本框架的。行走宁夏大地，我们一行印象最深刻的，还是银川平原。银川平原又称宁夏平原，涵盖了石嘴山、银川、吴忠、中卫等在内的宁夏大部分区域，也是黄河流经宁夏的主干及周边支流两侧。

宁夏，属于我国大西北的一部分。提及大西北，人们的第一印象自然是荒野、苍凉、戈壁、大漠、严寒、干旱、天苍苍、野茫茫、飞沙走石、昏天黑地，这些是那里经常可见的景象，也是那里的城市形象留在世人脑海的印记。然而，银川平原却是一个例外，雄浑巍峨的贺兰山和从天而来的黄河之水，造就了这里黄河沿岸的沟渠交错、稻花飘香，造就了这里水绿山青的美丽和神奇。

是的，银川平原的模样得益于优越、独特的地理位置。银川的东边，是奔流东去的黄河。银川的西边，是巍峨壮观的贺兰山。银川的西北边，是一望无垠的我国第四大沙漠——腾格里沙漠。一方面，巍巍的贺兰山阻挡了西北高寒气流的东袭，扼制了腾格里沙漠的东移。另一方面，涛涛黄河水不停地滋养灌溉。山河并行，二者作用，加之劳动者的勤奋，就使得处于山水之间的银川平原格外滋润和富庶。

"贺兰山下果园成，塞北江南旧有名"是唐代诗人韦蟾的著名诗句，这是对银川平原自然景色、鱼米之乡的生动写照。虽然处于祖国版图的西北，但是，以银川为标志的银川平原城市群却全然没有西北的概念，就大自然景观而言，跻身江浙也毫不逊色。这里，民族和睦、民风淳朴。物产丰饶、生活富足。自然景观独特、人文景观丰富。民族风情浓郁、多元文化交融。此外，这里的日照充足，昼夜温差大，夏季早晚凉爽，是避暑的好地方。隆冬时节，即使是零下十多摄氏度，阳光下也没有寒冷的感觉，四季都可以观光旅游。

"天下黄河富宁夏"，宁夏人引以自豪的是，银川平原没有大旱和大涝，这里农牧业发达，果蔬脆甜、谷物饱满。盛产的宁夏大米、硒砂西瓜、宁冠苹果、宁夏甘草、中宁枸杞等闻名海内外，薰衣草庄园、葡萄酒庄园，令人目不暇接。独特的水土气候培育了声名远播的宁夏红，它们以枸杞、葡萄酒、滩羊肉为代表：口感甘甜的枸杞，是药食同源的传统滋补药材，种植面积几近全国的一半。银川平原的葡萄酒也名声显赫。北纬37—39度，是世界公认的最佳葡萄种植带，集中了全球顶级的葡萄酒酿造区，汇聚了世界最著名的酒庄。银川正处于这个纬度区间，干燥、少雨的气候，全年达3000小时的日照，加之这里的砂石土壤利于葡萄扎根，且不易霉化，更少病虫侵害，非常有利于葡萄的栽植。据说，这里的葡萄种植面积已占全国四分之一。令人欣喜的是，近年来，这里陆续建有180多个酒庄，出产的优质葡萄酒畅销欧美，斩获500多个国际大奖。银川平原的滩羊，"吃的中草药、喝的矿泉水"，其肉鲜嫩醇香、爽口诱人，是达沃斯论坛、G20会议等的专供产品。

看得出，银川人对贺兰山有着朝圣般的情感。完全可以说，是贺兰山成就了银川平原。贺兰山，山体高大、山势险峻、重叠绵亘、连绵起伏，一直延伸到内蒙古。从银川向西眺望，长220公里、宽30多公里的贺兰山脉，重峦叠嶂，恰似一条长长的卧龙，来自西北方向的寒流、风沙只能望山叹息。

我们来到贺兰山脚下，感到眼前贺兰山东侧的山体上光秃秃的，岩石裸露，崖谷险峻，给人以冷峻、肃穆之感。陪同的小赵马上告诉我们，贺兰山的背面，有茂密的原始森林，有雪豹、赤狐、牦牛、岩羊、蓝马鸡等稀有动物，还有许多矿产资源。他如数家珍地说："这里已经开发许多国家级旅游风景区,像西夏王陵、拜寺口双塔、滚钟口古建筑遗址、苏峪口国家森林公园,等等,贺兰山是内柔外刚呢。"我暗暗思忖:"内柔外刚",这是否也是宁夏人性格之一呢?

人类从来没有停止过对美的追求。在贺兰山的岩画景区,我们观赏到从旧石器晚期开始,直到西夏时期古人类的艺术创作品。山崖石块上大大小小6000余幅岩画,马牛羊鹿各种动物形态逼真,人物像、人面像表情各异,刻画的游牧、狩猎、械斗、舞蹈、杂技等生产、生活场景清晰可辨。众多岩画里最有名的当属太阳神岩画了,它寄寓了古人对太阳的图腾和崇敬,寄托了古人辟邪和祈福的朴素心理。古人类的勤劳、勇敢、智慧以及对于艺术的孜孜以求,既让今人无比崇敬,又给今人以深刻启迪。

在岩画景区的韩美林艺术馆,我的心灵受到了深深的触动。我曾经参观过安徒生、毕加索等大师的艺术馆,我深知艺术大师的历史和艺术价值。作为一代美术大师,韩美林的创作成就无疑是一座难以逾越的高峰。他所创作的许多作品固然与这里的岩画有相通之处,可是,他的出生、他的成长经历与银川并无多大的关联呀。但银川人以他们充满睿智的眼光,看到了韩美林先生及其作品的历史和艺术价值,毅然出资平地建成了一座具有现代一流水准的韩美林艺术馆，使之成为与贺兰山岩画景区交相辉映、相得益彰的重要景观。同行的杨兄十分感慨地说道，这样的手笔，这样的胸襟，真让人叹服不已。

大西北是严重缺水的。但是，上苍似乎特别眷顾银川。桀骜不驯的黄河水穿过黑山峡进入宁夏境内，到了平坦开阔的银川平原，突然变得平缓、温顺起来。黄河干流和密如织网的众多支流、沟渠，四处漫延流淌，如同叶脉之于叶片般滋润着整片整片的田野和湿地。黄河水，给银川平原带来了勃发的生机和无限的灵动。呈现在世人眼前的，就是"碧水蓝天、明媚银川"的盛景。

银川平原水系发达、河流纵横，大小湖泊星罗棋布。这儿湖中有城，城中有湖。银川还有"七十二连湖"之说。阅海湖、鸣翠湖、北塔湖、宝湖、西湖、孔雀湖、鹤泉湖等，碧波晶莹，波光荡漾，如同散落在银川大地上的闪闪发光的颗颗珍珠。那水天一色、蒹葭苍苍、水鸟翔舞、芦苇摇曳的江南水乡的景象，在银川平原可是随处可见。然而，它们所折射出的原始洪荒气息，带有一种自然美、生态美、野性美。小赵告诉我们，银川人均湿地面积达250平方米，2018年国际湿地城市评选，银川是入选的六个中国城市之一。同行的季君一边拍照一边惊呼："这哪里是大西北呀，比起江南水乡真有过之而无不及呢。"

镇北堡西部影城位于银川西北38公里，是中国十大影视基地之一。1993年由著名作家张贤亮领衔打造的明城、清城、老银川一条街等景观，以古朴、原始、粗犷、荒凉为特色，至今已经为200多部影视作品提供了拍摄场景。这里的月亮门，如今已是众多影视作品、摄影作品中的标志性景观。我们一行人都了解，这里原本是明清时代的边防要塞，是一片黄土、荒漠、废墟，银川人凭借瑰伟的想象力和创造力，硬是"无中生有"地打造出了一个集拍摄与旅游为一体的国家五A级旅游景区，为银川的经济发展、旅游发展等注入了崭新的内容。同行的刘君感叹地说道，这种眼光、这种精神，不正是所谓敢于担当、敢为天下先的精神吗？

从银川的河东机场出来驱车到市区，给游人的第一印象是，城市的主干道全然没有东部城市的拥挤，基本上都达到了双向十车道的规模，宽广、整洁、流畅，让来自地少人多地方的我们一行欣羡不已。道路两旁的灌木、草丛，修剪齐整、错落有致。天高云淡、白云飘飘，高高的白杨树迎风摇摆，草坪、花木、林带的层次感明显，立体感突出，艺术感强烈，绿化的厚度和密度都远超其他城市。让人明显感受到银川人对环境艺术的审美追求，领略到银川独有的城市风貌。银川的城市形象在于它注意把古朴的美、生态的美、现代的美融为一体，从而使得它魅力无穷、活力四射。

如今，兼有北国风光之雄，南方水乡之秀的银川，在城市的规划、建设、管理等方面，都已经散发出浓郁的现代化气息，正在与现代都市无缝对接。拔地而起的高楼大厦、四通八达的广场、宽敞便捷的交通网络，风景优美的宜居环境，使这里的知名度和美誉度迅速提升。招商引资和项目建设如火如荼，社会经济转型升级亮点纷呈，发展后劲十分强劲。连续多年的中阿经贸博览会、国际马拉松赛、国际葡萄酒大赛、国际黄河文化节、国际舞蹈锦标赛、国际小姐中国大赛、国际沙雕大赛等，更使银川在全球的影响力不断攀升。

银川的明天一定会更好！这是我们一行在宁夏观光后发出的共同心声。

塔斯马尼亚掠影

去年夏天我在澳大利亚旅行，途径墨尔本时与一老友不期而遇，酒热酣畅之间少不了海阔天空的闲聊。得知我来澳洲多次，悉尼、堪培拉、墨尔本、布里斯班、阳光海岸、大堡礁、大洋路等都已经去过，他建议，有机会你要到塔斯马尼亚去看看，你一定会被那里的生态美景和自然风光所折服的。他还告诉我，根据联合国的评定，塔斯马尼亚是这个星球上阳光、空气和水最洁净的地方呢。

塔斯马尼亚竟有如此美誉？我记住了塔斯马尼亚的名字，盘算着早点前去一睹它的芳容。今年国庆节，我们几个好友结伴而行，将塔斯马尼亚作为了此番澳洲旅行的首选目的地。

同行中有一位 L 君，善于思考又很细心。出发前，他似乎做足了有关功课。他告诉大家，若论塔斯马尼亚的历史，从荷兰人发现这块大陆，到成为英国人的殖民地，至今也才有几百年的光景。他还告诉我们，澳大利亚联邦共有七个洲，塔斯马尼亚是唯一的岛屿洲。它处于澳洲的最南端，在澳洲所处的位置，有点类似于海南岛在中国的位置。海南岛与大陆隔着琼州海峡，塔斯马尼亚与大陆则隔着巴斯海峡。塔斯马尼亚的面积有9万多平方公里，比台湾和海南的面积之和还要大2万多平方公里。台湾和海南的人口加起来超过了3000万，塔斯马尼亚的人口才50多万。澳洲的地大物博、人烟稀少、生态优美，在塔斯马尼亚表现得最为明显。我们此行正是可以去感受、去体验的。

这究竟是怎样一个美丽、神奇、圣洁之所在呢？带着满满的好奇和探求之心，我们登上了去塔斯马尼亚的飞机。

塔斯马尼亚的首府霍巴特是仅次于悉尼的澳大利亚最为古老的城市。从悉尼飞霍巴特，用了不到两个小时的飞行时间。

在塔斯马尼亚大地上穿行，我们充分领略了塔斯马尼亚的独特风光和如画风景。塔斯马尼亚有着如今世界上保持最为完好的生态系统，塔斯马尼亚的森林覆盖率位于全澳之首，全州40%的地域被列为国家公园、自然保护区、世界自然遗产。展现在世人面前的是纯真的美景、原生态的风貌。这里，有绵延的奇峰山脉，有起伏的丘陵高地，有飞溅的瀑布激流，有神奇的海湾沙滩，有茂密的原始森林，有广袤的原野牧场，有幽深的峡谷湿地。最为难得的是，这些大多数都是人迹罕至、原生态、未曾开发的呀!

五天的旅行，我们一行最为强烈的感受是，塔斯马尼亚几乎涵盖了大自然的各种景观和风貌。这里的自然风光色彩斑斓、五彩缤纷，更是全景式、纯天然的。地形地貌的丰富多样、植物动物的丰富多样、自然资源的丰富多样，再带有原始的、纯真自然的特征，就更容易让人惊叹、让人陶醉、让人折服。

我们先后下榻在霍巴特和郎塞斯顿的星级宾馆。清晨，推开窗户，只见阳光照耀下的大地绿草茵茵，空气透明澄澈，能见度如同观看超高清的电视画面。碧蓝碧蓝的天空，如同刚刚清洗过的聚光灯下的蓝色布幔一样，一尘不染。空气中，弥漫着青枝绿叶的芬芳，清新可人。远方，连绵的山谷、起伏的丘陵、广袤的原野、蜿蜒的海湾。近处，绿色的草坪、静静的河流、欧式的建筑、整洁的道路……毫不夸张地说，你任意拍摄一张照片，都会是明丽醉人的风景画，都会是无须任何艺术加工的油画。

塔斯马尼亚的生态保持无疑是当今世界最为完好的地区之一。取得如此成就，当然有该地区经济发展相对较慢的原因，但更为重要的还是得益于环境保护的意识和环境保护的手段。这里，有着非常严格的生态管控措施。到塔斯马尼亚，只有飞机和游轮这两种途径，但入境时都必须接受特别检查。塔洲在严防外来物种入侵方面下足了功夫，严令禁止外来相关物种，包括新鲜水果、鱼类、植物种子等的进入，否则，一律没收并加以处罚。我们一行登机前就收到了专门的提示，下飞机取行李时，果然看到一条健壮的大狗正在所有入境旅客的箱包边上嗅气味呢。

塔斯马尼亚的公路与我们的国道高速的现代化程度不是一个量级，甚至不能与我们的省道相比。我们走过的1号公路和A3公路，路面都显得比较狭窄且曲折。但是这里车辆不多，沿途迤逦的风光、壮丽的景色，令人目不暇接、心旷神怡。连日的旅行，大家全然没有疲惫和烦躁，倒是十分的轻松和愉悦。映入眼帘的是蓝蓝的天空，天际线处是黛褐色的连绵的群山，地面上是一望无际的绿色的草地牧场，黄色的油菜花，紫色的薰衣草，粉红色的郁金香，牛羊成群集队自由悠闲地咀嚼青草，一排排苍劲的树林将天然牧场做出了自然分割……大自然赋予的立体的画面、多彩的色调、圆融的景观，构成了塔斯马尼亚原野上几乎随处可见的赏心悦目的景象。导游小柳是个乐天的小伙子，他学牛羊的叫声惟妙惟肖、非常逼真，经常引来牛羊的凝神驻足和齐声叫唤，更衬托出大地的宁静。

塔斯马尼亚是澳大利亚山脉最多的洲。这里的山脉多而不高，很少1500米以上的高山，但这里的山脉却不乏雄奇壮观和陡峭险峻。惠灵顿山离霍巴特大约才20公里，海拔1270米，我们是乘车上去的，一下车就能感受到呼呼的大风，让人很有些寒意。山顶上，乱石林立，形状怪异。山顶的天气更是变幻多端，时而云雾缭绕，时而云开日出，时而风雨交加。山峰上设有多个观景瞭望台，倒是眺望霍巴特全貌的绝佳之处。

摇篮山是塔斯马尼亚世界文化遗迹自然保护区之一，位于郎塞斯顿北部圣嘉利湖国家公园内。摇篮山因两座山峰之间有一突出的石块形同躺睡的儿童而得名。虽然已经是初春时节，但山头的积雪尚未融化，远远望去，蓝蓝的天穹下，摇篮山山峰显得十分巍峨。山脚下的多芬湖，湖水清澈，平静如镜，摇篮山的倒影在湖水中清晰可见。湖岸边，古树苍劲挺拔，灌木郁郁葱葱，那别具匠心的木屋船舍点缀旁边，空中不时传来不知名的鸟叫……这是怎样一种梦幻般的宁静，远离都市、避开纷扰，一切的喧嚣、烦闷都是那么遥远，游人的灵魂在此是能够得到放松和休息的。

亚瑟港位于霍巴特的东南海岸。这里地理条件独特，三面都是深水，大英帝国时期一批英国囚犯被关押在此。如今，这里被列为世界文化遗产对公众开放。海浪、沙滩、礁石、树林、绿地，一切都十分的安详、静谧、雅致。然而，在这里游人看到的那英伦味十足的建筑残垣，那斑驳陆离的监狱遗迹,那满是坟墓的"死亡之岛",那些令人毛骨悚然的传说,能够感受到历史的沉淀和沧桑。

塔斯马尼亚有着漫长的海岸线。这儿的海岸景观煞是奇特。地壳运动,催生了众多的峭壁悬崖,或奇峰突兀、或险峻陡峭,这类地理岩石景观重峦叠嶂、千奇百怪。令人叫绝的是,经过几千万上亿年的海浪的冲刷、洗涤和侵蚀,海岸边的许多礁石都赋予了艺术的外形和灵性。

亚瑟港附近的塔斯曼半岛,是游客必去的著名景点,以四大自然奇观闻名于世。喷水洞、塔斯曼拱门、棋盘道、魔鬼厨房,这四大自然景观都是若干年地壳运动引起的地质变化衍生物。魔鬼厨房说的是一种叫作袋獾的动物,善于躲在悬崖下猎食的传说。从悬崖上往下看,巨大的落差会让人目眩神晕、怦然心跳。经常有奔跑的动物在此处摔下去(一说是海盗杀人后将尸体从悬崖抛下),正成为守候在此的袋獾的美餐。在喷水洞和塔斯曼拱门附近,我们看到,海浪从远处汹涌而至,撞击着岸边的礁石,激起白色的硕大浪花。惊涛拍打着岸边,卷起的排浪汹涌澎湃,涌向溶洞和拱门时,如同惊雷炸响,隆隆轰鸣之声不绝于耳。在被称作棋牌石的海湾,那些岸边的礁石,线条横平竖直,整齐划一,宛如刀切电锯一般,有的礁石竟然多达四五个层次之多。驻足在这些礁石上,不由得对大自然的鬼斧神工,增添了更多震撼和敬畏。

地壳运动造就了塔斯马尼亚众多美丽的海湾。蓝色的海水、白色的海沙、多彩的岛礁，构成了这些海湾的美丽风景。海盗湾的山水与蓝天白云相聚，海面上点点白帆，让人难以忘怀、流连忘返。火焰湾的礁石呈现迷人的红色，成片的红色礁石在阳光照射和白色沙滩的映衬下，宛如熊熊燃烧的火焰，给人带来美轮美奂的视觉享受。导游看出了我们的疑惑，说道，这个地方的海藻中含有某种特殊成分，红色礁石的形成则是这类海藻常年受侵蚀的缘故。

最具盛名的海湾大概就是酒杯湾了。它位于塔洲东海岸菲欣纳国家公园内，据说是世界上最美丽的十大海湾之一。沿着崎岖的山路，穿过浓密的山林，跨过嶙峋的山石，经过一个多小时的跋涉，我们一行终于登上了山峰。一幅绮丽壮美的画面赫然映入眼帘。只见蔚蓝的天空和湛蓝的海水交融在一起，海湾呈半月形的优美弧线静静地躺卧着，如同盛满美酒的水晶玻璃杯。海滩上，银白的柔柔的细沙绵延蜿蜒，蓝色的海水向岸边涌来，浪沙相拥，激情相吻，宛若酒杯沿上的泡沫。耳边不时传来风声、鸟声、水声，自然声音停息时出现的空灵寂静真的撩人心旌。

在下山的途中，我们见到一支大约由七八位老人组成的队伍，开始我们以为他们也是前来观光旅游的，仔细一看，他们手上都拿着一个大袋子，袋子内装着果皮、废纸、塑料瓶等各类垃圾。一打听，原来，这些老人是环保自愿者，他们每隔几天都要上山来捡游客丢弃的垃圾。我们一行不约而同地向老人们伸出了大拇指点赞，老人们举起手中的"战利品"让我们拍照，然后，乐呵呵地笑着赶路了。

品尝美食当然是旅游活动不可或缺的内容。澳洲不啻美食家的天堂，其海鲜在全世界都是闻名遐迩的。地处南太平洋的塔斯马尼亚，算得上是最靠近南极的地区，其海鲜足以代表澳洲的水平。这里的海水深澈纯净，未受污染，海产品品种丰富、鲜活生猛、质地鲜美，像龙虾、鲜鲍、帝王蟹、生蚝、扇贝、三文鱼，等等，鲜嫩肥美、营养丰富、可口卫生、无与伦比，令游客们大饱口福。到达塔斯马尼亚首府霍巴特，汽车刚刚驶出机场，当地的导游小柳就将我们带到了一家生蚝农庄俱乐部，让大家品尝生蚝，说是给到达塔斯马尼亚客人的见面礼。肠胃敏感的C君，在国内吃了稍微不洁的食物就会闹肚子，此次在大家的劝说之下，几天下来，C君吃了多次海鲜，都未曾发生意外情况呢。

在塔斯马尼亚我们还见到了不少飞禽走兽，许多都是珍稀罕见的品种，如鸭嘴兽、海马、海豹、海豚、企鹅、鲸鱼、袋獾等。澳大利亚是世界上著名的有袋动物的王国。

袋鼠是澳洲特有的产物。在塔斯马尼亚的公路上、树林里、田野中，几乎随处可见袋鼠的身影。奇怪的是，这里的袋鼠全然没有健壮硕大的身材，更没有好斗的拳击手的模样，它们普遍个头矮小、慵懒贪吃，但它们的动作敏捷，与人类相处时保持着特有的机敏和警惕。

一路上，L君不断在念叨，不知道能否看到塔斯马尼亚袋熊呢？我们的运气真的不错，从摇篮山国家公园出来时我们还真的看到了袋熊。袋熊的外形像胖胖的小猪，体型粗壮、矮胖敦实、憨态可掬，令人称奇的是袋熊的育儿袋不像袋鼠那样长在腹部，而是向后开口，长在屁股的上方。袋熊妈妈背着小袋熊，时而缓步，时而跳跃，小袋熊探头探脑，一副蠢萌的模样。有趣的是，袋熊似乎乐意与人类和平共处，吃草时旁若无人专心致志的样子煞是可爱，近距离观察或与它拍照，也不回避。更让人惊奇的是袋熊的排泄物，它的便便竟是方方正正的块状物。同行中有人咨询L君，他说晚上回去查查资料。第二天问及此事，还是没能说出个所以然来。

众多风景优美的乡村小镇映衬着塔斯马尼亚的自然之美。古老的教堂、古朴的大树、古色古香的木屋，是塔斯马尼亚乡村小镇的标配。这里的风情、格调、习俗等，容易让人想起英国乡村的农庄。英国作家杰里米·帕克斯曼说过，在英国人的脑海里，英国的灵魂在乡村。

确实，生活在这里的人们，沿袭着英国人的乡村生活方式，他们追求生活的安逸和优雅，崇尚自然也尊重自然、热爱生活也装点生活。我们在里奇蒙镇逗留了半天时间，这里是澳洲保留最完善的古老小镇，有着澳洲最为古老的石拱桥和天主教堂。山楂树、木栅栏篱笆围成的矮墙，风格迥异的小别墅，窗户上摆放着鲜艳的花卉，外墙上涂有主人个性化的色彩，庭院内绿油油的草坪打理得平平整整，路边的参天大树枝繁叶茂，村庄旁边的小河静静地流淌，野鸭在水面上嬉戏扑腾，鱼儿在水里游动，小鸟在空中啼唤……一切都是童话牧歌般的安详、悠闲和幽静。然而，步入现代社会，融入市场经济大潮，塔斯马尼亚的乡村小镇也逐步形成了各自的特色：蜂蜜、葡萄酒、啤酒、果酱、乳酪、海鲜、羊毛、壁画、薰衣草，等等，都在以个性化产业和特色农产品招徕游客，彰显自身。像罗斯小镇、谢菲尔德壁画小镇，像那些个性化的农庄、农场等，在塔斯马尼亚的旅游业中都已经是颇有名气的标志性品牌了。难能可贵的是，这儿的经济发展，开发旅游，都特别注重与大自然的融和，特别注重生态的保护，没有以牺牲自然环境为代价。

在塔斯马尼亚旅游是短暂的，但它带给我们一行的视觉冲击和心灵震撼确实巨大。L君的一番话引发了大家的共鸣。他说，人类进入工业化和现代化以后，加剧了对自然界的侵害损毁，加大了对自然资源的掠夺破坏。愚昧无知、盲目短视、贪婪自私、急功近利，在种种功利思想的驱使下，现代人干了许多令人扼腕叹息又啼笑皆非的蠢事，造成的损失是难以估量的也是无法弥补的。各种自然灾害、各类疾病频发，这都是大自然对人类的报复。正因如此，人类要与自然和谐共生，要心存大自然、敬畏大自然、亲近大自然、保护大自然。正因如此，塔斯马尼亚的原始生态美景更具其非凡的价值和意义。

世界的每一处都有自己的景致，都有它的独特之处，也都会给你或多或少留下不少难忘的印象。塔斯马尼亚之旅留给我们的印象，则是加深了对于"这里是世界上阳光、空气、水最洁净的地方"的认同，加深了我们对于生态之美、自然之美的认知。塔斯马尼亚的原始风貌无疑是大自然恩赐给地球的宝贵的礼物，它的独特景观显示出大自然无可比拟的主宰力。

哦，我还要来塔斯马尼亚！在这儿，能够领略到大自然的美轮美奂，能够体会到宁静旷远的意境，能够感受到来自远古的呼唤，能够聆听到宇宙苍穹的天籁之音……

玩在沙坡头

中卫是宁夏的5个地级市之一，是一个建市时间才16年的年轻城市。但是，这里的史前文化、边塞文化、游牧文化、回族风情互相交融、交相辉映，赢得了众多游客的赞誉。尤其是这里的国家级5A景区——沙坡头景区负有盛名，在国内外旅游界的名气很响亮，在众多游客心目里的位置很崇高，10多年前就被央视评为"中国十大最好玩的地方"。

我是第二次来沙坡头景区旅游了。我细想，为什么有的景区，会不温不火、难以为继？为什么有的景区昙花一现、不见踪影？为什么有的景区盛名之下其实难副？沙坡头景区的长盛不衰是有缘由的。这里既有先天地理条件的独特，也有后天人们的精心打理；既有厚重的底蕴，也有不可复制的优势。它不是靠噱头哄人，不是靠炒作骗人，不是靠明星、网红拉动带来的轰动效应。

旅游景点的好看、耐看是必须的，但仅此而已显然又是不够的。对于广大旅游者特别是年轻的旅游者来说，关键是既要好看，更要好玩。许多旅游景区本来就是天生丽质，是纯自然的、原生态的。优良的基因，使得它傲视群雄。后天的修饰，又使它锦上添花。这样的景区，确实能给游人以画面美感，能给游人历史和文化的受益。作为旅游景区，做到这一点，已经不容易。然而，它们毕竟都属于静态的、恒定的，少了些动感，缺了些与游客心灵和身体的互动。

与国内的大部分旅游景点比较，宁夏沙坡头景区的美，是一种立体的美、多元的美、综合的美，是一种庄重与灵动交织在一起的美，其内在硬核在于"好玩"。这个景区始终把"好玩"贯穿景区游览的全过程，让游客在这里玩得新奇、玩得高雅、玩得开心、玩得愉快。正是具有了这样的独特性，沙坡头景区在旅游业独占鳌头，在旅游市场独领风骚就成为某种必然。

旅游景观的好玩，绝不能仅仅理解为只是儿童的专利。青年人、成年人、老年人都有玩的刚性需求。对于旅游景点好玩的要求，是十分通俗却又非常高的标准。人们对于玩、对于好玩，认识不一，要求不一。真正意义的好玩，其实不太容易。但是，从沙坡头以及其他一些景区提供的经验看，还是能找出某些规律性的东西的。通过故事性，吸引游人渐入佳境；通过新奇性，激发游人的好奇心和探求欲望；通过刺激性，尤其是感官刺激，让游人流连忘返；通过参与性，让游人乐在其中。总之，如果游人在景区内被激发起玩的冲动，找到玩的乐趣，那么，这个景区就算基本成功了。

沙坡头景区地处腾格里沙漠东南边缘。这个景区体现了玩的多样性和丰富性。游人可以仰望祁连山的英姿，可以倾听黄河的絮语，可以探访久远的文明，可以触摸沙漠的脊梁，可以漫步沙海的绿洲……这里的众多项目，游人都可以参与互动，在玩的过程中放松身心、放飞心情，尽情地玩耍。

玩在沙坡头是名副其实的，因为沙坡头的景观内涵非常丰赡。这里是融自然景观、人文景观、治沙成果为一体的"世界沙都"，堪称高山、黄河、绿洲、大漠四位一体的旅游景观交响曲。高山，是指巍巍祁连山余脉，绵延起伏，成为沙坡头景区最为宏大、最为壮观的背景。黄河，是指奔流不息的黄河，在景区形成天下黄河第一湾。绿洲，是指景区内的"童家花园"，是沙漠与黄河之间的一片花团锦簇、绿意葱茏的绿洲。大漠，是指一望无垠的腾格里沙漠。这四种不相干的自然景观，竟被大自然巧妙地聚合在沙坡头一个景区里。它们以非凡的气势、迥异的状态、鲜明的对比、多彩的色调，给游人异乎寻常的惊艳和震撼。

更值得称道的是，在项目设计时，管理者就把好玩作为景区打造的目标，十分注意旅游项目与游客的互动性，注意把游客的静态观赏和动态参与统筹谋划、综合考量。因而，这个景区的绝大部分项目，游客都可以参与其中，能够通过互动寻得欢乐。再加上罕见的沙漠天梯、328米长的横跨黄河5D大桥……到这里来旅游的人们，都能够寻得游玩的乐趣。

从空中鸟瞰沙坡头景区，游人会发现，兰新铁路横穿沙坡头，景区被自然分割为两大板块：一为黄河景区，一为沙漠景区。

黄河景区的项目主要在黄河北岸。绿影婆娑的绿洲、巍峨高大的香山、奔流不息的黄河就在眼前，充满了神奇、壮观、曼妙的意味。黄河景区可是做足了黄河的文章。激情滑沙项目，游人攀上高高的沙坡顶上，乘滑板滑到沙坡的底部，几近黄河岸边，滑沙发出的响声有"沙坡鸣钟"之名。快艇和羊皮筏项目，在黄河上漂流，能够体验到天下第一河追波逐浪的感觉。飞翼项目，恋人们比翼双飞，乘飞翼车呼啸而来，发出阵阵尖叫，能够享受飞越黄河的快感。蹦极项目，黄河边搭起的高高的平台，游人玩起蹦极，惊险而刺激，容易引来不少敢于冒险的游客。

沙漠景区开辟了许多沙漠健身、竞技项目，譬如，沙雕、沙疗、沙浴、沙漠球类、沙漠田径、探险观光等。更有许多运动项目，譬如，沙漠越野车、沙海冲浪车、大漠乘驼、沙漠巴士、四轮摩托车、沙滩车、沙漠勇士车、沙漠雪橇车，等等。在茫茫沙海里越野冲浪，充满了豪气和刺激，特别是坡度大而陡时的上与下，更是令人难忘。那些年，我在迪拜、在纳米比亚等都曾经有过这种体验，领略过这样的感觉。

来到大漠，游客们都有当一回沙海水手、驰骋沙海的冲动。沙坡头开放的这些项目，无论是速度还是幅度都比较大，且具有一定的刺激与危险。景区规定，大凡带点刺激的、有点危险性的项目，60岁以上的游人一律叫停。正巧我们一行都被杠到了，身体很棒的我们暗暗叫屈，只得待在一旁观赏。

陪同的小张看出了我们的不悦，终于找到一个适合我们的项目，那就是沙漠骆驼骑行。骆驼性情温和，忍耐饥渴，负重能力强，是古丝路沙漠中的重要交通运输工具，被称为"沙漠之舟"。我们一行立马加入了骑行的骆驼队伍。

骆驼队伍在沙漠中跋涉，这应该是大漠中最原始的出行轨迹了。眼前只有无边无际的黄沙，叮叮咚咚的驼铃声，在空寂的大漠中传得很远很远。风起了，坐在骆驼上的游人忙不迭地遮蔽眼睛、捂住帽子和衣物。我觉得骆驼在沙漠中行进的步伐悠闲而坚定，我感到大漠中的人是那样的渺小和卑微。骑行了一圈，游人们好开心啊，虽然时间不长，但算是都有了驰骋沙海的小小经历，算是有了近距离接触沙土的谈资。杨君的玩兴正浓，直嚷嚷，还要再骑一会呢。

在嬉沙区，刘君大声公布了他的发现。我们围拢过来，只见他张开手掌，原来握住的一把黄沙很快滑落得干干净净。确实，腾格里沙漠的沙，特别细腻，握在手里非常滑溜，毫无粗糙之感。特别纯净，几乎没有杂质。特别有厚度，据说达到150米。

我们仔细端详沙丘、沙包的模样，发觉沙的纹路、纹理极富艺术感。一条一条的波纹，间距相同、高矮一样、纹理清晰。大风吹起，沙漠的表层会随之变化，变成另一番模样。刘君说，同样是纹路，水的波纹形成了，很快就会散去。但沙的波纹形成了，就会定格在那里，悄悄地等待下一次风的到来。这，就是沙漠所特有的魅力。

"大漠孤烟直，长河落日圆"是唐代大诗人王维的千古绝唱，也是沙坡头苍凉风光的极妙写照。景区唯一的人物雕塑像就是王维，只见诗人风姿绰约、器宇轩昂、目光炯炯有神，手上握有巨笔，眼睛远视前方。身旁是他的那著名诗句的石刻，身后是滚滚的黄河，远处是起伏的香山，北方是无边的大漠。游人们乐呵呵地与诗人塑像拍照留念，遥看长河落日的盛景。游人们看到了边塞的荒凉、大漠的辽阔，能够想见当年戍边将士的艰辛和劳苦。

现在,沙坡头景区更加好玩了。魔幻情境体验剧《沙坡头盛典》已经常态化商演。沙坡头景区已经四次举办全国大漠健身运动大赛并成功举办了2018环球旅游小姐世界总决赛。沙漠舞龙大赛也得到广泛好评……

沙坡头景区的确好玩,它会让你流连忘返、意犹未尽。朋友,来吧!好玩的沙坡头等着你。

走进腾冲

彩云之南的腾冲，隶属于云南省保山市。在这里几天的旅行，我深深为这个历史悠久、风光秀美、文化积淀深厚的地方所吸引、所打动。作为一个县级市，腾冲的旅游景观堪称富有。首先当然得益于自然资源的得天独厚，譬如远古火山喷发遗址、热海温泉、叠水河瀑布、古镇村落、高黎贡山，等等，更有今人的精心挖掘和匠心打造，譬如玉石文化（赌石）、远征军纪念馆、大型演出——《梦幻腾冲》等。腾冲对于重点旅游景观的环境打造、渲染、烘托等，都相当成功，腾冲对于旅游业的开发、培育、利用，令人印象深刻。

《梦幻腾冲》的大型演出

进入腾冲市区，你会被扑面而来的形形色色的大型广告所吸引。"《梦幻腾冲》定时定点常年演出"，此类广告宣传，铺天盖地、触目皆是，其出现的频次、形式、密集程度以及带来的宣贯效应，能给到腾冲旅游的人们以一种欲罢不能、跃跃欲试的冲动。

《梦幻腾冲》的大型演出，可以说是滇西腾冲旅游的灵魂。展现在观众面前的是，火山热海的奇特地貌、马帮踏行的丝绸古道、碧血千秋滇缅抗战、和顺家园的美好愿景、丝路之光的追寻向往。通过上述几个章节，腾冲久远的历史、丰富的文化、区域的特色和别样的风情，尽情地、立体地展现在观众面前。

　　由我国奥运会导演组编导、云南省演艺团承演的这台演出，运用国际水准的现代表现手段，生动完美地切合并映衬了演出的主题。一流水平的灯光、音响、舞美、服装、道具，加之演职人员的悉心演绎和激情投入，使这台大型旅游演艺的精品力作如梦如幻，获得巨大成功。从演出的内容看，它有构思缜密、新颖精巧的编创策划。有跌宕起伏、扣人心弦的剧情安排。有气势恢宏、大气磅礴的舞台风格。有欢快舒缓、行云流水的抒情基调，融思想性、艺术性、趣味性与一炉。既具有深邃的历史纵深感，又具有鲜明的时代行进感；既具有强烈的视觉冲击力，又具有非凡的艺术感染力。演出作为国家舞台艺术精品工程项目，是当之无愧的。可以这样说，无论游客来自哪里，无论游客是初来乍到，还是即将回程，无论游客是什么年龄，从事什么职业，只要观看了《梦幻腾冲》的演出，就一定会对这台精彩纷呈的文化盛宴、对腾冲，产生难以忘怀的美好印象。伴随着《梦幻腾冲》的演出，腾冲已经走出了云南、走向了全国，走向了全世界。

缅怀先烈的国殇纪念馆

到腾冲旅游，自然要到腾冲国殇墓园去瞻仰。

1945年落成的腾冲国殇墓园，是全国建立最早、规模宏大的国军抗日烈士陵园。"攻克腾冲阵亡将士纪念塔""腾冲战区抗日烈士墓""抗日英烈纪念堂"，是当年中国远征军的英魂安息之地。墓园里几组庄严凝重的建筑，永存了抗日将士的英名。将士们守卫疆土的丰功伟绩彪炳千秋，他们热爱祖国的碧血丹心浩气长存，值得后人永远缅怀、祭奠。

一座座墓碑，分明就是一座座丰碑；一个个英烈的名字，分明就是一个个英雄的身影。他们是中华民族的脊梁，是炎黄子孙的杰出代表。在野人岭，面临毒虫、猛兽、瘴气，远征军将士们所承受的巨大牺牲，惊天地、泣鬼神、感天动地、气壮山河。远征军史诗般的经历，他们身上表现出的大无畏的英雄气概，正是中华儿女万众一心、不屈不挠、同仇敌忾的生动写照。

墓园中间有一块矗立的墓碑很是醒目。走近一看，碑文是《答田岛书》。仔细阅读后，你一定会血脉喷张。在强敌面前，腾冲人表现出的是凛然大义和浩然正气。《答田岛书》不啻是一篇浩气长存的传世檄文，是抵御外敌的崇高的民族气节的缩影。不远处，一个小战士的塑像，也引得游人纷纷驻足。大号的军服穿在身上，明显长了不少。背负的军号、干粮等,无不显示出战士出征的庄严。这是当时中国人民全国总动员,地不分南北、人不分老幼,不畏强暴、前赴后继、战斗到底的抗日精神的真实写照。

面对白底蓝字的碧血千秋石刻,在苍松翠柏前,我们一行人伫立于英烈墓碑前,大家手捧鲜花、默哀凭吊。耳旁,微风轻拂、松涛阵阵,请捎上我们发自心底的祝福和祈愿吧,愿抗战英烈安息!愿世界永远安宁、和平!

热海大滚锅

腾冲的地热资源相当丰富,这里是我国地热疗养的最佳之地,为我国第二大热田。腾冲有99座火山、88口温泉之说,热海景区主要由热海石、大滚锅、浴谷、怀胎井、珍珠泉、美女池等构成,足以满足各方游客的好奇与品鉴。

进入热海景区,明末地理学家徐霞客题写的"一泓热海",在牌楼处异常醒目。往前走,先是感到山间空气湿润许多,山道上、栏杆上都是湿漉漉的。接着,闻到空气里面弥漫着硫磺的气味。远远望去,漫山遍野热气腾腾、雾气缭绕。我们所经过的路道旁,随处可见热泉呼呼喷涌,水塘、池边里都有泉眼汩汩冒泡,水面上涟漪打圈,上面笼罩着的热气不断腾挪、缓慢上升。

驰名中外的热海大滚锅,其实就是数个泉眼喷涌出沸水，由人工围成的一个大池。在热海景区，能够让游客近距离观赏的温泉池不少，但热海大滚锅的水温可能是最高的。靠近旁边观察，那从地底深处冒出的水，沸腾着，夹着声响，阵阵热浪，灼人脸颊。

地理知识告诉我，地底下面炙热的岩浆，与地下水流相拥，在地力的作用下，冲出地表层就出现了温泉。但是，温泉的温度高出一般也是不常见的呀，这应该是火山爆发地带才会出现的特殊地质、地貌现象。

山道边，有不少当地的村妇在吆喝什么，一群游客围在旁边。凑近一看，原来村妇们将篮子里的生鸡蛋用草绳捆扎成条状，卖给游人，让游人将鸡蛋放进热海大滚锅池子里煮熟吃的。我们立马买了几串，将鸡蛋放入大滚锅中，只一会工夫，导游就喊叫，鸡蛋煮熟了。一路跋涉的大家，肚子也空了，剥开鸡蛋，香气扑鼻，夏君直叫"好吃，好吃，风味独特。"

到热海景区，泡温泉当然是必不可少的康养旅游项目。这里的温泉品种不下数十个，全部泡下来半天时间都不够用，我们只能选择性地感受一下。每个池边都有文字说明的铭牌，凡是注明对皮肤、对身体有显著益处的，我们就跳进去浸泡一会。不知何人发问："有效果吗？"大家笑笑，刘君说道："赶个热闹、尝个新鲜呗，干任何事，只有长期坚持，才有可能见到效果的。"

底蕴深厚的文化古镇

和顺古镇位于腾冲县城西边 4 公里，是云南省著名的侨乡，更是茶马古道的重镇，也是西南丝绸之路的必经之地。

在我国，江浙一带的古镇很多，虽然各有千秋，但总体上大都是小桥流水式的，房屋街市一般傍河而建。和顺古镇自有特点，山清水秀、绿影婆娑、如诗如画，有"绝胜小苏杭"之美誉。这里不乏古建筑、古桥、古河，明清时期的牌坊、古宅、祠堂遍布全镇，古民居触目皆是。重要的是，和顺镇区总体布局是以群山为背景，一边是青翠的山，一边是流淌的河，房屋依山傍水，古镇建筑环山而建，重重叠叠、层次分明。和顺古镇的建筑，特别是那些宅院、宗祠，风格各异，号称中西合璧，兼收并蓄的建筑博览。

在和顺，你能感受到旅游建设者的匠心独运。镇中心广场矗立的大型水车，不忘提醒游客这里的农耕年代。小河边的洗衣亭，寄托着走四方的和顺人的相思。飞檐翘壁的古建筑群落，让人伸手可及斑驳的岁月。和顺小巷，反映了当地人生活的安宁和恬静。异地而建的总兵府，给游客以历史的沧桑和厚重之感。

腾冲人杰地灵，出了不少知名人物。我国著名哲学家艾思奇就是和顺人，他的《大众哲学》和《哲学与生活》

两部著作，曾经引导无数有志青年走上革命道路。艾思奇纪念馆也具有中西合璧的特质，一座砖木结构的四合院楼房，环境清幽、古朴秀雅。拾级而上，在几个展室中，陈列了艾思奇的著作、手稿、起居用品、生平事迹等，游人们对于这位哲人的生平和人生，有了更多的了解。

值得一提的是，和顺古镇有一个全国重点文物保护单位——和顺图书馆。它始建于1928年。为我国最大的乡村图书馆，"在中国乡村文化界堪称第一"，迄今共有藏书7万多册。在相对偏僻的乡村，祖祖辈辈忙于田间耕作的农民弟兄，对于文化的信仰和追求，竟然如此执着与痴迷，竟然有如此眼光与胸襟，我从心底里被震撼了。我努力思索其中的某些关联因素，终于明白，是和顺的农民走出了深山，跋山涉水的马帮接触了外部世界，受到了外来文化和现代文明的熏染使然。因而，和顺古镇的文化气息得以世代相传，这是有一种历史必然性、一种持久的生命力的。

现在，和顺镇已经开辟为著名景区。景区大门口的牌坊上，和顺顺和四个字特别醒目。我突然发现，对于大多数老百姓来说，和，和和美美，和气生财，家和万事兴……顺，顺风顺水、一帆风顺、一顺百顺……和、顺二字不是涵盖了全部人生的祈愿吗？个人如此，家庭如此，单位如此，国家亦是如此呀。

城市中心的瀑布

陪同我们的导游是位当地人,她向我们强烈推荐看看叠水河瀑布。

开始大家颇不以为然,城市中心的瀑布还能有什么特色?不会是一种炒作、一种噱头?我们一行可谓见多识广,大家见过不少瀑布,国外的像美国和加拿大之间的尼加拉瓜瀑布,像巴西的伊瓜苏瀑布。国内的像黄果树瀑布等,它们形态各异,气势非凡,声名远播。而腾冲县城的中心的这个瀑布——叠水河瀑布,有什么特色呢?

叠水河瀑布的名字从何而来呢,导游说,是由于瀑布跌落深潭以后,继续奔涌向前,河床的特殊地貌将河水叠为两折,形成了新的落差,故称之为叠水河瀑布。

叠水河瀑布就其规模而言,与国内外那些知名瀑布相比,显然不是一个量级。但,实地观赏还真是不虚此行。

叠水河瀑布是一个火山堰塞瀑布。它的特点,一是地理位置独特。国内外的瀑布大都是远离市区,基本上都处在深山野外。叠水河瀑布处于城市的中央位置,则是极为罕见的。瀑布旁边就是繁华的闹市区,附近还有道观、寺庙等,十分方便游客造访。二是水流急,来自大盈江的江水穿过腾冲县城,受断层崖的阻隔,江水从旁边夺路喷涌而出,且常年不会间断。三是瀑面宽,春季瀑面宽大约有5米,丰水期的瀑面可达10米。四是落差大，从崖顶到潭面，水流直灌的瀑布高达46米。五是景色美，瀑布三面环壁。崖壁上，排列着火山喷发后特有的柱状节理群。瀑布的四周绿荫密布、树木葱茏，由于空气湿润，周边的山石大都长满了青苔。

在瀑布飞泻的崖顶，有多处形态各异的巨石卧立。不远处，一座石桥——太极桥横卧江上。站在观瀑亭内，只听得瀑布的轰鸣声不绝于耳，只见得瀑布的水流似银河倒泻。导游告诉我们，晴日里，经常可见七色彩虹飞凌呢。

其实，叠水河瀑布的名气早在400多年前，就通过徐霞客的生花妙笔展现在世人面前。当年，徐霞客来到叠水河瀑布，对瀑布已经做了细致入微地描写，浩荡荡的水流，源源不断，从46米高的高崖上跌泻深潭，飞流直下、水花四溅，徐霞客形容为"电走雷轰势撼山"。叠水河瀑布以磅礴的气势、壮观的形姿、隆隆的轰鸣，远近闻名。其境其景，真让人怦然心动。

第六辑 絮语发微

关于"三"的联想

3月16日的《扬州晚报》刊载了徐颖宏先生赞美扬州美食的文章《扬州美食说"三"道事》，文章用"三"来概括扬州美食，从美食店的三春，说到三头宴、三套鸭、三丁包、三省茶，等等，简洁明了地将扬州美食的精要拎了出来，非常贴切传神，令人印象深刻。由此，我联想起"三"在中国文化语境中的特殊意义。

在阿拉伯数字的排列选择中，国人对三六九似乎比较偏爱一些。相比较而言，六和九的指向性明显，应用面专一，人们普遍祈愿六六大顺的吉祥，崇尚九五至尊的荣光。而国人对于"三"更加情有独钟些，觉得它与普通人的生活和想法更加接近，应用的范围和领域也更为宽泛。在大多数人眼中，"三"就是吉祥数和幸运数，譬如三阳开泰、三星高照、连中三元，等等。"三"的使用频繁常见，与人们认知它带有吉祥美好的寓意密不可分。

从心理学的角度来观察，人是唯一对心理暗示产生作用的动物。在许多古建筑中，常常可见平步青云、连升三级等的装饰和物件，其中都蕴含着祥瑞、吉利、富贵的美好希冀。如同北方人说的芝麻开花节节高一样，在南方不少地方，三是升的谐音，含有飞黄腾达、节节走高的寓意，诸如升官了、发财了、工资提升、职位升迁，等等。据说，南方某些地方的手机、电话、车牌等号码的竞拍，凡三字打头或末尾的，一度都是供不应求。

在我国古典文字中，"三"有实指也有虚指。实指时就是数词的三，虚指时就有多和多次的意思，主要看语言环境来区别。像三教九流、三打白骨精等的"三"都是实指。诗词里的"三"以虚数为比较常见，如"一日不见，如隔三秋""飞流直下三千尺，疑是银落九天""烟花三月下扬州""谁言寸草心，报得三春晖""惊回首，离天三尺三"，等等。

在老百姓日常生活的交流、对话当中，"三"也是口头和文字表达时经常出现的热词。当"三"在那些语言环境里出现的时候，一般都具有显示具体数字的特征，使得语气更加形象和生动。譬如三百六十行行行出状元、三顾茅庐、三六九等、三人行必有我师、三个臭皮匠合成一个诸葛亮、三过家门而不入、不管三七二十一、无事不登三宝殿、事无三不成，等等，人们都能信手拈来。

考察我国语言文化发展的演进历史会发现，"三"的使用带有鲜明的中国文化传统的印记。中国蒙学第一书的三字经以及弟子规，全都是三个字的组合。三纲五常、三从四德、三足鼎立都是用三来引领概括的。流传至今的许多格言、俗语、警句也不乏"三"的身影,如吾日三省吾身、三人成虎、冰冻三尺非一日之寒、朝三暮四、三思而行、说三道四、举一反三,等等。至于成语词典中以"三"打头的成语更是不胜枚举,三生有幸、三心二意、三言两语、三令五申、三长两短,等等,都是人们耳熟能详的词汇。

由此看来,人们对于"三"的热衷以及对于"三"的广泛应用,绝非单纯用习惯、信仰、崇拜、喜好之类就能够解释清楚的。应该说,它也是一种包含传承和创新,又为人民群众喜闻乐见的社会文化现象。一个基本的事实是,人们都愿意把"三"朝着美好的方面去想象,人们都希望用简洁凝练的语句来宣贯自己的理念。但是,期望与现实之间不可能划等号,美丽愿景的实现,还得靠天时地利人和,更要看扎扎实实的努力。

论"吃"

"吃"是动物的本能，是维持生命之必须。古人云，食色，性也。人们常说，民以食为天。如果说，新的生命体离开母体的第一声啼哭，是寻找母乳的话，那么，新生儿所做的第一件神圣的事，必然是吸吮母亲的乳房。很长一个时期，国人见面的一句"吃过了吗"的应答，其中包含了多么深切的关心、多么温情的问候。

饮食文化博大精深、源远流长。对"吃"的重视应该是普世间的共同价值。但是，像中国人对"吃"有如此研究的恐不多见。我国古代的明君有"风调雨顺、五谷丰登、国泰民安"的祈愿。历朝历代有"兵马未动、粮草先行"的古训。古书中关于"吃"的紧要、机缘、礼仪、规范、趣闻、等等，有众多详实的记述。我国历史上的许多兵荒马乱，都是饥荒之年发生的。至于吃不饱、穿不暖，是形容穷困潦倒。饥寒交迫，是形容冷饿交加。饥不择食，是形容饿极了，顾不得挑拣食物。"谁知盘中餐，粒粒皆辛苦"，则是告诫人们珍惜来自不易的粮食。

亲朋好友之间的送行、接风、洗尘、迎来送往，单位内部的联谊聚餐等，其实都是关于吃请、请吃的一种含蓄且优雅的表现形式和表达方式。中国的几大传统节日，春节、端午、中秋很大程度都含有"吃"的元素，并且都有"吃"的特定指向。像春节的饺子、春卷，端午的粽子、鸭蛋，中秋的月饼、菱角等食品，都已经成为这些节日的标配了。

据说，人是三岁时定口味，注定了此生的味蕾和味觉。所谓《妈妈的味道》《老家的味道》《舌尖上的中国》等，都是有关"吃"的美好的记忆、感觉及其享受。也曾听老者讲过，"人是铁，饭是钢""吃是真功，穿是威风，嫖是两空"。说某人的吃相难看："牙齿如夹剪、眼睛如滑闪、膀子如划船、筷头如雨点"……所有这些，都是关于"吃"的既充满哲理又朴素无华的真知灼见。

人类对于"吃"的研究探索从来没有止息过。许多情况下，"吃"的举止行为，是有考究的，甚至是奢华的。法国大餐、满汉全席，其豪华程度，让人难以想象。遑论皇家贵族了，那些稍有资产的大户人家的厨房、餐桌、餐具、菜肴，都能让人目瞪口呆。《红楼梦》里丰富多彩的饮食文化的描写，足以让人大开眼界。

作为美食大国，我们国家丰富无比的菜系和烹饪方法，离不开美食鼻祖们的贡献，中国古代的彭祖、詹王、易牙、伊尹被尊称为"四大厨神"。"人莫不饮食也，鲜能知味也。"我国历史上诞生了众多的美食家，他们以快乐的人生态度阐释食道、诠说食论，留下若干宝贵篇章和佳话。北宋的苏东坡是大文学家、大美食家。他的创作中包含有许多美食诗篇，他的那些关于美食的有滋有味的赞颂，让人垂涎三尺。以他的名字命名的菜肴，"东坡豆腐""东坡肉""东坡饼"等，更是流传至今。清代袁枚所著《随园食单》，详细描述了乾隆年间江浙地区的饮食状况和烹饪技术，这是一部重要的饮食名著。当代知名作家汪曾祺、陆文夫等也都是大名鼎鼎的美食家，他们对美食的阐发可谓独树一帜、独领风骚。当下，饕餮吃货遍地都是，人们对于美食美味的追逐与执着、探究与创新、实践与享受，已经成为新时代精神和物质生活的一个重要风向标。

事实上，"吃"有会与不会之分，高雅与低俗之分，简单与复杂之分，完全取决于你的实力、兴趣和时间。民间就有不少关于"吃"的经典说法，譬如，好吃不过大锅饭、小锅菜。譬如，宴席菜和家常菜都要求荤素搭配、营养均衡。再譬如，无酒不成席、看菜吃饭。又譬如，"三天不见青，两眼冒金星"。还譬如，厨师的水平要看刀功、火功。这些足以说明，"吃"作为一种文化，绝对不仅仅是填饱肚子那么简单。

家庭内部、亲朋好友之间抑或是职场、商场、官场之中，都经常面临饭局的问题。"吃"分自己做和他人做，也分在家吃和在外吃，又分请与被请。人们常说，做菜容易请客难。又说,过去被人请有面子,如今是请到人有面子。主持饭局的,若是认真细心之人,必定是事前有约,当日有请。事前有约,是指此约至少应在一日之前。当日有请,是指饭局的当日还需要继续邀请,以前是登门相邀,现今是电话或者手机友情提醒。当然也有例外的情形。早年间,某地方请朋友吃河豚,其风俗就是只约不请、来去自便。因为河豚有毒,俗话说"拼死吃河豚",参加与否只能是自觉自愿。

"吃"是可以观照社会世相的。生活富足、衣食无忧以后的"吃",已经超出了原有的生理需求,已经可以归属于某种商业行为、社交行为,显然已经属于社会学的范畴。往大处说,或者还可能与政治相关。往往一顿饭局,觥筹交错之间,能将不少复杂的事情搞定。通过饭局,传递友谊、协调矛盾、处理问题、沟通关联。对此,人们已经司空见惯、习以为常,官员、企业家和普通百姓都已经运用裕如了。这大概也是不能忽略的基本国情。

如今,人们已经不再满足于温饱了。从食材到制作再到品鉴,讲究环保、生态、营养、保健了,讲究卫生、可口、环境了,讲究色(视觉观感)、香(嗅觉感受)、味(入口味觉)、形(外观造型)、具(炊具、餐具)了。这些要素的系统、深入研究,决定了美食的精细、精致和科学性。一些高等院校，相继开设烹饪专业，成立专门机构，招收烹饪研究生。更多的理论创新和科学研究，必然会将"吃"推上新的高度和新的境界。可以预见的是，伴随人类生存脚步与"吃"相关的产业、产品，具备不断开发、挖掘、整合、创新的价值，一定会永远处于朝阳期，一定会具有永久的生命力。

欧洲一个哲学家曾经说过，了解一个民族，首先要了解它的饮食文化。咖啡和绿茶，西餐和中餐，烹、炸、烧、烤、炒、煎、煮，菜肴的酸甜、咸淡、麻辣，等等，人们的信仰、口味和偏好各有不同，应取的正确态度是，采取包容的态度，尊重饮食文化习惯。在中国，地域辽阔、疆域广大，大到一个地方，小到一个家庭，都有自己的文化传承，有不尽相同的餐饮习惯：一日三餐、宵夜、风味小吃、零食等，各地在形式和内容方面存在巨大的差异性。粤菜、川菜、淮扬菜、鲁菜，等等，从原材料的选取，到制作加工，都自成体系，各有特色，也都有自己庞大的消费群体，根本没有必要分出高低、优劣。

一场新冠病毒疫情，让餐饮服务行业最先受到了冲击，同时也给传统意义的"吃"注入了值得注意的内涵。驻足在家，人们普遍感触到了"吃"的困惑，饱尝到了"吃"的危机，提升了厨艺水平，催生了外卖产业。越来越多的人已经深谙文明用餐的重要。吃，必须节约。吃，要新鲜、卫生。吃，不可以吃法律禁止的野生动物。吃，要保持一定的社交距离。吃，还需要用公筷、公勺。近期，政府不遗余力拉动经济的一个突破口，是繁荣地摊经济，其主要内容也还是百姓的食品、日用品。至于兴办名目繁多的美食街、美食节、美食广场，也都是贴近百姓、启动经济的有力之举。

　　经验告诉我们，在"吃"的问题上做出背离国情、不切实际的种种规定，可能动机良好，但实际效果欠佳，往往徒劳无益。然而，个人家庭也好，单位地区也罢，在吃穿用方面，最是能看出是否奢华，最是能看出社会风气和文化影响怎样。倘使能力、实力俱备，条件、环境允许，"吃"出追求，拉动消费，欢乐人生，自当无可厚非。不过，尽管如此，还是应该郑重地警醒国人，"吃"，不能挥霍，不可铺张，不要攀比，不容浪费！

论"闲暇"

闲暇生活一直为人们所向往和追求。面对滚滚红尘、喧嚣浮躁的纷扰,人们渴望找到一片安宁之地,抛却世间的是非、名利、烦恼,享受平静淡然、自在悠闲的生活。

我国古人对闲暇有诸多解释。一曰平安无事,一曰悠闲从容。赋闲,说的是,没了工作,闲居在家。晋朝潘岳辞官在家作《闲居赋》,充满对于乡居情趣和闲居生活的向往。一些老者自比闲云孤鹤,是一种超然脱俗、悠闲自在的惬意。帮闲,本意指某种职业陪玩,引申为寄生、附庸,鲁迅先生当年就曾痛斥过某些帮闲的堕落文人。闲则生非,是指人不可闲着,否则容易平生事端。

从哲学角度分析,闲暇是拥有充分的时间和支配时间的自由。社会学意义的闲暇,是不受工作的时间,不受任何义务的强迫限制,时间完全由自己掌握把控。从现代旅游的角度看,游山玩水也好,寄情山水也罢,都应该是有闲者、有钱者的专享,不然,怎么可能有那么大片大片的时光出去消费呢。正应了那句,山水无常属,闲者是主人。

闲静是中国文学的重要心理语境。从写作的角度观察，创作"贵在虚静"，讲究"入兴贵闲"。唐代的诗人里，白居易的诗句"闲"出现的频次最高，诗人闲雅的心迹可窥见一二。文化人眼里的闲情逸致，常常是说悠闲的心情和闲适的情趣。闲话某某，有时是作者的自谦自嘲，也有的是作者不经意的评说。闲谈，似乎是那些没有中心且无关紧要的话题，然貌似闲谈，往往藏有深意。闲言碎语，则是指那些与正事无关的话语，差不多快与流言蜚语相提并论了。

亚里士多德曾说过，闲暇是一种幸福，因为我们工作就是为了获得闲暇。作为一种生活态度，我对此是赞成的。幸福和快乐，原本是生活的本真和人性的使然。如同有钱不一定幸福，无钱肯定不会幸福一样，没有时间保证当然就谈不上闲暇。闲暇的前提必得时间充裕富余，自由支配安排，但更加重要的应是身心的闲静。二者的结合，才是闲适舒坦、逍遥自在、"悠然两事外"（白居易语）的闲暇生活，这是许多人梦寐以求的大境界。这样的闲暇，没有了外来的压力，没有了内在的焦虑，没有了心底的烦恼。这是一种全身心的放松，是一种生活环境的宽松，是一种无拘无束的轻松。这种心情放飞的随心所欲，实在是信马由缰的来来去去，是自由自在的愉悦时光。

说到闲暇，很容易让人联想起当下人们渴求的慢生活。慢生活是相对于现代人步履匆匆的快节奏而言的。慢生活固然与闲暇有相通之处，但又不可混为一谈。慢生活是节律的放缓、身心的松弛，是短时间的休整。闲暇则是自由地把控时间，它是心情的清闲安逸，是一种长时期的身心调适。对于在岗在位的人们来说，闲下来的时光是可遇不可求的。好比休年假，好比忙里偷闲，又好比节假日，用好哪怕是短暂的闲暇时间，放松自我、放飞心情、减压舒缓，需要学会调适，学会合理安排，因为这对于学习、工作乃至身心健康都是有很大益处的。

　　紧张、忙碌、快节奏等是现代生活的标签。一个人除了退休之外拥有闲暇生活，很是值得推敲，大抵可以说是难以接受且不宜提倡的。在人生的这个阶段说闲或者说闲的人，大约都是某种谦辞，抑或是某种人生的不得意。因为，实在是不当闲也闲不下来呀。此时若追求闲暇，会被认为是精神的堕落和颓废，"游手好闲"之类的说辞就是人们对这类人的轻蔑称呼。对一个国家一个民族而言，追求闲暇，大约也不是一件好事。《孟子·公孙丑上》称："今国家闲暇，及是时，般乐怠敖，是自求祸也。"意思是说，今国家太平无事，就寻欢作乐，骄奢淫逸，怠堕傲慢，一定是自找灾祸。这就很有点警醒和警示的意味了，很值得警觉和深思。

　　明末清初戏剧理论家李渔的《闲情偶寄》，是一部倡导休闲文化的专著，撇开前三部分对戏剧理论的研究，后面五个部分完全可以看作是休闲生活的百科指南。确实，闲暇时候的玩乐既有个会不会的问题，还有个是否高雅的问题。退休以后，厨事、垂钓、摄影、打牌、唱歌、跳舞、练字、绘画、写作、旅行、探亲访友……有人说，这也是忙。须知，这种忙与在岗的忙是有实质的区别的。因为这些活动和安排的前提是，不受外部条件的限制，完全根据自己的兴趣和意愿去利用或消磨时间。它们都已经抛开了功名利禄，没有任何催促，没有揪心的紧迫，能够从容不迫地展开，不疾不徐地进行，能够随时掌控、自由调整，实在是一种"兴来每独往""谈笑无还期"（王维语）的逍遥和洒脱。

忙与闲皆是大学问。在人生大舞台上，有人忙碌操劳一生，有人享乐逍遥一世。对人生来说，闲与忙其实是对应着的、相比较而言的。人的三观不一，对忙与闲的认识就有差异。茫茫人海，有人忙忙碌碌，忙得开心。有人闲居闲游，闲得快活。有人忙得不可开交，不忙就难受。有人闲得无聊，整天无所事事。不管怎样，有益身心的忙，有趣有味的闲，还是应当肯定的。

前不久网上有人将人的一生划分为5个20年。第一个20年，总体是求知成长的20年。第2个20年是事业发展的20年。第3个20年是上有老下有小的20年。

第 4 个 20 年才真正是属于自己的黄金时间，第 5 个 20 年是养老的 20 年。在前 3 个 20 年里，有工作的打理，有事业的追求，有家庭的羁绊。看起来，也只有后面 2 个 20 年，人生才可以言谈真正意义的闲暇呢。

倘使没有正当的职业，没有丰衣足食的收入，这样的闲暇，自然是人生的痛苦。而今天大多数离退休人员，衣食无忧地闲着，过着每天都是美食节、每天都是旅游节的生活，是真正意义的幸福时光。网上有段子说现在有不少年轻人对退了休的老人们的闲暇十分羡慕。我在平添些许满足感的同时倒是心生怜爱，看出了如今年轻人的身累和心累。其实，对所有人来说，闲暇的时光都是公平的，忙与闲都是人生必经的过程。

上了年纪的人，闲暇的日子就多了。这个时候，你的灵魂得到自由呼吸，你有时间思考人生。这个时候，你可以发呆，可以回归本我，追逐行云流水般的岁月。这个时候，你可以做自己想做的事情，做自己喜欢的事情，享受随遇而安的生活。在修身养性、颐养天年的同时，是否可以做一点力所能及的，做一些于人类、于社会有益的事情呢，或许这样的人生才算更加完美、更有意义、更有价值。

人瑞

　　曾经参加过无数次各式各样、大大小小的宴会，但是参加百岁老人的寿宴还是第一回。接到参加吕老百岁生日宴的邀请，我很感慨，百岁老人可是人中翘楚，标准的人瑞呀。

　　吕老是县城里的一个知名人物，他在岗在位时是一个局的局长，工作敬业、为人宽厚，口碑很好。他是抗战前参加革命的离休干部，又是接近百岁的老人，属于标准的老寿星。抗战胜利七十周年的时候，国家颁发的纪念奖章，参加抗战的他榜上有名，是县城里为数不多的几位。

　　子女们为老人操办百岁寿宴，前来祝贺道喜的地方政府官员以及亲朋好友来了将近千人。这是一个典型的中式寿宴，红色喜庆的环境氛围，"寿"字巨型字幅高悬。大厅里张灯结彩，喜气洋洋。主桌上摆放着象征长寿意味的宝葫芦、寿辰老人，还有赠送宾客的寿桃、寿碗。一身唐装衬托着寿星健朗的身躯，吕老精神矍铄，满是笑容。原单位的领导、地方民政、街道的领导、家属致辞后，吕老起身讲话，不仅有条有理、层次分明，而且声音宏亮、中气十足,让来宾们十分感佩和叹服。主持人介绍道,吕老的生日正巧与党的生日同年,让我们向人瑞吕老送上最衷心最良好的祝福,全场涌动起一阵又一阵的欢呼声浪。

"祝你生日快乐"的背景音乐在大厅里轻轻地回荡着。旁边一桌亲戚的小孙女跑过来凑在我的耳边问,人瑞是什么呀?我告诉她,人瑞是指年岁超过100岁的人。百岁人瑞多是德行好、寿限高的人。人瑞由于德高望重,受到社会普遍的尊敬。小女孩说,我以后也要做人瑞,满桌的人都笑得合不拢嘴。

这些年由于经济提速,生活富足,健康保健水平提高,人们的平均寿命大幅提升。据权威统计,半个世纪以来,中国的人均寿命已经从50多岁上升到78岁。但是,全球范围内的寿命超过100岁的老人毕竟仍是凤毛麟角、寥若晨星。眼前这吕老的长寿秘诀是什么呢?我知道,吕老家庭和睦、子女孝顺,这应该是与长寿有关联的,吕老的长寿是否还有其他秘诀呢?

吕老的二儿子祥明与我同桌,近水楼台,我就人瑞老人的起居规律、生活爱好等问了个究竟。他告诉我,在吃的方面老人并不考究,也没有特别的偏好。他的营养主要来自家常饭菜,一日三餐,时令菜肴。老人的性格特点比较温和,很少生气发脾气,遇事总是不急不躁的。

祥明介绍，老人是一直喜爱运动的。95岁时还经常骑着小三轮，驮着夫人上菜场买菜，成为县城的一道亮丽风景。骑小三轮是一项减少大腿、腹部脂肪，锻炼下肢肌力，增强全身耐力的运动。骑行时，左右脚交替踏蹬，还能帮助左右大脑均衡发展，预防大脑老化，这或许算是老人长寿的一个原因。祥明说，除了这些，老爷子似乎并无特异之处。祥明的一番叙说，引发了我的许多遐想。

追求健康长寿，梦想延年益寿，有史以来就是人类孜孜以求的期冀。科学家、医学界都曾以百岁人瑞为研究对象，尝试破译长寿的密码。朋友刘君曾参加过全省百岁老人生活状况的专题调研，试图找出其中的某些规律，打开长寿的法门。他后来告诉我，长寿老人中，吃荤、吃素者皆有之，喝酒、抽烟者皆有之，喜咸、喜淡者皆有之，好静、好动者皆有之，几乎无甚规律可循。当然调研也揭示了值得注意的三点：长寿老人基本上都具有长寿家族史，长寿老人大都是性情开朗达观者，长寿老人女性多于男性。这充分说明了人类基因、体质、习性、所处环境等的个体差异性实在太大，形成长寿的原因十分复杂。

尽管如此，一百年毕竟是人类最为朴素、最是执着的向往。人从出生一开始，就被百年的祝福所包围，长命百岁、百年好合，过了花甲、古稀之年，寿比南山不老松、天增岁月人增寿、福寿绵长活百岁、身体康健行如风等等，皆是最吉祥、最衷心的祝福。从帝王将相到普通百姓，找寻不老的仙丹，追逐长寿的妙方，这样的故事实在太多太多。流行的养身之道、保健常识，等等，不都是追求长寿的另一种表现形式吗？岁月静好、生活美好、世界值得眷念，可是人的寿命短长却不是以自己的意志为转移的。

　　以人类现有的认知无法解释许多生命之谜，生命的最大玄机在于我们并不知道人生的道路上究竟自己能走多远。当我们来到人世，生命的列车就一直风驰电掣地向前飞奔。各种机缘巧合让一部分人提前下车了，列车上的客人会越来越少，这是我们必须认清的且又无法掌控的事实，只能以冷静、平和的心情面对。退休了的人们卸下了对社会的责任和家庭的重担，以目前平均寿命80岁计算，一般人从退休到生命终结，大约有20多年的时间可以自由支配。活得多久是一回事，活得充实、精彩又是另一回事，前者是自己无力把控的，但后者却完全取决于各人的取舍。但是，来日并不方长、有事不能等、多做积善行德的事，此类话语真的值得人们咀嚼再三。

　　仰望历史的星空，我们所有人都只是稍纵即逝的流星。至于划过天空的光亮，至于你给这个社会、给这个家庭留下了什么，完全取决于个人的努力程度。人这一辈子，大约只有生和死是被动的，是自己无法选择的。人生一世风雨兼程，有成功，有失败，有欢歌，有泪水，有时笑笑人家，有时被人家笑笑，这就是生活的本真。我们所见到的风景、我们所经历的繁华，都只是路过而已。100年，说长也长，说短也短。在历史的长河中，100年不过是短暂的一瞬，而对于具体的个人而言，历经一个世纪的风雨沧桑确实很不容易。因而，人瑞老人受到人们的尊敬和景仰是自然的。

人们都希望延年益寿，都渴望健康长寿，但生老病死是自然法则，是不可抗拒的客观规律。我对追求逆生长、幻想返老还童之类颇不以为然，我对热衷于养生、痴迷于保健之类亦不持赞成态度。我以为，一个人只要吃得下，拉得出，睡得着，走得动，就是健康长寿的基础。只要不是挥霍生命，只要不是透支生命，大可尽情地享受生活，一切皆随缘，顺其自然最好。我甚至以为，真正的长寿者应该像吕老那样，有健康、有尊严、有生活质量地活着。譬如植物人，譬如严重的老年痴呆，虽然还有生命体征，又有什么意义呢？为了追求所谓的长寿，去折磨自己、苛求自己又有何益呢？万般滋味，皆是生活。既然人瑞只是人群中的少数，人们面对的时候，就该更加理性和理智，就该更加顺乎自然才对。知足感恩、健康平安、怡然自乐，应是长寿的秘诀。人们自当以积极健康的生活方式、不老的心情、随缘的心态，认真活好当下的每一天。

宴会厅里的祝寿活动还在继续，人们簇拥在人瑞吕老的身旁敬酒、祝福、拍照。老人慈祥的神情、幸福的模样，让我心生感动。我忽然想起丰子恺先生曾经说过的一段话，走正确的路，放无心的手。结有道之朋，断无义之友。饮清净之茶，戒色花之酒。开方便之门，闭是非之口。对于行走在人世间的芸芸众生，大到立身处世、远到健康长寿，是否能有些许启发呢。

人设

　　互联网时代的网络世界精彩纷呈，海量信息令人眼花缭乱，新奇语汇纷至沓来。人设，就是一个时期以来的网络流行语。人设的意思是人物设定，原本是形容动漫、小说、漫画作品中人物外貌特征、性格特点的塑造。如今，人设一词已经从娱乐圈演化成为公众人物形象的代名词。

　　这些年，讨论名人、明星及公众人物人设的报道，尤其是"某某的人设从建立到坍塌"之类的文章常常出现，一时间都会成为舆论的热点。官媒、自媒，传统媒体、新媒体，各类视频网站、客户端迅速跟进，竞相转发，一个原本为大众所熟识、被许多粉丝追捧的知名人物，很快黯然退场并从此销声匿迹。这种人设的戏剧性反转案例可以举出很多，类似事件透射的现代生活的逻辑让人们不得不反思，不能不敬畏。

　　应该说，行走在人世间，无论是名人还是普通人，无论在职场、商场、官场，都存在人设的问题。一个人的律己、待人、接物、处事，表现出怎样的人品、怎样的口碑、怎样的德行，自有公论，亦自有评说。靠表演是不能持久的，靠装也是装不来的，老百姓的眼睛无比犀利，老百姓的嘴无法堵住。所谓金杯银杯不如老百姓口碑，所谓雁过留声、人过留名，等等，大抵都是说的这个道理。个人形象或曰人设之重要，由此可见一斑。

对于明星、名人及各行各业的公众人物来说，人设的重要性不言而喻。一个人从寂寂无名，到具有一定声名，在迈向成功的道路上艰辛跋涉，好不容易取得骄人成绩，在公众中建立起了个人形象，具有了一定的号召力和影响力，拥有了一定的话语权，能否保持住良好的个人形象和操守至关紧要。原因很简单，这是较高的媒体曝光度和群众关切度以及他们的社会地位、社会影响力使然。

潜心观察不难发现，明星、名人及公众人物在世俗的话语中往往有两个"一夜之间"伴随。人们经常津津乐道的是某某人"一夜之间"成名了、火了，这是其一。另外一个残酷的事实是，一些曾经红极一时的公众人物、名人、精英，恰恰也就是在"一夜之间"，人设从高光到黯淡，光环消失，形象轰塌。从前者来看，一夜之间成名是不太可能的，是未曾看到人家在成功道路上的辛劳和付出，未曾看到人家在成名之前的坚守和准备。就后者而言，此类事例倒是屡见不鲜，一夜之间声名狼藉的大有人在，着实令人扼腕叹息。

现代社会里，依赖于单打独斗、孤军奋战能够取得成功的微乎其微。一个人之所以能够取得成功，成为有一定影响的公众人物，既有才智的因素，也有机缘的因素，还有奋斗打拼的因素，更有团队和平台的支持。时下一些崭露头角、脱颖而出的学术权威、文体精英，他们通过艰辛努力取得了成功，在读者、观众、粉丝中的人气很旺、形象颇佳，不少人还有着较高的国民知晓度，有着较好的口碑风评。其中许多人能保持清醒头脑，更加谦虚谨慎。因为他们深知，一个人一旦离开了公共资源、离开了平台，失去了团队的支持，自己究竟能有几斤几两呢？于是，他们把已经取得的成就作为继续前行的动力，一切从零开始，奋力攀登事业的新高峰，赢得了人们的尊敬和拥戴。

　　然而，现代生活五光十色，诱惑实在太多。各类媒体的热搜、流量、曝光、聚光灯、专访，等等，令人应接不暇。经常可以看到，一些不乏才华的明星、网红、大咖、偶像，在收获了一定的名利、声望、粉丝以后，便出现了头脑发热、忘乎所以的情况。走上神坛、妄自尊大的有之。颐指气使、居高临下的有之。以为世人皆醉唯我独醒的有之。横起来、膨胀起来的有之。搞劣质产品代言、接虚假广告的有之。更有目无党纪国法，挑战道德底线者。这就导致他们在读者、观众、粉丝中树立的人设土崩瓦解、迅速坍塌，他们遭到封杀、受到处理虽是咎由自取，却也可悲可叹。

一个人的人设不是一两天就能建立起来的，这里有一个修身、修炼、修养的问题，有一个择善而从、博学于文、约之以礼的问题。我国古代的贤人雅士从来都"重名节如泰山"，他们历来把名誉、气节、道义、忠信等看作自己的立身之本。当今活跃在社会生活的明星、名人及其他公众人物，都是各条战线的领军人物、成功人士，更应当加强自我修炼，增强敬畏之心，以做精神贵族为目标，在遵纪守法、爱岗敬业、维护公共秩序、践行社会公德等当中做好示范和表率。

明星、公众人物不同于普通人，他们肩负着严肃而崇高的社会责任，需要谨防自我损害、毁伤人设的情况发生。在慎独、自律方面，理当比一般人的标准更高一些，要求更严一些。慎独，是在独处没有监督的情况下，能自持、不出轨、不放纵。自律，则是从身体到心灵的自我约束和控制。自律首先是外在形象的自律，这是对他人的起码的尊重。其次是言谈的自律，凡事三思而后行，不信马由缰、信口开河。再次是情绪的自律，能够控制自身情绪，保持定力，不至于落入情绪化，不至于为情绪左右，被情绪绑架。

公众人物、知名人士的言行从来备受关注，比较起来最需要的还是谨言慎行。第一位的应当是站稳政治立场、明辨大是大非，坚定信仰、忠于宪法、报效祖国。

第二，坚持表里如一、言行一致。坚守信义才能给人以真诚和信赖。生活中的香蕉人、两面人，穿行在人鬼之间，一旦假面具被扯下，一旦嘴脸被识破，就会被世人所不齿。第三，克制欲望，尤其要克制物欲、情欲和表现欲。壁立千仞、无欲则刚。在金钱、美色、名利面前要有定力，不踩红线，不突破底线。应当明了，明星也好，公众人物也罢，只是在特定的时间、特定的领域、特定的行业做出了一定成绩，具有了一定话语权。不是成了明星、成了公众人物就无所不知、无所不晓，就可以包打天下。只有对自己从事的行当潜心研究，有所发明、有所创造，力争做到顶尖、做到极致，才能获得社会的真心认可和尊重。注意到以上这些方面，或许能够大大降低人设轰塌的悲剧发生。

平心而论，在这个五光十色的社会里，做明星难，当公众人物难。以专门曝光名人明星八卦、隐私、绯闻、丑事为能事的狗仔队之类，让明星、名人们烦不胜烦，确实让人嗤之以鼻。但大量事实说明，人设的倒塌主要还是源于自身的硬核内伤。随着法治的健全，采用造谣、诽谤、诋毁等下三滥手段，试图扳倒人设是难以得逞的。生活中，人们需要提高对明星、公众人物的包容度，毕竟他们是人不是神，这是一方面。另一方面，明星、公众人物自己一定要自觉接受监督，倍加珍惜人设，爱惜羽毛,毕竟修得一个好口碑、好名声不是一朝一夕,而要毁掉它,却是轻而易举。

对于大部分普通人而言,完全没有必要在人设问题上纠结。我们只要一心向上、向善、向好,就一定能以良好的形象示人。我们只要专心致志地将自己从事的工作做好,就一定能做出成绩。再往大的方面说,倘若如同星云大师所说的,大家都存好心、说好话、做好事,我们所处的这个世界一定会更加安定、和谐、幸福许多。

扫地琐谈

1

如今社会进步，地面清洁的器具也在变化之中。吸尘工具发展更新很快，手提的、无绳的、机器人的，应有尽有。然而，城乡许多人家习惯常用的仍然是扫帚，扫帚依然是扫地除尘的主力工具。原材料有用高粱苗制的，有用竹枝做的。前者多用途室内，后者多用途室外。前者体积较小，后者的体积要大于前者。

扫地，是用扫帚清扫地面，自然是最平常、最普通不过的劳动了。扫地有个参与的问题，有个扫得是否干净的问题，许多人成长的第一堂劳动课就是从扫地开始的。就是这个最简单的劳动，也包含了众多的耐人寻味的人生哲学。

2

社会劳动只有分工不同，没有高低贵贱之分。

各行各业在我们的社会生活中都起着螺丝钉的作用，扫地的清洁工看上去不起眼，似乎没有什么技术含量，不需要什么文化，似乎无关紧要、微不足道，但是你发现没有，一旦缺了这个行业、少了这个群体，整个社会的运行同样不会流畅，甚至会出现停摆。

劳动者最光荣。自食其力者是值得大家尊敬的，尤其是像扫地清洁工这样的普通劳动者。他们风里来雨里去，成天都在与垃圾打交道，清除肮脏的东西，他们是以个人的辛苦劳累换来社会的卫生清洁，他们的劳作和付出应该得到人们的理解和尊敬。楼道、路面、街道、小区乃至社会的干净整洁，他们真的功不可没。

一个人的能力和对社会的贡献有大小，但只要全身心地投入和付出就足够了。对于普通的劳动者，全社会都应当高看一眼，各级政府的精神鼓励和物质奖励应当向他们倾斜。

3

我曾经在江苏南通一所中学的大门口，看到一幅标语，"扫地也要扫出全国第一"。这是多么朴素多么提振精神的口号。每天上学只要看上一眼，那些莘莘学子就会平添心灵震颤、奋发进取的豪情壮志。无怪乎这所学校成为远近闻名的高考红旗，让许许多多的贫穷家庭实现了真正意义的脱贫。

扫地也要扫出全国第一！一个人的成功，一件事情的成功，总是要有不认输、不服输、不气馁的精神，总是要怀揣梦想、付诸行动。事实说明，只有胸襟宽、格局大、定位高，才有可能成就大的事业。

俗话说，爱拼才会赢。干一件事情就要脚踏实地，就要有超出一般、超出他人的志向。人是要有一点精神的，见冠军就当，见红旗就扛，见先进就争。争第一不容易。生活中不乏言语的巨人、行动的矮子，这种人是注定干不成事情的。这里的难点和关键点，在于一丝不苟，追求卓越，不见异思迁，不崇尚空谈，把力拔头筹的宏愿化作扎扎实实的、一步一个脚印的具体行动。

三百六十行，行行出状元。精致、精细、极致，干一行、爱一行、钻一行、精一行，是工匠精神的内核。我们需要埋下头，放下身段，放弃浮躁，专心致志地做好眼前的工作。在某个领域、某个各行业始终处于领先、领跑的位置，必须付出日复一日的艰辛努力，否则，头脑的一切只能是美妙的幻想。

4

社会处于转型时期，社会治理面临许多新情况、新挑战。对于新涌现的大量的人民内部矛盾，要深入研究，及时梳理，积极开展正面教育，实施分类指导，妥善予以处置。譬如，对于非社会主义核心价值观的东西，对于那些落后的、保守的、自私的言行，都要旗帜鲜明地进行思想斗争，研究采取各种行之有效的办法，树正气、立新风，推动社会风气的进一步优化。采取回避矛盾、害怕矛盾的态度，只会加大处理成本，加大处理难度，丧失处理的最佳时机。

5

各人自扫门前雪，莫管他人瓦上霜。这是一种消极的、利己的主张。

必须高度警惕现代生活中的精致利己主义。这些人奉行以自我为中心，只顾自己，不顾别人，一事当前，首先考虑自身利益，不顾及他人、集体和整体，这些人对于个人利益斤斤计较，对他人的事，对公共的事漠不关心，表现出事不关己，高高挂起的态度，这是极端自私自利的行为。

随着社会互联互通的加快，人们之间的关联度不断加大，只有互相支撑帮助、相互关爱搀扶，整个社会大家庭才得以和谐安宁。如果大家都只当看客、做吃瓜的、打酱油的，社会怎能进步？民族复兴的梦想如何实现？因此，社会行进必须对躺平之类的态度坚决说不。

我们的社会更多的是普普通通的老百姓，人类社会是一个命运共同体。社会的和顺和谐既要鼓励无私奉献，更要大力倡导我为人人、人人为我的社会风尚。这种时代风气的形成并且要持久和永续，应该是我们努力追求的目标。只要人人都献出一点爱，世界将变成美好的人间，这是明白而浅显的道理。

6

《后汉书》中有个"一屋不扫,何以扫天下？"的故事，原意是愿为天下者，必须从一屋开始。这样的古训言简意赅、深邃深刻。

事业成功、人生成功没有捷径可走，但有规律可寻，这就是必须扎扎实实地打好基础、练好内功。所谓水到渠成、瓜熟蒂落，所谓集腋成裘、聚沙成塔，都是说的这个道理。人们都知道不可能一步登天，自家的屋子都扫不好、扫不干净，自己的一亩三分地都经营不好，又如何成就伟大事业，又怎样铸就人生辉煌？

渴望成功、成才、成名，是人之常情，也是普遍追求，这是没有错的。怕就怕好高骛远、眼高手低。怕就怕大事做不来，小事又不做。怕就怕心气浮躁、自视清高。怕就怕不肯俯下身子，不愿做最基础的工作。应当明了，修身齐家治国平天下，必须积跬步、积小流。必须从自我做起，从小事做起，从点滴做起。

童言无忌

一场婚礼正在进行之中。主持人邀请参加宴会的五至十岁的小孩到台上进行有奖竞猜。第一题是，说出新郎新娘的名字，很快一个小孩举手回答。第二题是，说一句对新人的祝福词，又有一个小孩举手抢答，"祝一对新人新婚幸福"。接着，主持人又出一道题，这么多人今天来干什么的？只见一个小男孩大声嚷道，"来结婚的"，台下爆发出哄堂大笑。

多么天真有趣的应答。从小孩子的嘴里脱口而出的那些话语，有的简短明快，有的结结巴巴，有的想法奇特，但听起来总是那样的生动自然、情趣盎然。侄女小时候的一句"国庆节已经国过了"，至今仍让我们捧腹不已。贾平凹先生的著名散文《月迹》里说几个小孩夜晚看见苍穹上挂着的满月，感动得不知用什么来形容，其中一个小孩说道，月亮是个好！网络中有一个段子也很有趣，说一个五岁的小男孩亲了一个四岁的小女孩，女孩哭了，小男孩学着大人模样对小女孩说，我会负责任的，毕竟我们都不是三岁的孩子了。

生活中孩童话语常常可以听到。单纯、幼稚、可爱，惹人发笑。所谓童言无忌,说的是小孩子家说话百无禁忌。字面意义很清楚,这是来自孩童的话语,是不经加工、无须修饰、无所顾忌的话语。孩童的语言发自他的直觉,是未经过滤加工脱口而出的反应。孩子讲话,不会顾及效果,更不会三思而后行,当然不必考虑他的表达准确与否,合适与否。童年天真无邪的话语,不全面、不周全,但正因为是出自孩子之口,大人们不仅给以极大包容,而且常常给以欣赏和鼓励。

人都是从孩童长大的,网络上活跃着不少小网红,一副天真的面庞,一脸萌萌的模样,小嘴嘟嘟、眼睛眨巴、嗲声嗲气、奶声奶气、天真烂漫、淘气可爱,尤其是问答之间的那种乳臭未干、纯朴天真、有趣可爱,令人发笑。孩提时代是纯洁的,童言是纯真的。他们在观察世界,他们在接受各种信息,他们的模仿能力极强。从肢体动作到语言表达,都在比照长辈、比照成年人。网络上说,爷爷带的孙子会学着背着手、弓着腰。奶奶带的孙子听到节奏感强的音乐会跳起广场舞,这些都是潜移默化、润物无声的教化结果。

不由得想起鲁迅先生说过的一个故事。一个小孩抓周,亲朋好友前来祝贺。说小孩长命百岁、升官发财、大富大贵之类吉言的,都收到感谢。而那个说这小孩将来会死的,受到一顿痛骂。前者或然性太大,但人们愿意听。后者说的必然，却遭到人们的厌恶。然而，这就是生活的法则，是必须承认的现实。

童言无忌与两小无猜都是孩提的特征。猜忌应该是思想复杂之后的产物。伴随着年纪增长、阅历增加，思想变得复杂起来，无猜忌无隔阂的年岁已经远去。说话开始有了顾忌，知道需要过滤筛选了，这自然是长大了的标志，是成人和小孩的区别，也是适应社会的某种必然。进入社会、步入职场，就一定是智力智慧的展示和比拼，说话的分寸、得体，就需要把控调度，绝对不可信口开河、随心所欲。许多过来人常常劝导年轻人，进入职场之后，说什么、怎么说、何时说、对谁说，都大有讲究，这并非庸俗的社会关系学。即使是片片真心句句真言，也得讲究时间对象，讲究方式方法，万不能像小孩子那样口无遮拦、随性而出、率性而为，这其实是宝贵的经验之谈。

烂漫的童心是最值得珍爱的。童言无忌是因为孩提时代如同一张白纸，童声稚气的表达全凭他的内心感受。主流的声音说，好多事情都应当从娃娃抓起，这是因为娃娃的可塑性和延展性极大。未来是属于娃娃的，他们长大后，国家的建设管理、社会的进步发展须靠他们来进行。时下的小孩普遍受宠，精致利己主义有所滋长，及时进行综合素质引导，道德品质培养，明辨是非对错，培育仁爱之心，开展挫折教育等，应是特别紧要的事情。

成年的人们讲童言无忌，既包含人们对童言、童真、童趣的欣赏，也体现了对成长的下一代的宽容，更是人们对纯洁真诚的人际关系的渴望。孩提时代肯定是回不去了，但纯洁的童心、无瑕的童真还是值得追求的。真心待人、真诚做事、内心透明，人与人之间的关系简单一点、单纯一点最好。需要放大声量说，将原本应该简单的人际关系搞得太复杂、太玄乎，既容易绕昏了自己，也容易绕昏了别人，与个人的身心健康、与社会的和谐共处均毫无益处。

推己及人辨析

出自《论语》的己欲立而立人，己欲达而达人。己所不欲，勿施于人，既是我国古代圣贤的谆谆告诫，也是谦谦君子立德修身的重要内容，更是一个人有教养有修养有涵养的重要标志。打铁先得自身硬，自己的腰杆子不硬朗如何实现担当呢？当你自己都不想要、不需要并且做不到的，又如何教他人去践行呢？

社会的纷争、纠葛、矛盾、冲突等，起因往往都是由于视角的不同、理念的不合、立场的不一。假使思考问题仅仅从自己单方面出发，所谓只讲一人理，只说一面之词，只是一厢情愿，全然不去考虑别人的感受，不去顾及对方的意愿，双方的裂痕只会越来越大，沟壑越来越深。

试图把自己的思想观念装进他人脑子里是非常困难的，那些符合社会发展规律的主张可能当初也并不被多数人接受，只能通过宣传教育，通过灌输疏导，通过时间积淀，通过实践经验，这是政治家们研究思考的问题。对大多数普通人而言，设身处地站在他人、别人、对手的立场去考虑问题同样很不容易。除非年龄相近、除非经历相似、除非认知趋同，否则很难做到。撇开政治立场、意识形态的因素，人们的思想水平、知识层次、境界、胸怀、利益、追求等的差距，决定了它的难度和复杂程度。

　　推己及人有时还因理解不同产生短暂的误解。曾经有这样一个故事，一位主人给到访的盲人点了一盏灯笼，在盲人告辞时让他带上。盲人很不高兴，我本来眼睛就看不见，你还给我一盏灯，这不是在嘲笑我吗？主人笑着说，正是因为我在乎你，才给你点了一盏灯笼，你自己当然是看不见的，但旁边的人是看得见的，这样你走在街上，特别是走在黑夜里，就不会有人撞到你了。盲人听后恍然大悟、感动不已。

　　从社会管理的角度看，因时、因事、因人、因地的情况不同，有时也有另外一种情形。即甲地的成功经验放到乙地就不灵光，照搬照抄，生搬硬套，总是头破血流，结果很不美妙。不是吗，土壤、气候、环境等的差异造成了所谓橘枳的区分，因而这类情况就更需要具体情况具体分析，更需要尊重客观规律，求真务实、实事求是。

　　推己及人的思想内容十分丰富，实践意义十分巨大，是充满人文关怀的哲学主张。在我国，几千年的封建统治，皇权思想、威权思想、特权思想在不少人的头脑中根深蒂固。居高临下、颐指气使，我说你听，我打你通等，都是建立在以自我为中心的基点之上的，这种种不平等、不民主，所暴露的完全是王权、霸凌、蛮横。因而，法治精神的弘扬，民主意识的增强，平等理念的养成，应当成为全体社会成员的必修课。

推己及人的本质是对他人存有足够的尊重。人与人之间是平等的，尽管分工各有不同，能力各有大小，财富各有多少，但绝无高低贵贱之分。作为这个星球上的生物体，所有人都有自身存在的价值和理由，人人都要学会尊重别人、懂得敬畏生命。权力分为人权、财权、物权、事权，等等，手握大大小小权力的人们应当明白，权力只能用来为民服务、为民谋利。特别需要强调的是，自视尊贵、目空一切，乱用权力、滥施淫威，只能是自身的卑微和下贱。

推己及人是发自内心的觉悟和自重，是律己宽容的大智慧和大境界。古语说得好，赠人玫瑰，手有余香。爱者爱返，福往者福来。无数事实说明，用真心和善意去理解别人，用诚心和诚信去对待别人，才能得到回应和尊重，才能得到应有的回报。反过来看，当你遇事能更多顾及别人的感受，能在更多方面为别人着想，事情一定很顺畅，一定会为自己的成功起到助推作用。

生活里总有些人习惯于喋喋不休地训导、指责、要求别人，自己压根从未去想，更不会去做。心中想的与行动做的完全是南辕北辙的两码事，这不是非常滑稽吗？

由此观之，推己及人也能观照出一个人的品行和德行。

作为一种思想方式和行为方式，推己及人是社会和谐的润滑剂，值得大加提倡。无论是领导活动还是社会治理，无论是个人修养还是与人相处共事，都应当充分顾及于此。大家都渴望安宁、盼望和顺，如果我们大家的内心多一点悲悯和同情，多一些善良和真爱，多一些理解和包容，这个世界一定会更加安定和谐，这是确信无疑的。

推己及人难吗？说难也难，说不难也不难，核心在换位思考。哲人说，能够感受别人的难处是关怀，能够体谅别人的不易是宽厚，能够饶恕别人的错误是大度。所以，丰富内心、净化灵魂，多从别人的位置上想，多从他人的角度看，换位思考，将心比心，就能做到推己及人。

闲话"凡尔赛"

那日酒席上几个哥们正在海阔天空地神聊。汪君讲了一通自己的消费观之后,李君连说,汪兄真乃"凡尔赛"。一旁的几位闻听此言都面面相觑、一头雾水,伶俐的刘君赶忙躲进洗手间打开手机百度搜寻,方才知道了凡尔赛的网络意思。

凡尔赛原是法国巴黎近郊的一个小村庄。十七世纪时期,法国国王路易十四出于防止叛乱、削弱地方贵族势力、巩固专制统治的目的,在凡尔赛建造了一座豪华宫殿,将当时法国的主要贵族邀至凡尔赛宫殿居住。凡尔赛宫被称成为世界五大宫殿之一(北京故宫、法国凡尔赛宫、英国白金汉宫、美国白宫、俄罗斯克里姆林宫),以外表雄伟壮观、内饰富丽豪华著称。

凡尔赛作为网络热词流行是近一两年的事,特指"一种以低调的方式进行炫耀的话语模式"。常见的表达形式,有用反话来衬托自己的,有先抑后扬的,有明贬暗褒的,也有自问自答的等。总体呈现的状况是,貌似谦逊实质显摆,表面低调实质炫耀。

生活中的凡尔赛并不少见。比如,有人明明身材姣好,却偏要说自己最近长胖了;有人明明收入不菲,却说一月的工资才万把块;有人明明生意做得很大,却说做点小生意,混口饭吃吃;有人在指导年轻人创业时称,先定个小目标,赚他个把亿;还有的明星喜欢用最低调的话语炫耀最高调的光华。凡此种种,皆可纳入凡尔赛的范围。

鲁迅先生是我国国民性格的解剖大师,他笔下的人物画廊有众多鲜活的人物形象,集中概括了国民性格的基本特征。我以为,鲁迅笔下的不少人物都带有凡尔赛的影子,《文坛三户》中的暴发户更具代表性。为装门面买很多书,房间有《诸子集成》,但是他看不懂,案头上有石印骈文,但是他读不断。他一方面吟唱着襟上杭州旧酒痕,骨子里又害怕人们看不到他的穿着已不再是当年的旧长袍,而是笔挺的西装洋服了。由此观之,我国国民性中存有若干滋生凡尔赛的土壤元素。

从心理研究的角度看,炫耀是一种夸耀、卖弄、显摆,属于心智的不成熟和不自信。生活中爱面子、图虚荣、好显摆的人不在少数,似乎都是性格习惯使然。短缺经济时代,有人买了几只肉包,早饭将皮吃了,将肉馅留下,中午烧青菜,随后忙不迭地告诉别人,他早上吃的肉包,中午吃的肉圆。春晚小品中那个通过替他人排队买票来显示自己能耐大,"有事你招呼",几乎无所不能的可怜可笑的人物。再有那些暴富的土豪披金挂银，财大气粗，一掷千金，狂购奢侈品等，都带有浓重的炫的色彩。

　　凡尔赛式的炫耀与普通的炫耀还是有区别的。尽管终极都是炫，但它们的表现形式和表达方式有直露与内敛、显著与隐晦之分别。上面说到的那些炫一目了然，刺眼逼人，而凡尔赛的炫却有着明显的包装的痕迹，其特点就是善于将炫包装起来，并且装得几分低调，装模作样，欲言又止。深究下来，这种炫用的是些小心思和伎俩，有伪善的成分，亦有矫情的意味。

　　值得注意的是，凡尔赛似乎已经成为一种经常可见的文化现象，网络上称之为凡学。作为一种表现和表达的方式自然无可厚非。说就说了，得瑟就得瑟了，炫耀就炫耀了，如无大妨碍则无伤大雅，但倘使形成一种文化蔓延开来，大家再竞相效仿，则贻害不小。

　　人们对生活中的两面人深恶痛绝。但仔细推敲，凡尔赛的玩心机，戴着面具，见人说三分话，不是与两面人有相似之处吗。如今两面人的高频率出现，我严重怀疑它与凡尔赛存在某种天然的联结。往深处说，靠装扮、靠表演浪迹江湖的凡尔赛实质就是两面人的变形，凡尔赛就是"有毒的罂粟花"。以诚相待、开诚布公、坦诚相见，这是做人做事的基本准则。社会呼唤建立和谐关系，人们渴望和睦相处，势必要告别凡尔赛，势必要铲除有毒的罂粟花。

看起来，我们文化土壤里的炫富、炫能、炫酷之类的东西短时间内怕是难以消除。值得记取的是，成就事业者大都是低调实干、不事张扬的。追逐新潮、追求时尚未尝不可，但人们的精力和注意力还是应该放在埋头做实事上才好。经验告诉我们，笃实本分、言行一致更容易行稳致远，也更容易得到大家的真心拥护和赞同。少一点小心计，多一点大智慧。少一点凡尔赛，多一些大格局，我们的社会一定更加和顺、安宁、敞亮。

闲话"内卷"

2020年12月4日,《咬文嚼字》公布了年度十大网络流行语,"内卷"一词,赫然位列其中。

作为网络热词,最初读到它的时候,许多读者确实有诸多不解。不少人以为,既有内卷,大约外卷便是必不可少的了。似乎内卷是内部人掌握的,外卷是外部人使用的,也即是所谓的内外有别。

但内卷的网络意蕴其实并非如此。查资料得知,内卷的释义较多,多数人认可的解释,是指某一类社会文化模式达到一种状态以后的停滞现象,这是一种既没有办法稳定下来,也没有办法转变成新的形态,只能在内部变得更加复杂的现象。

这样的解释当然有点冗长。于是有人把内卷简单概括为资源有限、欲望趋同情况下演化的内耗和内斗,亦即内部非理性的恶性竞争。如此,原本让人有点云里雾里的名词,似乎简单明了许多。不是吗,内斗也好、内耗也罢,在人们日常的工作、学习、生活中间并非鲜见。

内斗亦即窝里斗。泛指行业、专业、部门、同事之间的你争我斗。其基本特点是,为了攫取某些名和利,或明争暗斗、钩心斗角，或相互倾扎、拉帮结派，或攻击污蔑、大打出手。如此等等，不一而足。内斗破坏团结、妨碍事业，为祸之大、危害之烈，人们深恶痛绝。

内部纷争、四分五裂的危害人所共知，闹意气、泄私愤、图报复、争名于朝、争利于市，两败俱伤的事例不胜枚举，古语中的妇姑勃谿、兄弟阋墙、同室操戈、祸起萧墙等对此都讲得入木三分。要团结不要分裂，只有坚强的团结才能出凝聚力、出生产力、出战斗力，经典作家早有谆谆告诫。俗话说互相补台，好戏连台。相互拆台，一起垮台，这些都是经验的总结，历史的教训，也是颠扑不破的真理。在互联互通、社会化大生产的今天，团结协作尤为重要，大凡事业成功者必离不开团队精神，必少不了平台合作。

我们讲的团结，当然不是无原则的一团和气，不是搞庸俗的社会关系学，更不是否定竞争。恰恰相反，我们鼓励良性竞争，认为只有引入竞争机制，才能激发创新、推动社会更快更好地进步。但这种竞争，只能是良性的、理性的，只能是光明磊落和阳光下的运行。它能够让有为者看到前行的方向，让有志者增添奋斗的动力，让事业插上腾飞的翅膀。而恶性竞争，属于内斗行为，是非理性的，是耍手段、玩阴招、使绊子，它践踏基本道德，违背良知底线，阻扰事业发展，必须坚决加以制止。

内斗的结果必然是内耗，内耗是内斗的一种表现形态。但内耗的表现形式也是多样的，诸如个人主义、本位主义、宗派主义，诸如墨守成规、政治生态不优等都可能造成内耗。而形形色色的官僚主义、形式主义、教条主义，本质上也是一种内耗，它浪费时光、消耗人力财力、消磨精气神，挫伤人们干事创业的主动性、积极性和创造性，这类隐形内耗造成的危害同样不可低估。

辩证唯物主义的观点认为，事物发展的方向必然是波浪式发展、螺旋式上升。事物发展到了一定阶段，出现一定时期的停滞是正常现象，看不到它是适度的调适、短暂的休整，以为它是停摆、停止甚至是倒退，就慌乱不堪、自乱阵脚，甚至出现互相倾扎，是十分肤浅、十分错误也是十分可笑的。我们应取的正确态度是，把握利用好调试休整时机，找准如何破圈、破局的路径和机会。我们应取的正确的方式是，锁定自己的坐标方位，深刻总结反思，认真寻找缺陷，努力纠正不足。

当社会出现所谓内卷时，采取躺平的事不关己的态度，是消极的、不负责任的。相互埋怨指责，甚至攻击诋毁，则是不可取的。正确的态度应是积极作为，主动应对，尽快摆脱停滞，走出低谷。问题在于，我们的事业实在耽误不得，我们的时间实在拖耗不起。

看起来，社会行进中资源有限、欲望趋同将会常态化。

防止内卷，需要对全社会成员持续开展理想、信仰和社会主义核心价值观教育，需要强化人文关怀和心理疏导，需要在格局、视野、境界、胸襟等方面进行正面引导，使社会的运行始终处于平稳、积极的状态，始终纳入法治、有序的轨道，尽可能地避免陷入内卷，减小内卷带来的浪费和伤害。

最后顺便说一句，网络名词，有的一目了然，形象逼真，适宜推而广之。有的则有点故弄玄虚，云雾缭绕，不宜提倡。内卷属于哪一类，读者自有评说。

闲话"躺平"

躺平是当下颇为时髦的一个网络流行语。

躺平文化在我们的国度有着深刻的历史渊源。中国传统文化语境中的中庸之道颇为盛行，它所推崇的是不偏之谓中，不易之谓庸，并逐渐演化为庸俗的人生哲学和处世态度：是多一事不如少一事的市侩，是不管东西南北风，躲进小楼成一统的自慰；是各人自扫门前雪，莫管他人瓦上霜的世故；是木秀于林，风必摧之的世俗。中庸思想对于社会进步、事业发展的严重危害不可低估。

躺平其实是中庸陈腐思想在现代社会的翻版，其本质是极端个人主义的集大成，是精致的利己主义。事不关己、高高挂起，一事当前，首先考虑的是自身的利益、自身的周全。在这种自私自利思想支配下，让子弹飞一会、当吃瓜群众、做围观看客、打酱油的应运而生，矛盾坐等别人解决，风险留待他人承担，成果参与分享，其人格的猥琐、胸襟的狭小、格局的低下显而易见。

躺平的基本表现是精神的酥软和脊梁的坍塌，比较常见的状态是喜欢蜷缩、习惯躺下、主动放弃。躺平几乎成了这些人的护身符，成了他们自我保护的大法器。

看不懂的，解决不了的，得罪人的，一律选择躺平。他们用躺平来回应外部世界的所有矛盾、困难和问题。似乎躺平了，就可以安度时日、万事大吉。他们回避矛盾、害怕困难。他们不想努力，逃避竞争。他们没有自立自强的胆识，没有披荆斩棘的勇气。他们遇到矛盾和问题，往往是一筹莫展、两手一摊、三心二意、四脚朝天。

生活中有些人推崇佛系，追求与世无争，八面玲珑，向往好人缘，好好先生。假如是上了年纪的人，内心平和，持有淡然的生活态度，无欲无求，随遇而安，倒也无可厚非。但是，对于在岗在位的人们，尤其是对于成长中的年轻人，如果缺失热情、缺少斗志、缺乏进取，则是不足取的，也是十分危险的。因为，摆在我们面前的新形势的发展和新任务的实现，都离不开拓荒前进，都要应对未知困难的挑战。

幸福总是奋斗出来的。古往今来大凡成就事业必定要付出辛劳、做出牺牲，必定要经受艰难险阻、忧患磨难的考验。一个不愿努力、不敢奋斗、不想付出的人，一个希图坐享其成，不劳而获，投机取巧的人，一个不能担当、畏葸不前、无所作为的人，怎能树立自己的形象，怎能成就一番事业？一部中华文明史，就是一部不懈奋斗、不断成长的历史。敢于拼搏、迎难而上，才是成功者的基石。在今天躺平说以及躺平族的出现，与万众一心、激情打拼的时代潮流是格格不入的,其病态、消极、沉沦、逆行的倾向,值得引起高度警惕。假如躺平的思想大行其道,大家都竞相选择躺平,那么,社会如何高质量发展进步呢?中华民族如何自立于世界民族之林呢?

倘使真的累了,当然可以躺平一会,稍事休息调整。但信奉躺平的人生哲学,一味地逃避、躲让,害怕担责,是十分错误的,注定是没有前途的。事实上,躺平既是一种麻木、懦弱和低能的反应,也是一种自我麻醉,一厢情愿的呓语。人类历史上从来不乏躺平的喟叹,究其原因,不外乎精神萎靡、身体慵懒,不外乎人生遭受了某种挫折,处于不称意、不如意的境地。君不见,当着时代的飓风猛然来袭,所有人不都是翻飞的黄叶吗?当着时代的大潮汹涌澎拜而至,又有谁可以独善其身、超然度外呢?

我们党领导亿万人民正在进行的宏伟事业前无古人后启来者。征程上的险滩、暗礁无处不在,应对挑战,要有充分的思想准备。我们就是为着解决问题、解决困难去工作去斗争的。中华民族伟大复兴的光明前景召唤全体华夏儿女怀揣理想、奋力前行。我们需要敢作敢为,我们需要可为、能为、有为,我们需要弘扬国家兴亡匹夫有责的使命担当,为着更加幸福美好的生活努力奋斗。

说到底,躺平也好,平躺也罢,都是一种缺少责任感，缺乏担当精神的表现。没有理想和激情会浑浑噩噩，缺乏追求和奋斗会麻木困顿。鲁迅先生当年说过，愿中国青年都摆脱冷气，只是向上走。躺平文化所散发的正是阴冷之气，是裹挟人们向下走的腐蚀剂。对于躺平的各类言行，绝不能听之任之，必须旗帜鲜明地予以抵制和反对。

后记
关于这部书

如同太阳每天都会升起和落下一样，大自然的规律是不可抗拒的。就像退休吧，到了一定的年龄，按规定就得退下来，将工作、将位置留给年轻人，这是公正公平的，合情合理的。万里长江总是后浪推着前浪向前涌动，社会发展、人类进步都离不开这样的规律。对此，人人都要有足够的心理准备。

日子一天一天地过去。一眨眼的工夫，我离开工作岗位已经5年时间了。还记得2015年我在省国资委担任副主任时，被省委抽调派驻苏州承担党的群众路线教育实践活动的督导工作。那次，与刚刚退休不久的苏州的一位领导同志交流，聊起退休的话题，他连说，退休的感觉真好，你一旦退下来就知道了。

人就是这样奇怪，不到一定的年龄，没有那样的经历，是无法真正体会他人的感受的。直到我本人退休了，我才逐步有了关于退休的感受。退休了，那感觉是一身轻松，我体会到了什么叫闲云野鹤，什么叫自由自在，什么叫无拘无束。诗与远方，大海星辰似乎都已经不再遥远。我要做的事，我想做的事，尽可以去想象、去行动。

现代的人们刚过60岁，身体状况依然很好，精力还比较充沛，总要找点事情做做才好。我以为人的老去是拒绝不了的，找些事情做做很有必要，既可以缓慢老去的步伐，也可以更多地享受生活的美好。但这种事情必须以愉悦身心、有益健康、不妨碍他人为前提，必须是自己喜欢且适合自己的。放眼周边的退休人群中，写字的、绘画的、摄影的、旅游的、唱歌的、跳舞的、垂钓的、烹饪的、含饴弄孙的，等等，应有尽有。各取所需、各得其乐、各得其雅真的很好。

退休的前两年，我的心中装着诗与远方，从省内到省外，从国内到国外，随着旅游半径的扩大和步伐的加快，我越发感到地球之浩大，人类之渺小。越发感到大千世界的美妙与神奇。这使得我经常想起那个著名的哲学命题，我从哪里来，我在干什么，我要去哪儿？

我对文学的喜爱源于大学时期的熏陶和锤炼。我是中文系毕业的。四年的中国语言文学的系统训练使我终生受用。学养深厚的老师让我学会了对文学作品的鉴赏，尽管后来经历的工作岗位很多，但我心中对文学的热爱始终没有泯灭，大学时期获得的文字能力始终没有丢弃！这一点，从这些年出版的个人专著《文艺批评鉴赏漫步》《壮大县域经济论稿》《反腐倡廉建设论稿》《国企发展改革纵横谈》等可以得到佐证。

2019年底，母亲的离世让我心生悲哀。含着热泪我写下《怀念母亲》一文，承蒙泰州晚报厚爱，用整整一个版面的篇幅刊登了这篇回忆性散文。许多好友打来电话，"泪流满面地看完，太感人了"。报社的老总说，你的文笔很好，建议经常给我们写稿。确实人生进入耳顺之年，经历的东西太多太多，可以写的东西太多太多。

我过去曾经研究过散文，发表过朱自清、沈从文、杨朔、贾平凹等的散文研究文章。我以为，以自己的阅历和经历，还是以散文写作和评论更适合一些。于是，我就一篇接着一篇地写了起来。不知不觉，就有了60多篇，计有18万字之多。这些散文、随笔和文学评论，分别发表在《读书》《中华读书报》《钟山》《新华日报》《江苏文旅》《扬子晚报》《现代快报》以及泰州、扬州的日报、晚报副刊上面。本书其实就是这些作品的集结。

值得一提的是那篇《坝口》。我的家乡在泰县（现在叫姜堰），我是从姜堰的坝口走出来的。《坝口》纯粹是儿时的往事记忆。在《泰州晚报》发表后，在家乡、在亲朋好友中间形成的热烈反响让我始料未及。据说，创造了该报点击、阅读、打赏的最高记录，成为该报评选的百篇美文之冠，报纸还专门发表了关于《坝口》的评论文章（见附录），文章也被北京的一家杂志转发。我思量，或许是这篇散文透露的乡愁、乡情拨动了读者的心弦。同时也说明了具有家乡情怀的文字，接地气、生活气息浓、烟火气重，必然具有强大的生命力，这应该是一条值得坚持和坚守的写作道路，我将会沿着这条道路持续跋涉。

我深知，创作是属于个体的劳动，但是一旦发表出来就变成社会劳动。我当然不是专业作家，我的这些作品也很微不足道。但对读者来说，文艺作品或多或少会产生潜移默化的影响。我对那些传递消极、灰暗情绪的作品，对那些唱衰祖国和人民的作品，是持反对态度的。我一直注意自己的文字的导向性，注意通过人物形象、语言对话、情绪描写、环境烘托等，努力传播积极、向上、健康、人性的力量。这样的实践不知能否能得到读者的认可？

我对散文创作曾经做过一些研究和思考。除了小说、诗歌、戏剧之外，散文其实是最常见、最普通的文体。散文适宜于有一定阅历和经历的人，对生活的感悟、见解、体验才会有独特之处。然而，散文毕竟属于文学的种类，写出高质量的精品散文并不是一件容易的事情。散文的谋篇布局、人物塑造、语言风格、情感蓄势、主题提炼都有巨大的创造空间，我在这部散文集的不少篇章中，用了一些心思。高品质的精品散文是我追求的目标，不知本书的这种努力是否可行？

写散文一定要有真挚的情感，要靠真情实感来打动人。不可矫揉造作、不可为赋新词强说愁。总的说来，我的写作都是带着感情来写人物、写动物、写事物的。无论是对亲人（母亲、祖母等）的怀念，还是对家养小动物的描写（毛豆、竹节斑、小乌龟等），无论是对大自然的歌唱（兰花、翠竹、绿茶等），还是对社会底层普通人物的讴歌（余阿根、刘婶、吴大姐、九小、殷师傅、区老儿等），都是倾注了满腔的热情。

不能不提及推动我写作的动力源。

首先是老父亲的鞭策鼓励。老父亲今年已经 97 岁。母亲去世后，父亲衰老更快了。这两年他一直住在医院里面，精神时好时差。我三哥经常把我发表的一些文章读给他老人家听。这时候，他总是躺在床上张大眼睛，仔细的倾听，脸上还经常挂着微笑。特别是《坝口》《王家大门巷》《王氏宗祠》《唱响乐学歌》等文章，他听了之后都是连连点头。知道了这些，我的写作更欢、更勤、更自觉了。

其次是我的挚爱亲朋。相比较而言，我来自于一个大的家族，我又经历了不少工作岗位，因而亲眷、朋友、老师、同学、战友甚多。特别是我的妻子杨志娟，女儿王扬波，女婿曹汛，我的弟兄王正洪、王正中、王正亚、王正林，初中语文老师常钊，高中同学陈爱玲，大学同学王慧骐、王国平，大学老师吴周文，发小邻居高亚明、黄可、徐勇、王群、李文胜等，曾经的同事杨文家、徐宏宇、颜杰、吴敏勇等，这样的朋友还有很多。他们对我发表的文章总是赞赏有加、鼓励多多。一看到我的署名文章出来，他们就立即品读，给予勉励，并且迅速点赞、点评、转发，扩大了文章的知晓度，这让我心怀感激、不敢懈怠。

第三是《泰州晚报》总编辑翟明同志。《泰州晚报》倾情打造的《坡子街》副刊，高举文学的人民性大旗，把学习强国、全民阅读的要求细化具体化。在纸质媒体日趋下滑的情况下，大众阅读，大众写作，大众推广已经成为《坡子街》的标志性品牌，在新媒体时代具有开创性意义。我的许多文章都是在《坡子街》上发表的。翟总说，你的文章很耐读，读者反响好，他甚至要求我每周给《坡子街》写一篇。我每每被他的情怀、他的执着所感染，每每被他的投入、开拓精神所感动。

以上这三方面的鼓励和鞭策，给我的写作注入了强劲动力。于我而言，正因了这几个方面的原因，才有了这部书稿。新冠疫情肆虐，不宜出行，我把自己的所见所闻、所思所想做了梳理归纳，形成了大致的写作脉络，稍有闲暇，就会跑到电脑桌前写点什么。充满激情地写作，被不少朋友戏称"进入了井喷期"。

回想起来，写作码字的过程很奇妙也很有趣。有人劝我，写多了，累人，歇歇吧。而我，一点不觉得有什么苦痛、有什么疲惫。总觉得写开了，就忘记了时间、忘记了其他，一旦写成了就特别的舒畅和快乐。特别是一个创意、一个设计、一句描述，贴切、传神、到位，那是比什么都开心的事情。平常的日子里，一旦脑海里闪过一个念头，一丝火花，就会赶快掏出手机，把它记录下来。对我来说，这把年纪不图成名成家，只图自娱自乐；不图获奖获利，只图创作过程的享受。我在散文写作的瀚海畅游，从中得到满足，享受快感，收获欢愉。

著名文艺评论家、报告文学作家周桐淦是我的学兄，这几年我们时常在一起切磋、交流，他的许多作品立意高远、气象阔大、精神气质敞亮，他的许多创作思想都很有见地，让我受益良多。他对我近年来的散文写作十分关注，给予了许多肯定和指点。得知我的散文集集结出版，他欣然命笔作序，对这部作品给予了深入浅出的品析，让我感动不已。

这是我的第一部散文集。我知道自己是散文写作的新手，作品的不足和缺陷很多，真心盼望得到指教帮助。应当衷心感谢江苏凤凰文艺出版社的接纳和推荐，特别是于奎潮老师的悉心指导，其出版人的专业水平、审美眼光、敬业精神让我深受教益。

谨以这部书稿献给我的所有挚爱亲朋，由衷地感激大家的关心、关注和支持！

王正宇

写于 2022 年虎年正月

附录：乡音乡情乡愁
——简评王正宇的散文《坝口》

奥 陶

8月13日，"坡子街"用较大的篇幅推出了王正宇先生的散文作品《坝口》。在不到两天的时间里，"坡子街"公众号的阅读点击量、喜欢作者、读者打赏等指标都创下了历史新高，成为"坡子街"开街以来的一大盛景。

《坝口》有着怎样的魅力，在创作方面有着怎样的特点，是值得做一些品鉴、分析的。

对家乡和故土的眷念是人类共同而永恒的情感。乡音、乡情、乡愁是现代人们心底最柔软的地方，它既是人性的软肋，也是不能轻易触碰的泪点；既是现代人的铠甲，也是抗御外部压力的底气。爱国主义是建立在热爱家乡基础之上的，热爱家乡是热爱祖国的基点，这当是文艺创作的崇高主题，是文艺工作者的神圣职责。时代呼唤这样的作品，读者需要这样的作品，因为它能叩击人们的心弦，直击人们的灵魂，引起人们的共鸣，进而凝聚起民族复兴的磅礴力量。

作者是从姜堰走出去的，亦是从坝口走出去的。他怀着对家乡的款款深情，选取了怀旧的思乡题材，把儿时最清晰、最纯真的记忆倾泻于笔端，使《坝口》的字里行间充溢了对家乡的挚爱和眷念，充满了浓厚的乡音、浓郁的乡情和浓重的乡愁。作者做出这样的努力是值得赞许的，它引发读者的同频共振也是必然的。如果我们把《坝口》看作是乡音、乡情、乡愁的代名词的话，那么，我们每一个人心底都驻有一个坝口。众多读者对于这篇作品的点赞、打赏，其实也可看作是对自己深藏心底的"坝口"的情感抒发。

叙事抑或是记事性的文体，把握不好会写成流水账，平铺直叙，索然寡味。《坝口》的叙写具有形神兼备的特点，平实中蕴含情调，铺陈间饶有趣味。作者选取了最易于表现、最难以忘怀的若干截面，把坝口的沧桑感、烟火气和家乡情融于一炉，把家乡的文化历史、民俗风情、市井生活集为一体，使得作品既勾连起众多有着相似经历的读者的绵绵乡思，也为年轻的读者勾勒了一幅已经远去的地方风情画卷。

坝口是姜堰的市中心，写坝口的作品有许多，但看起来至少到目前为止，《坝口》可以说是最具时空感和审美意义的散文篇什。在恬静平淡、近乎白描的抒写中，作品还原了坝口的历史风貌。从宏观方面看，描写了姜堰的由来、坝口的禀赋。从微观角度看，描写了商店木门窗的装卸、地方美食的况味……坝口的本真、人们的勤劳与作者的家乡情结等胶着在一起，彰显出令人向往的生活意境。作品对坝口市井生活的描写颇见功力：从清晨的豆浆铺，到黄昏的猪头肉；从便于百姓生活的各类摊点，到街头巷尾商贩的叫卖；从如数家珍的老字号，到味蕾满足的舒坦。动静之间尽现了小城的独特风情和温润姿态。

作者是否刻意给世人展示一幅文字的《清明上河图》，我们尚不得而知。但是，阅读《坝口》恰如欣赏一幅徐徐展开的画卷长轴。那里的画面感特别强烈，既有全景式的扫描，譬如，各类游行队伍在坝口的表演场面。也有近距离的特写，譬如，做烧饼过程等的细节描写等。看得出，作者深谙电影创作的手法，《坝口》的每一个段落基本上都是独立的画面，整合起来，就是长卷的风俗画、风情画，很容易引读者进入画面中，受到熏染、产生想象、获得美感。

情感的典型化和人物的典型化是散文与小说的区别所在。散文的特性，决定了写出鲜活、立体、丰满的人物形象有相当难度。虽然，《坝口》出现的人物都不知姓名，但是，作者却能在不经意间，淡淡几笔，个性鲜明的人物形象和人物性格就跃然纸上，给读者留下阔大的审美空间。我们从"拉高嗓门回答，上坝口的"，看到了在城乡差别较大的年代，农村人对城里人和事的几分欣羡。我们从"默默忙活"的烧饼师傅，亲见了一位默默无闻、辛勤劳作的劳动者形象。我们从坝口众多的固定商贩，得以一窥自食其力的人们的群像。

抒情散文讲究"文眼"，文眼是作品的灵魂。记叙散文讲究"文气"，讲究气韵生动。《坝口》的写作，能够感受作者对艺术散文的孜孜以求。那句"上坝口的"，一下子就将坝口的地位、底蕴以及人们的向往等，点得通透，应是这篇作品的文眼所在。再看《坝口》的文气，从开篇的点题，到末尾的思乡，从坝口的历史，到它的文气、商气、烟火气，作品贯穿着乡情、乡音、乡愁，给读者的感觉是气韵灵动贯通、气场酣畅饱满。

散文需要较强的文字驾驭力和表现力。《坝口》在布局上，特别是遣词造句方面比较考究，从而使作品增色许多。像风味小吃的描写，"一碟螺蛳、一盘蚕豆、一只凉团、一串荸荠、一碗豆腐脑"，描写得非常精准。街头巷尾的商贩"拖腔很长的叫卖声"，刻画得十分传神。总体看，作品具有娓娓道来，直白晓畅的特点，通篇朴素无华，耐人咀嚼回味。

阅读《坝口》，容易让人想起沈从文先生描写湘西生活的散文作品。据我所知，王正宇先生曾经对我国现当代不少著名作家的散文作品发表过评论，可以说，他对散文写作的堂奥是了然于胸的。结合考察近期他在"坡子街"发表的《王家大门巷》《故乡那条河》等思乡文字，可以看成是一个正在逐步完整的乡音、乡情、乡愁系列。完全可以认为,《坝口》属于"坡子街"散文创作的上乘之作,也是本地区近期散文创作的最新收获。我们热切期待着作者有更多的佳作问世。